U0846092

人生很短，做一个有趣的人

汪曾祺 著

中国出版集团
现代出版社

图书在版编目（CIP）数据

人生很短，做一个有趣的人 / 汪曾祺著. — 北京 : 现代出版社，2017.7

ISBN 978-7-5143-6252-7

Ⅰ. ①人… Ⅱ. ①汪… Ⅲ. ①散文集－中国－当代 Ⅳ. ①I267

中国版本图书馆CIP数据核字(2017)第144855号

人生很短，做一个有趣的人

作　　者	汪曾祺
责任编辑	张科志　王志标
出版发行	现代出版社
地　　址	北京市安定门外安华里504号
邮政编码	100011
电　　话	010-64267325 64245264（兼传真）
网　　址	www.1980xd.com
电子邮箱	xiandai@cnpitc.com.cn
印　　刷	三河市南阳印刷有限公司
开　　本	890mm×1240mm 1/32　　**字　　数** 229千字
印　　张	11.25
版　　次	2017年11月第1版　2018年10月第4次印刷
书　　号	ISBN 978-7-5143-6252-7
定　　价	49.80元

版权所有，翻印必究；未经许可，不得转载

目录

CONTENTS

壹 人间有味

贰 草木春秋

叁 随遇而安

肆 有情世界

壹

人间有味

五味

山西人真能吃醋！几个山西人在北京下饭馆，坐定之后，还没有点菜，先把醋瓶子拿过来，每人喝了三调羹醋。邻座的客人直瞪眼。有一年我到太原去，快过春节了。别处过春节，都供应一点好酒，太原的油盐店却都贴出一张条子："供应老陈醋，每户一斤。"这在山西人是大事。

山西人还爱吃酸菜，雁北尤甚。什么都拿来酸，除了萝卜、白菜，还包括杨树叶子、榆树钱儿。有人来给姑娘说亲，当妈的先问，那家有几口酸菜缸。酸菜缸多，说明家底子厚。

辽宁人爱吃酸菜白肉火锅。

北京人爱吃羊肉酸菜汤下杂面。

福建人、广西人爱吃酸笋。我和贾平凹在南宁，不爱吃招待所的饭，到外面瞎吃。平凹一进门，就叫："老友面！""老友面"者，酸笋肉丝氽汤下面也，不知道为什么叫作"老友"。

傣族人也爱吃酸。酸笋炖鸡是名菜。

延庆山里人夏天爱吃酸饭。把好好的饭焐酸了，用井拔凉水一和，呼呼地就下去了三碗。

都说苏州菜甜，其实苏州菜只是淡，真正甜的是无锡。无锡炒鳝糊放那么多糖！包子的肉馅里也放很多糖，没法吃！

四川夹沙肉用大片肥猪肉夹了洗沙蒸，广西芋头扣肉用大片肥猪肉夹芋泥蒸，都极甜，很好吃，但我最多只能吃两片。

广东人爱吃甜食。昆明金碧路有一家广东人开的甜品店，卖芝麻糊、绿豆沙，广东同学趋之若鹜。“番薯糖水”即用白薯切块熬的汤，这有什么好喝的呢？广东同学曰：“好嘢！”

北方人不是不爱吃甜，只是过去糖难得。我家曾有老保姆，正定乡下人，六十多岁了。她还有个婆婆，八十几了。她有一次要回乡探亲，临行称了二斤白糖，说她的婆婆就爱喝个白糖水。

北京人很保守，过去不知苦瓜为何物，近年有人学会吃了。菜农也有种的了。农贸市场上有很好的苦瓜卖，属于“细菜”，价颇昂。

北京人过去不吃蕹菜，不吃木耳菜，近年也有人爱吃了。

北京人在口味上开放了！

北京人过去就知道吃大白菜。由此可见，大白菜主义是可以被打倒的。

北方人初春吃苣荬菜。苣荬菜分甜荬、苦荬，苦荬相当地苦。

有一个贵州的年轻女演员上我们剧团学戏，她的妈妈远迢迢给她寄来一包东西，是“者耳根”，或名“则尔根”，即鱼腥草。她让我尝了几根。这是什么东西？苦，倒不要紧，它有一股强烈的生鱼腥味，实在招架不了！

剧团有一干部，是写字幕的，有时也管杂务。此人是个吃辣的专家。他每天中午饭不吃菜，吃辣椒下饭。全国各地的，少数民族的，各种辣椒，他都千方百计地弄来吃。剧团到上海演出，他帮助搞伙食，这下好，不会缺辣椒吃。原以为上海辣椒不好买，他下车第二天就找到一家专卖各种辣椒的铺子。上海人有一些是能吃辣的。

我吃辣是在昆明练出来的，曾跟几个贵州同学在一起用青辣椒在火上烧烧，蘸盐水下酒。平生所吃辣椒之多矣，什么朝天椒、野山椒，都不在话下。我吃过最辣的辣椒是在越南。1947 年，由越南转道往上海，在海防街头吃牛肉粉。牛肉极嫩，汤极鲜，辣椒极辣，一碗汤粉，放三四丝辣椒就辣得不行，这种辣椒的颜色是橘黄色。在川北，听说有一种辣椒本身不能吃，用一根线吊在灶上，汤做得了，把辣椒在汤里涮涮，就辣得不得了。云南佧佤族有一种辣椒，叫“涮涮辣”，与川北吊在灶上的辣椒大概不相上下。

四川不能说是最能吃辣的省份，川菜的特点是辣而且麻——搁很多椒。四川的小面馆的墙壁上黑漆大书三个字：麻辣烫。麻婆豆腐、干煸牛肉丝、棒棒鸡……不放花椒不行。花椒得是川椒，捣碎，菜做好了，最后再放。

周作人说他的家乡整年吃咸极了的咸菜和咸极了的咸鱼。浙东人确是吃得很咸。有个同学，是台州人，到铺子里吃包子，掰开包子就往里倒酱油。口味的咸淡和地域是有关系的。北京人说南甜北咸东辣西酸，大体不错。河北人、东北人口味重，福建菜多很淡。但这与个人的性格习惯也有关。湖北菜并不咸，但闻一多先生却嫌云南蒙自的菜太淡。

中国人过去对吃盐很讲究，如桃花盐、水晶盐，“吴盐胜雪”，现在则全国都吃再制精盐。只有四川人腌咸菜还坚持用自贡产的井盐。

我不知道世界上还有什么国家的人爱吃臭。

过去上海、南京、汉口都卖油炸臭豆腐干。长沙火宫殿的臭豆腐因为一位大人物年轻时常吃而出了名。这位大人物后来还去吃过，说了一句话："火宫殿的臭豆腐还是好吃。""文化大革命"中火宫殿的影壁上就出现了两行大字：

最高指示：

火宫殿的臭豆腐还是好吃。

我们一个同志到南京出差，他的爱人是南京人，嘱咐他带一点臭豆腐干回来。他千方百计，居然办到了。带到火车上，引起一车厢的人强烈抗议。

除豆腐干外，面筋、百叶（千张）皆可臭。蔬菜里的莴苣、冬瓜、豇豆皆可臭。冬笋的老根咬不动，切下来随手就扔进臭坛子里——我们那里很多人家里都有个臭坛子，一坛子"臭卤"。腌芥菜挤下的汁放几天即成"臭卤"。臭物中最特殊的是臭苋菜秆。苋菜长老了，主茎可粗如拇指，高三四尺，截成二寸许小段，入臭坛。臭熟后，外皮是硬的，里面的芯呈果冻状。噙住一头，一吸，芯肉即入口中。这是佐粥的无上妙品。我们那里叫作"苋菜秸子"，湖南人谓之"苋菜咕"，因为吸起来"咕"的一声。

北京人说的臭豆腐指臭豆腐乳。过去是小贩沿街叫卖的：

“臭豆腐，酱豆腐，王致和的臭豆腐。”臭豆腐就贴饼子，熬一锅虾米皮白菜汤，好饭！现在王致和的臭豆腐用很大的玻璃方瓶装，很不方便，一瓶一百块，得很长时间才能吃完，而且卖得很贵，成了奢侈品，我很希望这种包装能改进，一器装五块足矣。

我在美国吃过最臭的“气死”（干酪），洋人多闻之掩鼻，对我说起来实在没有什么，比臭豆腐差远了。

甚矣，中国人口味之杂也，敢说堪为世界之冠。

寻常茶话

我对茶实在是个外行。茶是喝的，而且喝得很勤，一天换三次叶子。每天起来第一件事，便是坐水，沏茶。但是毫不讲究。对茶叶不挑剔。青茶、绿茶、花茶、红茶、沱茶、乌龙茶。但有便喝。茶叶多是别人送的，喝完了一筒，再开一筒。喝完了碧螺春，第二天就可以喝蟹爪水仙。但是不论什么茶，总得是好一点的。太次的茶叶，便只好留着煮茶叶蛋。《北京人》里的江泰认为喝茶只是"止渴生津利小便"，我以为还有一种功能，是提神。《陶庵梦忆》记闵老子茶，说得神乎其神。我则有点像董日铸，以为"浓、热、满三字尽茶理"。我不喜欢喝太烫的茶，沏茶也不爱满杯。我的家乡论为客人斟茶斟酒："酒要满，茶要浅。"茶斟得太满是对客人不敬，甚至是骂人。于是就只剩下一个字：浓。我喝茶是喝得很酽的。曾在机关开会，有女同志尝了我的一口茶，说是："跟药一样。"

我读小学五年级那年暑假，我的祖父不知怎么忽然高了兴，要教我读书。"穿堂"的右侧有两间空屋。里间是佛堂，挂了一幅丁云鹏画的佛像，佛的袈裟是朱红的。佛像下，是一尊乌斯藏铜佛。我的祖母每天早晚来烧一炷香。外间本是个储藏室，房梁上挂着干菜，干的粽叶，靠墙有一坛“臭卤”，面筋、百叶、笋头、苋菜秸都放在里面臭。临窗设一方桌，便是我的书桌。祖父每天早晨来讲《论语》一章，剩下的时间由我自己写大小字各一张。大字写《圭峰碑》，小字写《闲邪公家传》，都是祖父从他的藏帖里拿来给我的。隔日作文一篇，还不是正式的八股，是一种叫作“义”的文体，只是解释《论语》的内容。题目是祖父出的。我共做了多少篇“义”，已经不记得了。只记得有一题是“孟子反不伐义”。

祖父生活俭省，喝茶却颇考究。他是喝龙井的，泡在一个深栗色的扁肚子的宜兴砂壶里，用一个细瓷小杯倒出来喝。他喝茶喝得很酽，一次要放多半壶茶叶。喝得很慢，喝一口，还得回味一下。

他看看我的字、我的“义”：有时会另拿一个杯子，让我喝一杯他的茶。真香。从此我知道龙井好喝，我喝茶浓酽，跟小时候祖父的熏陶也有点关系。

后来我到了外面，有时喝到龙井茶，会想起我的祖父，想起孟子反。

我的家乡有“喝早茶”的习惯，或者叫作“上茶馆”。上茶馆其实是吃点心，包子、蒸饺、烧麦、千层糕……茶自然是要喝的。有时点心未端来之前，先上一碗干丝。我们那里原先没有煮干丝，只有烫干丝。干丝在一个敞口的碗里堆成塔状，临吃，堂倌把装在一个茶杯里的作料——酱油、醋、麻油浇入。喝热茶、吃干丝，一绝！

抗日战争时期，我在昆明住了七年，几乎天天泡茶馆。“泡茶馆”是西南联大学生特有的说法。本地人叫作“坐茶馆”，“坐”，本有消磨时间的意思，“泡”则更胜一筹。这是从北京带过去的一个字，“泡”者，长时间地沉溺其中也，与“穷泡”“泡蘑菇”的“泡”是同一语源。联大学生在茶馆里往往一泡就是半天。干什么的都有。聊天、看书、写文章。有一位教授在茶馆里读梵文。有一位研究生，可称泡茶馆的冠军。此人姓陆，是一怪人。他曾经徒步旅行了半个中国，读书甚多，而无所著述，不爱说话。他简直是“长”在茶馆里。上午、下午、晚上，要一杯茶，独自坐着看书。他连漱洗用具都放在一家茶馆里，一起来就到茶馆里洗脸刷牙。听说他后来流落在四川，穷困潦倒而死，悲夫！

昆明茶馆里卖的都是青茶，茶叶不分等次，泡在盖碗里。文林街后来开了一家“摩登”茶馆，用玻璃杯卖绿茶、红茶——滇红、滇绿。滇绿色如生青豆，滇红色似“中国红”葡萄酒，茶叶都很厚。滇红尤其禁泡，三开之后，还有茶色。我觉得滇红比祁（门）红、英（德）红都好，这也许是我的偏见。当然比斯里兰卡的“利普顿”要差一些——有人喝不来“利普顿”，说是味道很怪。人之好恶，不能勉强。

我在昆明喝过烤茶。把茶叶放在粗陶的烤茶罐里，放在炭火上烤得半焦，倾入滚水，茶香扑人。几年前在大理街头看到有烤茶罐卖，犹豫一下，没有买。买了，放在煤气灶上烤，也不会有那样的味道。

1946 年冬，开明书店在绿杨邨请客。饭后，我们到巴金先生家喝工夫茶。几个人围着浅黄色的老式圆桌，看陈蕴珍（萧珊）“表演”：濯器、炽炭、注水、淋壶、筛茶。每人喝了三小杯。我第一次喝工夫茶，印象深刻。这茶太酽了，只能喝三小杯。在座的除巴先生夫妇，有靳以、黄裳。一转眼，四十三年了。靳以、萧珊都不在了。巴老衰病，大概没有喝一次工夫茶的兴致了。那套紫砂茶具大概也不在了。

我在杭州喝过一杯好茶。

1947 年春，我和几个在一个中学教书的同事到杭州去玩。除了“西湖景”，使我难忘的有两样方物，一是醋鱼带靶。所谓“带靶”，是把活草鱼的脊肉剔下来，快刀切为薄片，其薄如纸，浇上好秋油，生吃。鱼肉发甜，鲜脆无比。我想这就是中国古代的“切脍”。一是在虎跑喝的一杯龙井。真正的狮峰龙井雨前新芽，每蕾皆一旗一枪，泡在玻璃杯里，茶叶皆直立不倒，载浮载沉，茶色颇淡，但入口香浓，直透脏腑，真是好茶！只是太贵了。一杯茶，一块大洋，比吃一顿饭还贵。狮峰茶名不虚传，但不得虎跑水不可能有这样的味道。我自此方知道，喝茶，水是至关重要的。

我喝过的好水有昆明的黑龙潭泉水。骑马到黑龙潭，疾驰之后，下马到茶馆里喝一杯泉水泡的茶，真是过瘾。泉就在茶馆檐外地面，一个正方的小池子，看得见泉水咕嘟咕嘟往上冒。井冈山的水也很好，水清而滑。有的水是“滑”的，“温泉水滑洗凝脂”并非虚语。井冈山水洗被单，越洗越白；以泡“狗古脑”茶，色味俱发，不知道水里含了什么物质。天下第一泉、第二泉的水，我没有喝出什么道理。济南号称泉城，但泉水只能供观赏，用以泡茶，不觉得有什么特点。

有些地方的水真不好。比如盐城。盐城真是“盐城”，水是咸的。中产以上人家都吃“天落水”。下雨天，在天井上方张了布幕，以接雨水，存在缸里，备烹茶用。最不好吃的水是菏泽，菏泽牡丹甲天下，因为菏泽土中含碱，牡丹喜碱性土。我们到菏泽看牡丹，牡丹极好，但茶没法喝。不论是青茶、绿茶，沏出来一会儿就变成红茶了，颜色深如酱油，入口咸涩。由菏泽往梁山，住进招待所后，第一件事便是赶紧用不带碱味的甜水沏一杯茶。

老北京早起都要喝茶，得把茶喝“通”了，这一天才舒服。无论贫富，皆如此。1948 年我在午门历史博物馆工作。馆里有几位看守员，岁数都很大了。他们上班后，都是先把带来的窝头片在炉盘上烤上，然后轮流用水氽坐水沏茶。茶喝足了，才到午门城楼的展览室里坐着，他们喝的都是花茶。

北京人爱喝花茶，以为只有花茶才算是茶（北京很多人把茉莉花叫作“茶叶花”）。我不太喜欢花茶，但好的花茶例外，比如，老舍先生家的花茶。

老舍先生一天离不开茶。他到莫斯科开会，苏联人知道中国人爱喝茶，倒是特意给他预备了一个热水壶。可是，他刚沏了一杯茶，还没喝几口，一转脸，服务员就给倒了。老舍先生很愤慨地说:“他妈的！他不知道中国人喝茶是一天喝到晚的！”一天喝茶喝到晚，也许只有中国人如此。外国人喝茶都是论“顿”的，难怪那位服务员看到多半杯茶放在那里，以为老先生已经喝完了，不要了。

龚定庵以为碧螺春天下第一。我曾在苏州东山的“雕花楼”喝过一次新采的碧螺春。“雕花楼”原是一个华侨富商的住宅，楼是进口的硬木造的，到处都雕了花，八仙庆寿、福禄寿三星、龙、凤、牡丹……真是集恶俗之大成。但碧螺春真是好。不过茶是泡在大碗里的，我觉得这有点煞风景。后来问陆文夫，文夫说碧螺春就是讲究用大碗喝的。茶极细，器极粗，亦怪！

我还在湖南桃源喝过一次擂茶。茶叶、老姜、芝麻、米，加盐放在一个擂钵里，用硬木的擂棒"擂"成细末，用开水冲开，便是擂茶。

茶可入馔，制为食品。杭州有龙井虾仁，想不恶。裘盛戎曾用龙井茶包饺子，可谓别出心裁。日本有茶粥。《俳人的食物》说俳人小聚，食物极简单，但"唯茶粥一口，万不可少"。茶粥是啥样的呢？我曾用粗茶叶煎汁，加大米熬粥，自以为这便是"茶粥"了。有一阵子，我每天早起喝我所发明的茶粥，自以为很好喝。四川的樟茶鸭子乃以柏树枝、樟树叶及茶叶为薰料，吃起来有茶香而无茶味。曾吃过一块龙井茶心的巧克力，这简直是恶作剧！用上海人的话说：巧克力与龙井茶实在完全"弗搭界"。

四方食事

口味

“口之于味，有同嗜焉。”好吃的东西大家都爱吃。宴会上有烹大虾（得是极新鲜的），大都剩不下。但是也不尽然。羊肉是很好吃的。“羊大为美”，中国人吃羊肉的历史大概和这个民族的历史同样久远。中国羊肉的吃法很多，不能列举。我以为最好吃的是手把羊肉。维吾尔、哈萨克都有手把羊肉，但似以内蒙古为最好。内蒙古很多盟旗都说他们那里的羊肉不膻，因为羊吃了草原上的野葱，生前已经自己把膻味解了。我以为不膻固好，膻亦无妨。我曾在达茂旗吃过“羊贝子”，即白煮全羊。整只羊放在锅里只煮四十五分钟（为了照顾远来的汉人客人，多煮了十五分钟，他们自己吃，只煮半小时），各人用刀割取自己中意的部位，蘸一点佐料（原来只备一碗盐水，近年有了较多的佐料）吃。羊肉带生，一刀切下去，会汪出一点血，但是鲜嫩无比。内蒙古人说，羊肉越煮越老，半熟的，才易消化，也能多吃。我几次到内蒙古，吃羊肉吃得非常过瘾。

同行有一位女同志，不但不吃，连闻都不能闻。一走进食堂，闻到羊肉气味就想吐。她只好每顿用开水泡饭，吃咸菜，真是苦煞。全国不吃羊肉的人，不在少数。

“鱼羊为鲜”，有一位老同志是获鹿县人，是回民，他倒是吃羊肉的，但是一生不解何所谓鲜。他的爱人是南京人，动辄说：“这个菜很鲜。”他说：“什么叫‘鲜’？我只知道什么东西吃着‘香’。”要解释什么是“鲜”，是困难的。我的家乡以为最能代表鲜味的是虾子。虾子冬笋、虾子豆腐羹，都很鲜。虾子放得太多，就会“鲜得连眉毛都掉了”的。我有个小孙女，很爱吃我配料煮的龙须挂面。有一次我放了虾子，她尝了一口，说：“有股什么味！”不吃。

中国不少省份的人都爱吃辣椒。云、贵、川、黔、湘、赣。延边朝鲜族也极能吃辣。人说吃辣椒爱上火。井冈山人说：“辣子冇补（没有营养），两头受苦。”我认识一个演员，他一天不吃辣椒，就会便秘！我认识一个干部，他每天在机关吃午饭，什么菜也不吃，只带了一小饭盒油炸辣椒来，吃辣椒下饭。顿顿如此。此人真是个吃辣椒专家，全国各地的辣椒，都设法弄了来吃。据他的品评，认为土家族的最好。有一次他带了一饭盒来，让我尝尝，真是又辣又香。然而有人是不吃辣的。我曾随剧团到重庆体验生活。四川无菜不辣，有人实在受不了。有一个演员带了几个年轻的女演员去吃汤圆，一个唱老旦的演员进门就嚷嚷：“不要辣椒！”卖汤圆的白了她一眼：“汤圆没有放辣椒的！”

北方人爱吃生葱、生蒜。山东人特爱吃葱，吃煎饼、锅盔，没有葱是不行的。有一个笑话：婆媳吵嘴，儿媳妇跳了井。儿子回来，婆婆说："可了不得啦，你媳妇跳井啦！"儿子说："不咋！"拿了一根葱在井口逛了一下，媳妇就上来了。山东大葱的确很好吃，葱白长至半尺，是甜的。江浙人不吃生葱蒜，做鱼肉时放葱，谓之"香葱"，实即北方的小葱，几根小葱，挽成一个疙瘩，叫作"葱结"。他们把大葱叫作"胡葱"，即做菜时也不大用。有一个著名女演员，不吃葱，她和大家一同去体验生活，菜都得给她单做。"文化大革命"斗她的时候，这成了一条罪状。北方人吃炸酱面，必须有几瓣蒜。在长影拍片时，有一天我起晚了，早饭已经开过，我到厨房里和几位炊事员一块吃。那天吃的是炸油饼，他们吃油饼就蒜。我说："吃油饼哪有就蒜的！"一个河南籍的炊事员说："嘿！你试试！"果然，"另一个味儿"。我前几年回家乡，接连吃了几天鸡鸭鱼虾，吃腻了，我跟家里人说："给我下一碗阳春面，弄一碟葱，两头蒜来。"家里人看我生吃葱蒜，大为惊骇。

有些东西，本来不吃，吃吃也就习惯了。我曾经夸口，说我什么都吃，为此挨了两次捉弄。一次在家乡。我原来不吃芫荽(香菜)，以为有臭虫味。一次，我家所开的中药铺请我去吃面——那天是药王生日，铺中管事弄了一大碗凉拌芫荽，说："你不是什么都吃吗？"我一咬牙吃了。从此，我就吃芫荽了。后来北地，每吃涮羊肉，调料里总要撒上大量芫荽。一次在昆明。苦瓜，我原来也是不吃的——没有吃过。我们家乡有苦瓜，叫作癞葡萄，是放在瓷盘里看着玩，不吃的。有一位诗人请我下小馆子，他要了三个菜：凉拌苦瓜、炒苦瓜、苦瓜汤。他说："你不是什么都吃吗？"从此，我就吃苦瓜了。北京人原来是不吃苦瓜的，近年也学会吃了。不过他们用凉水连“拔”三次，基本上不苦了，那还有什么意思！

有些东西，自己尽可不吃，但不要反对旁人吃。不要以为自己不吃的东西，谁吃，就是岂有此理。比如，广东人吃蛇，吃龙虱；傣族人爱吃苦肠，即牛肠里没有完全消化的粪汁，蘸肉吃。这在广东人、傣族人，是没有什么奇怪的。他们爱吃，你管得着吗？不过有些东西，我也以为不吃为宜，比如炒肉芽——腐肉所生之蛆。

总之，一个人的口味要宽一点、杂一点，“南甜北咸东辣西酸”，都去尝尝。对食物如此，对文化也应该这样。

切脍

《论语·乡党》：“食不厌精，脍不厌细”，中国的切脍不知始于何时。孔子以“食”“脍”对举，可见当时是相当普遍的。北魏贾思勰《齐民要术》提到切脍。唐人特重切脍，杜甫诗累见。宋代切脍之风亦盛。《东京梦华录·三月一日开金鱼池琼林苑》：“多垂钓之士，必于池苑所买牌子，方许捕鱼。游人得鱼，倍其价买之。临水斫脍，以荐芳樽，乃一时佳味也。”元代，关汉卿曾写过“望江楼中秋切脍”。明代切脍，也还是有的，但《金瓶梅》中未提及，很奇怪。《红楼梦》也没有提到。到了近代，很多人对切脍是怎么回事，都茫然了。

脍是什么？杜诗邵注：“鲙，即今之鱼生、肉生。”更多指鱼生，脍的繁体字是“鲙”，可知。

杜甫《阌乡姜七少府设鲙戏赠长歌》对切脍有较详细的描写。脍要切得极细，“脍不厌细”，杜诗亦云：“无声细下飞碎雪。”脍是切片还是切丝呢？段成式《酉阳杂俎·物革》云：“进士段硕常识南孝廉者，善斫脍，谷薄丝缕，轻可吹起。”看起来是片和丝都有的。切脍的鱼不能洗。杜诗云：“落砧何曾白纸湿”，邵注：“凡作鲙，以灰去血水，用纸以隔之”，大概是隔着一层纸用灰吸去鱼的血水。《齐民要术》：“切鲙不得洗，洗则鲙湿。”加什么作料？一般是加葱的，杜诗：“有骨已剁觜春葱。”《内则》：“鲙，春用葱，夏用芥。”葱是葱花，不会是葱段。至于下不下盐或酱油，乃至酒、酢，则无从臆测，想来总得有点咸味，不会是淡吃。

切脍今无实物可验。杭州楼外楼解放前有名菜醋鱼带靶。所谓“带靶”，即将活草鱼的脊背上的肉剔下，切成极薄的片，浇好酱油，生吃。我以为这很近乎切脍。我在1947年春天曾吃过，极鲜美。这道菜听说现在已经没有了，不知是因为有碍卫生，还是厨师无此手艺了。

日本鱼生我未吃过。北京西四牌楼的朝鲜冷面馆卖过鱼生、肉生。北京乃切成一寸见方、厚约二分的鱼片，蘸极辣的作料吃。这与“谷薄丝缕”的切脍似不是一回事。

与切脍有关联的，是“生吃螃蟹活吃虾”。生螃蟹我未吃过，想来一定非常好吃。活虾我可吃得多了。前几年回乡，家乡人知道我爱吃“炝虾”，于是餐餐有炝虾。我们家乡的炝虾是用酒把白虾（青虾不宜生吃）“醉”死了的。解放前杭州楼外楼炝虾，是酒醉而不待其死，活虾盛于大盘中，上覆大碗，上桌揭碗，虾蹦得满桌，客人捉而食之。用广东话说，这才真是“生猛”。听说楼外楼现在也不卖炝虾了，惜哉！

下生蟹活虾一等的，是将虾蟹之属稍加腌制。宁波的梭子蟹是用盐腌过的，醉蟹、醉泥螺、醉蚶子、醉蛏鼻，都是用高粱酒“醉”过的。但这些都还是生的。因此，都很好吃。

我以为醉蟹是天下第一美味。家乡人贻我醉蟹一小坛。有天津客人来，特地为他剁了几只。他吃了一小块，问：“是生的？”就不敢再吃。

“生的”，为什么就不敢吃呢？法国人、俄罗斯人，吃牡蛎，都是生吃。我在纽约南海岸吃过鲜蚌，那绝对是生的，刚打上来的，而且什么作料都不搁，经我要求，服务员才给了一点胡椒粉。好吃吗？好吃极了！

为什么“切脍”生鱼活虾好吃？曰：存其本味。

我以为“切脍”之风，可以恢复。如果觉得这不卫生，可以仿照纽约南海岸的办法：用“远红外”或什么东西处理一下，这样既不失本味，又无致病之虞。如果这样还觉得硌硬，吞不下，吞下要反出来，那完全是观念上的问题。当然，我也不主张普遍推广，可以满足少数老饕的欲望，“内部发行”。

河豚

阅报，江阴有人食河豚中毒，经解救，幸得不死。杨花扑面，节近清明，这使我想起，正是吃河豚的时候了。苏东坡诗：

> 竹外桃花三两枝，
>
> 春江水暖鸭先知。
>
> 蒌蒿满地芦芽短，

正是河豚欲上时。

梅圣俞诗：

河豚当此时，
贵不数鱼虾。

宋朝人是很爱吃河豚的，没有真河豚，就用了不知什么东西做出河豚的样子和味道，谓之“假河豚”，聊以过瘾，《东京梦华录》等书都有记载。

江阴当长江入海处不远，产河豚最多，也最好。每年春天，鱼市上有很多河豚卖。河豚的脾气很大，用小木棍捅捅它，它就把肚子鼓起来，再捅，再鼓，终至成了一个圆球。江阴河豚品种极多。我所就读的南菁中学的生物实验室里搜集了各种河豚，浸在装了福尔马林的玻璃器内。有的很大，有的小如金钱龟。颜色也各异，有带青绿色的，有白的，还有紫红的。这样齐全的河豚标本，大概只有江阴的中学才能搜集得到。

河豚有剧毒。我在读高中一年级时，江阴乡下出了一件命案，“谋杀亲夫”。“奸夫”“淫妇”在游街示众后，同时枪决。毒死亲丈夫的东西，即是一条煮熟的河豚。因为是“花案”，那天街的两旁有很多人鹄立伫观。但是实在没有什么好看，奸夫淫妇都蠢而且丑，奸夫还是个黑脸的麻子。这样的命案，也只能出在江阴。

但是河豚很好吃，江南谚云：“拼死吃河豚”，豁出命去，也要吃，可见其味美。据说整治得法，是不会中毒的。我的几个同学都曾约定请我上家里吃一次河豚，说是“保证不会出问题”。江阴正在街上有一饭馆，是卖河豚的。这家饭馆有一块祖传的木板，刷印保单，内容是如果在他家铺里吃河豚中毒致死，主人可以偿命。

河豚之毒在肝脏、生殖腺和血，这些可以小心地去掉。这种办法有例可援，即“洁本金瓶梅”是。

我在江阴读书两年，竟未吃过河豚，至今引为憾事。

野菜

春天了，是挖野菜的时候了。踏青挑菜，是很好的风俗。人在屋里闷了一冬天，尤其是妇女，到野地里活动活动，呼吸一点新鲜空气，看看新鲜的绿色，身心一快。

南方的野菜，有枸杞、荠菜、马兰头……北方的野菜则主要是苣荬菜。枸杞、荠菜、马兰头用开水焯过，加酱油、醋、香油凉拌。苣荬菜则是洗净，去根，蘸甜面酱生吃。或曰吃野菜可以“清火”，有一定道理。野菜多半带一点苦味，凡苦味菜，皆可清火。但是更重要的是吃个新鲜。有诗人说：“这是吃春天”，这话说得有点做作，但也还说得过去。

敦煌变文、《云谣集杂曲子》、打枣杆、挂枝儿、吴歌，乃至《白雪遗音》，等等，是野菜。因为它新鲜。

一九八九年四月十八日

原载一九八九年创刊号《中国文化》

食道旧寻

——《学人谈吃》序

《学人谈吃》，我觉得这个书名有点讽刺意味。学人是会吃，且善于谈吃的。中国的饮食艺术源远流长，千年不坠，和学人的著述是有关系的。现存的古典食谱，大都是学人的手笔。但是学人一般是比较穷的，他们爱谈吃，但是不大吃得起。

抗日战争以前，学人的生活是相当优裕的，大学教授一月可以拿到三四百元，有的教授家里是有厨子的。抗战以后，学人生活一落千丈。我认识一些学人正是在抗战以后。我读的大学是西南联大，西南联大是名教授荟萃的学府。这些教授肚子里有学问,却少油水。昆明的一些名菜，如“培养正气”的汽锅鸡、东月楼的锅贴乌鱼、映时春的油淋鸡、新亚饭店的过油肘子、小西门马家牛肉馆的牛肉、甬道街的红烧鸡……能够偶尔一吃的,倒是一些“准学人”——学生或助教。这些准学人两肩担一口，无牵无挂，有一点钱——那时的大学生大都在校外兼职，教中学，当家庭教师，做会计……不时有微薄的收入，多是三朋四友，一顿吃光。有一次有一个四川同学，家里给他寄了一件棉袍来，我们几个人和他一块儿到邮局去取。出了邮局，他把包裹拆了，把棉袍搭在胳膊上，站在文明街上，大声喊："谁要这件棉袍？"当场有人买了。我们几个人钻进一家小馆子，风卷残云，一会儿的工夫，就把这件里面三新的棉袍吃掉了。教授们有家，有妻儿老小，当然不能这样的放诞。有一位名教授，外号"二云居士"，谓其所嗜之物为云土与云腿，我想这不可靠。走进大西门外凤翥街的本地馆子里，一屁股坐下来，毫不犹豫地先叫一盘"金钱片腿"的，只有赶马的马锅头。教授只能看看。唐立厂[1]（兰）先生爱吃干巴菌[2]，这东西是不贵的，但必须有瘦肉、青辣椒同炒，而且过了雨季，鲜干巴菌就没有了，唐先生也不能老吃。沈从文先生经常在米线居就餐。巴金同志的《怀念从文》中提道："我还记得在昆明一家小饭食店里几次同他相遇，一两碗米线作为晚餐，有西红柿，还有鸡蛋，我们就满足了。"这家米线店在文林街他的宿舍对面，我就陪沈先生吃过多次米线。文林街上除了米线店，还有两家卖牛肉面的小馆子。西边那一家有一位常客，是吴雨僧（宓）先生。他几乎每天都来。老板和他很熟，也对他很尊敬。那时物价以惊人的速度飞涨，牛肉面也随时要涨价。每涨一次价，老板都得征求吴先生的同意。吴先生听了老板的陈述，认为有理，就用一张红纸，毛笔正楷，写一张新定的价目表，贴在墙上。穷虽穷，不废风雅。云南大学成立了一个曲社，定期举行"同期"。参加拍曲的有陶重华（光）、张宗和、孙凤竹、崔芝兰、沈有鼎、吴征镒诸先生，还有一位在民航公司供职的许茹香老先生，"同期"

[1] 这个字读"庵"，不是工厂的"厂"。

[2] 一种野生食用菌，一般生长在滇中及滇西及鄂西北地区。

后多半要聚一次餐。所谓“聚餐”，是到翠湖边一家小铺去吃一顿馅儿饼，费用公摊。不到吃完，账已经算得一清二楚，谁该多少钱。掌柜的直纳闷，怎么算得这么快？他不知道算账的是许宝騄先生。许先生是数论专家，这点小九九还在话下？许家是昆曲世家，他的曲子唱得细致规矩是不难理解的，从俞平伯先生文中，我才知道他的字也写得很好。昆明的学人清贫如洗，重庆、成都的学人也好不到哪里去。我在观音寺一中学教书时，于金启华先生壁间见到胡小石先生写给他的一条字，是胡先生自作的有点打油味道的诗。全诗已忘，前面说广文先生如何如何，有一句我是一直记得的：“斋钟顿顿牛皮菜。”牛皮菜，茎叶可炒食或做汤，北方叫作“根头菜”，也还不太难吃，但是顿顿吃牛皮菜，是会叫人“嘴里淡出鸟儿来”的！

抗战胜利，大学复员。我曾在北大红楼寄住过半年，和学人时有接触，他们的生活比抗战时要好一些，但很少于吃喝上用心的。谭家菜近在咫尺，我没有听说有哪几位教授在谭家菜预订过一桌鱼翅席去解馋。北大附近只有松公府夹道拐角处有一家四川馆子，就是李一氓同志文中提到过许倩云、陈书舫曾照顾过的，屋小而菜精。李一氓同志说是这家的菜比成都还做得好，我无从比较。除了鱼香肉丝、炒回锅肉、豆瓣鱼……之外，我一直记得这家的泡菜特别好吃——而且是不算钱的。掌勺的是个矮胖子，他的儿子也上灶。不知为了什么事，两父子后来闹翻了。常到这里来吃的，以助教、讲师为多，教授是很少来的。除了这家四川馆，红楼附近只有两家小饭铺，卖筋面炒饼，还有一种叫作“炒和菜戴帽”或“淡和菜盖被窝”的菜——菠菜炒粉条，上面摊一层薄薄的鸡蛋盖住。从大学附近饭铺的菜蔬，可以大体测量出学人和准学人的生活水平。

教授、讲师、助教忽然阔了一个时期。国民党政府改革币制，从法币改为金圆券，这一下等于增加薪水十倍。于是，我们几乎天天晚上到东安市场去吃。吃森隆、五芳斋的时候少，常吃的是“苏造肉”——猪肉及下水加沙仁、豆蔻等药料共煮一锅，吃客可以自选一两样，由大师傅夹出，剁块，和黄宗江在《美食随笔》里提到的言慧珠请他吃过的爆肚和白汤杂碎。东安市场的爆肚真是一绝，脆，嫩，绝对干净，爆散丹、爆肚仁都好。白汤杂碎，汤是雪白的。可惜好景不长，阔也就是阔了一个月光景。金圆券贬值，只能依旧回沙滩吃炒和菜。

教授很少下馆子。他们一般都在家里吃饭，偶尔约几个朋友小聚，也在家里。教授夫人大都会做菜。我的师娘，三姐张兆和是会做菜的。她做的八宝糯米鸭，酥烂入味，皮不破，肉不散，是个杰作。但是她平常做的只是家常炒菜。四姐张充和多才多艺，字写得极好，曲子唱得极好——我们在昆明曲会学唱的《思凡》就是用她的腔，曾听过她的《受吐》的唱片，真是细腻婉转；她善写散曲，也很会做菜。她做的菜我大都忘了，只记得她做的“十香菜”。“十香菜”，苏州人过年吃的常菜耳，只是用十种咸菜丝，分别炒出，置于一盘。但是充和所制，切得极细，精致绝伦，冷冻之后，于鱼肉饫饱之余上桌，拈箸入口，香留齿颊！

解放后我在北京市文联工作过几年。那时文联编着两个刊物：

《北京文艺》和《说说唱唱》,每月有一点编辑费。编辑费都是吃掉。编委、编辑，分批开向饭馆。那两年，我们几乎把北京的有名的饭馆都吃遍了。预计包桌的时候很少，大都是临时点菜。“主点”的是老舍先生，执笔写菜单的是王亚平同志。有一次，菜点齐了，老舍先生又斟酌了一次，认为有一个菜不好，不要，亚平同志掏出笔来在这道菜四边画了一个方框，又加了一个螺旋形的小尾巴。服务员接过菜单，端详了一会儿，问：“这是什么意思？”亚平真是个老编辑，他把校对符号用到菜单上来了。

老舍先生好客，他每年要把文联的干部约到家里去喝两次酒，一次是菊花开的时候，赏菊；一次是腊月二十三，他的生日。菜是地道老北京的味儿,很有特点。我记得很清楚的是芝麻酱炖黄花鱼，是一道汤菜。我以前没有吃过这个菜，以后也没有吃过。黄花鱼极新鲜,而且是一般大小,都是八寸。装这个菜得一个特制的器皿——瓷子，即周壁直上直下的那么一个家伙。这样黄花鱼才能一条一条顺顺溜溜平躺在汤里。若用通常的大海碗,鱼即会拗弯甚至断碎。老舍夫人胡絜青同志善做“芥末墩”，我以为是天下第一。有一次老舍先生宴客的是两个盒子菜。盒子菜已经绝迹多年，不知他是从哪一家订来的。那种里面分格的填雕的朱红大圆漆盒现在大概也找不到了。

学人中有不少是会自己做菜的。但都只能做一两个拿手小菜。学人中真正精于烹调的，据我所知，当推北京王世襄。世襄以此为一乐。有时朋友请他上家里做几个菜，主料、配料、酱油、黄酒……都是自己带去。据说过去连圆桌面都是自己用自行车驮去的。听黄永玉说，有一次有几个朋友在一家会餐，规定每人备料去表演一个菜。王世襄来了，提了一捆葱。他做了一个菜：焖葱。结果把所有的菜全压下去了。此事不知是否可靠。如不可靠，当由黄永玉负责！

客人不多，时间充裕，材料凑手，做几个菜是很愉快的事。成天伏案，改换一下身体的姿势，也是好的——做菜都是站着的。做菜，得自己去买菜。买菜也是构思的过程。得看菜市上有什么菜，琢磨一下，才能掂配出几个菜来。不可能在家里想做几个什么菜，菜市上准有。想炒一个雪里冬笋，没有冬笋，菜架上却有新到的荷兰豆，只好“改戏”。买菜，也多少是运动。我是很爱逛菜市场的。到了一个新地方，有人爱逛百货公司，有人爱逛书店，我宁可去逛逛菜市，看看生鸡活鸭、鲜鱼水菜，碧绿的黄瓜，通红的辣椒，热热闹闹，挨挨挤挤，让人感到一种生之乐趣。

学人所做的菜很难说有什么特点，但大都存本味，去增饰，不勾浓芡，少用明油，比较清淡，和馆子菜不同。北京菜有所谓“宫廷菜”（如仿膳）、“官府菜”（如谭家菜、“潘鱼”）。学人做的菜该叫个什么菜呢？叫作“学人菜”，不大好听，我想为之拟一名目，曰“名士菜”，不知王世襄等同志能同意否。

编者叫我为《学人谈吃》写一篇序，我不知说什么好，就东拉西扯地写了上面一些。

家常酒菜

家常酒菜，一要有点新意，二要省钱，三要省事。偶有客来，酒渴思饮。主人卷袖下厨，一面切葱姜，调作料，一面仍可陪客人聊天，显得从容不迫，若无其事，方有意思。如果主人手忙脚乱，客人坐立不安，这酒还喝个什么劲！

拌菠菜

拌菠菜是北京大酒缸最便宜的酒菜。菠菜焯熟，切为寸段，加一勺芝麻酱、蒜汁，或要芥末，随意。过去（1948 年以前）才三分钱一碟。现在北京的大酒缸已经没有了。

我做的拌菠菜稍为细致。菠菜洗净，去根，在开水锅中焯至八成熟（不可盖锅煮烂），捞出，过凉水，加一点盐，剁成菜泥，挤去菜汁，以手在盘中抟成宝塔状。先碎切香干（北方无香干，可以熏干代），如米粒大，泡好虾米，切姜末、青蒜末。香干末、虾米、姜末、青蒜末，手捏紧，分层堆在菠菜泥上，如宝塔顶。放酱油、香醋、小磨香油及少许味精在小碗中调好。菠菜上桌，将调料轻轻自塔顶淋下。吃时将宝塔推倒，诸料拌匀。

这是我的家乡制拌枸杞头、拌荠菜的办法。北京枸杞头不入馔，荠菜不香。无可奈何，代以菠菜。亦佳。清馋酒客，不妨一试。

拌萝卜丝

红水萝卜,南方叫“杨花萝卜”,因为是杨花飘时上市的。洗净，去根须，不可去皮。斜切成薄片，再切为细丝，愈细愈好。加少糖，略腌，即可装盘，轻红嫩白，颜色可爱。扬州有一种菊花，即叫“萝卜丝”。临吃，浇以三合油（酱油、醋、香油）。

或加少量海蜇皮细丝同拌，尤佳。

家乡童谣曰:“人之初，鼻涕拖，油炒饭，拌萝卜”，可见其普遍。

若无小水萝卜，可以心里美或卫青代，但不如杨花萝卜细嫩。

干丝

干丝是扬州菜。北方买不到扬州那种质地紧密，可以片薄片、切细丝的方豆腐干，可以豆腐片代。但须选色白，质紧，片薄者。切极细丝，以凉水拔二三次，去盐卤味及豆腥气。

拌干丝，拔后的豆腐片细丝入沸水中煮两三开，捞出，沥去水，置浅汤碗中。青蒜切寸段，略焯，虾米发透，并堆置豆腐丝上。五香花生米搓去皮膜，撒在周围。放酱油、小磨香油、醋（少量），淋入，拌匀。

煮干丝。鸡汤或骨头汤煮。若无鸡汤骨汤，用高压锅煮几片肥瘦肉取汤亦可，但必须有荤汤，加火腿丝、鸡丝。亦可少加冬菇丝、笋丝。或入虾仁、干贝，均无不可。欲汤白者入盐。或稍加酱油（万不可多），少量白糖，则汤色微红。拌干丝宜素，要清爽；煮干丝则不厌浓厚。

无论拌干丝，煮干丝，都要加姜丝，多多益善。

扦瓜皮

黄瓜（不太老即可）切成寸段，用水果刀从外至内旋成薄条，如带，成卷。剩下带籽的瓜心不用，酱油、糖、花椒、大料、桂皮、胡椒（破粒）、干红辣椒（整个）、味精、料酒（不可缺）调匀。将扦好的瓜皮投入料汁，不时以筷子翻动，使瓜皮沾透料汁，腌约一小时，取出瓜皮装盘。先装中心，然后以瓜皮面朝外，层层码好，如一小馒头，仍以所余料汁自馒头顶淋下。扦瓜皮极脆，嚼之有声，诸味均透，仍有瓜香。此法得之海拉尔一曾治过国宴的厨师。一盘瓜皮，所费不过四五角钱耳。

炒苞谷

昆明菜。苞谷即玉米。嫩玉米剥出粒，与瘦猪肉同炒，少放盐。略用葱花煸锅亦可，但葱花不能煸得过老，如成黑色，即不美观。不宜用酱油，酱油会掩盖苞谷的清香。起锅时可稍烹水，但不能多，多则成煮苞谷矣！我到菜市买玉米，挑嫩的，别人都很奇怪："挑嫩的干什么？"——"炒肉。"——"玉米能炒了吃？"北京人真是少见多怪。

松花蛋拌豆腐

把豆腐入开水焯过，俟冷，切为小色子块，加少许盐。松花蛋（要腌得较老的），亦切为色子块，与豆腐同拌。老姜在蒜臼中捣烂，加水，滗去渣，淋入。不宜用姜米，亦不加醋。

芝麻酱拌腰片

拌腰片要领：一、先不要去腰臊，只用快刀两面平片，剩下腰臊即可扔掉。如先将腰子平剖两半，剥出腰臊，再用平刀片，则腰片易残破不整。二、腰片须用凉水拔，频频换水，至腰片血水排净，方可用。三、焯腰片要锅大水多。等水大开，将腰片推下，旋即用笊篱抄出，不可等腰片复开。将第一次焯腰片的水泼去，洗净锅，再坐锅，水大开，将焯过一次的腰片投入再焯，旋即捞出，放凉水盆中。两次焯，则腰片已熟，而仍脆嫩。如一次焯，待腰片大开，即成煮矣。腰片凉透，挤去水，入盘，浇以芝麻酱、剁碎的郫县豆瓣、葱末、姜米、蒜泥。

拌里脊片

以四川制水煮牛肉法制猪肉，亦可。里脊或通脊斜切薄片，以芡粉抓过。烧开水一锅，投入肉片，以笊篱翻拢，至肉片变色，即可捞出，加调料。如热吃，即可倾入水煮牛肉的调料：郫县豆瓣（剁碎）炒至出香味，加酱油、少量糖、料酒。最后撒碾碎的生花椒、芝麻。

焯过肉的汤，撇去浮沫，可做一个紫菜汤。

塞馅回锅油条

油条两股拆开,切成寸半长的小段。拌好猪肉（肥瘦各半）馅。馅中加盐、葱花、姜末。如加少量榨菜末或酱瓜末、川冬菜末,亦可。用手指将油条小段的窟窿捅通，将肉馅塞入，逐段下油锅炸至油条挺硬,肉馅已熟,捞出装盘。此菜嚼之酥脆。油条中有矾,略有涩味,比炸春卷味道好。

这道菜是本人首创，为任何菜谱所不载。很多菜都是馋人瞎琢磨出来的。

其他酒菜

凤尾鱼、广东香肠，市上可以买到；茶叶蛋、油炸花生米、五香煮栗子、煮毛豆，人人会做；盐水鸭、水晶肘子，做起来太费事，皆不及。

果蔬秋浓

中国人吃东西讲究色、香、味。关于色味，我已经写过一些话，今只说香。

水果店

江阴有几家水果店，最大的是正街正对寿山公园的一家，水果多，个大，饱满，新鲜。一进门，扑鼻而来的是浓浓的水果香。最突出的是香蕉的甜香。这香味不是时有时无，时浓时淡，一阵一阵的，而是从早到晚都是这么香，一种常在的、永恒的香。香透肺腑，令人欲醉。

我后来到过很多地方，走进过很多水果店，都没有这家水果店的浓厚的果香。

这家水果店的香味使我常常想起，永远不忘。

那年我正在恋爱，初恋。

果蔬秋浓

今天的活是收萝卜。收萝卜是可以随便吃的——有些果品不能随便吃，顶多尝两个，如二十世纪明月（梨）、柔丁香（葡萄），因为产量太少了，很金贵。萝卜起出来，堆成小山似的。农业工人很有经验，一眼就看出来，这是一般的，过了磅卖出去;这几个好，留下来自己吃。不用刀，用棒子打它一家伙，“棒打萝卜”嘛。咔嚓一声，萝卜就裂开了。萝卜香气四溢，吃起来甜、酥、脆。我们种的是心里美。张家口这地方的水土好像特别宜于萝卜之类作物生长，苤蓝有篮球大，疙瘩白（圆白菜）像一个小铜盆。萝卜多汁，不艮，不辣。

红皮小水萝卜，生吃也很好（有萝卜我不吃水果），我的家乡叫作“杨花萝卜”，因为杨树开花时卖。过了那几天就老了。小红萝卜气味清香。

南方的黄瓜不如北方的黄瓜，水叽叽的，吃起来没有黄瓜香。

都爱吃夏初出的顶花带刺的嫩黄瓜，那是很好吃，一咬满口香，嫩黄瓜最好攥在手里整咬，不必拍，更不宜切成细丝。但也有人爱吃二茬黄瓜——秋黄瓜。

呼和浩特有一位老八路，官称“老李森”。此人保留了很多农民的习惯，说起话来满嘴粗话。我们请他到宾馆里来介绍情况，他脱下一只袜子来，一边摇着这只袜子，一边谈，嘴里隔三句就要加一个“我操你妈”。他到一个老朋友曹文玉家来看我们。曹家院里有几架自种的黄瓜，他进门就摘了两条嚼起来。曹文玉说：“你洗一洗！”——“洗它做啥！”

我老是想起这两句话：“宁吃三斗葱，莫逢屈突通。”这两句话大概出自杨升庵的《古谣谚》。屈突通不知是什么人，印象中好像是北朝的一个很凶恶的武人。读书不随手做点笔记，到要用时就想不起来了。我为什么老是要想起这两句话呢？因为我每天都要吃葱，爱吃葱。

“小葱拌豆腐——一清二白”，每年小葱下来时我都要吃几次小葱拌豆腐，盐，香油，少量味精。

羊角葱蘸酱卷煎饼。

再过几天，新葱——新鲜的大葱就下来了。

我在1958年定为右派，尚未下放，曾在西山八大处干了一阵活，为大葱装箱。是山东大葱，出口的，可能是出口到东南亚的。这样好的大葱我真没有见过，葱白够一尺长，粗如擀面杖。我们的任务是把大葱在大箱里码整齐，钉上木板。闻得出来，这大葱味甜不辣，很香。

新山药（土豆，马铃薯）快下来了，新山药入大笼蒸熟，一揭屉盖，喷香！山药说不上有什么味道，可是就是有那么一种新山药气。羊肉卤蘸莜面卷，新山药，塞外美食。

苤蓝、茄子，口外都可以生吃。

逐臭

“臭豆腐、酱豆腐，王致和的臭豆腐！”过去卖臭豆腐、酱豆腐是由小贩担子沿街串巷吆喝着卖的。王致和据说是有这么个人的。皖南屯溪人，到北京来赶考，不中，穷困落魄，流落在北京，百无聊赖，想起家乡的臭豆腐，遂依法炮制，沿街叫卖，生意很好，干脆放弃功名，以此为生。这个传说恐怕不可靠，一个皖南人跑到北京来赶考，考的是什么功名？无此道理。王致和臭豆腐家喻户晓，世代相传，现在成了什么“集团”，厂房很大，但是商标仍是“王致和”。王致和臭豆腐过去卖得很便宜，是北京最便宜的一种贫民食品，都是用筷子夹了卖，现在改用方瓶码装，卖得很贵，成了奢侈品。有一个侨居美国的老人,晚年不断地想北京的臭豆腐，再来一碗热汤面，此生足矣。这个愿望本不难达到，但是臭豆腐很臭，上飞机前检查，绝对通不过，老华人恐怕将带着他的怀乡病，抱恨以终。

臭豆腐闻起来臭，吃起来香。有一位女同志，南京人。爱人到南京出差，问她要带什么东西。——“臭豆腐”。她爱人买了一些，带到火车上。一车厢都大叫：“这是什么味道？什么味道！”我们在长沙，想尝尝毛泽东在火宫殿吃过的臭豆腐，循味跟踪，臭味渐浓。“快了，快到了，闻到臭味了嘛！”到了眼前，是一个公共厕所！

其实油炸臭豆腐干不只长沙有。我在武汉、上海、南京，都吃过。昆明的是烤臭豆腐，把臭油豆干放在下置炭火的铁箅子上烤。南京夫子庙卖油炸臭豆腐干用竹签子串起来，十个一串，像北京的冰糖葫芦似的，穿了薄纱的旗袍或连衣裙的女郎，描眉画眼，一人手里拿了两三串臭豆腐，边走边吃，也是一种景观，他处所无。

吃臭，不只中国有，外国也有，我曾在美国吃过北欧的臭启司。招待我们的诗人保罗·安格尔，以为我吃不来这种东西。我连王致和臭豆腐都能整块整块地吃，还在乎什么臭启司！待老夫吃一个样儿叫你们见识见识！

不臭不好吃，越臭越好吃，口之于味并不都是“有同嗜焉”。

炸弹和冰糖莲子

我和郑智绵曾同住一个宿舍。我们的宿舍非常简陋，草顶、土墼墙；墙上开出一个一个方洞，安几根带皮的直立的木棍，便是窗户。睡的是双层木床，靠墙两边各放十张，一间宿舍可住四十人。我和郑智绵是邻居。我住三号床的下铺，他住五号床的上铺。他是广东人，他说的话我“识听唔识讲”，我们很少交谈。他的脾气有些怪：一是痛恨京剧，二是不跑警报。

我那时爱唱京剧，而且唱的是青衣（我年轻时嗓子很好）。有爱唱京剧的同学带了胡琴到我的宿舍来，定了弦，拉了过门，我一张嘴，他就骂人：

“丢那妈！猫叫！”

那两年日本飞机三天两头来轰炸，一有警报，联大同学大都“跑警报”，从新校舍北门出去，到野地里待着，各干各的事，晒太阳、整理笔记、谈恋爱……直到“解除警报”拉响，才拍拍身上的草末，悠悠闲闲地往回走。“跑警报”有时时间相当长，得一两小时。郑智绵绝对不跑警报。他干什么呢？他留下来煮冰糖莲子。

广东人爱吃甜食。郑智绵是其尤甚者。金碧路有一家广东人开的甜食店，卖绿豆沙、芝麻糊、番薯糖水……番薯糖水有什么吃头？然而郑智绵说“好嘢！”不过他最爱吃的是冰糖莲子。

西南联大新校舍大图书馆西边有一座烧开水的炉子。一有警报，没有人来打开水，炉子的火口就闲了下来，郑智绵就用一个很大的白搪瓷漱口缸来煮莲子。莲子不易烂，不过到解除报警响了，他的莲子也就煨得差不多了。

一天，日本飞机在新校舍扔了一枚炸弹，离开水炉不远，就在郑智绵身边。炸弹不大，不过炸弹带了尖锐哨音往下落，在土地上炸了一个坑，还是挺吓人的。然而郑智绵照样用汤匙搅他的冰糖莲子，神色不动。到他吃完了莲子，洗了漱口缸，才到弹坑旁边看了看，捡起一个弹片（弹片还烫手），咒了一声：

“丢那妈！”

一九九七年三月十八日

鱼我所欲也

石斑

我第一次吃石斑鱼是 1947 年，在越南海防一家华侨开的饭馆里。那吃法很别致。一条很大的石斑，红烧，同时上一大盘生的薄荷叶。我仿照邻座人的办法，吃一口石斑鱼，嚼几片薄荷叶。这薄荷可把口中残余的鱼味去掉，再吃第二口，则鱼味常新。这种吃法，国内似没有。越南人爱吃薄荷，华侨饭馆这样的搭配，盖受越南人之影响。

石斑鱼有红斑，青斑——即灰鼠斑。灰鼠斑尤为名贵，清蒸最好。

鳜鱼

可以和石斑相媲美的淡水鱼，其谓鳜鱼乎？张志和《渔父》词："西塞山前白鹭飞，桃花流水鳜鱼肥"，一经品题，身价十倍。我的家乡是水乡，产鱼，而以"鳊、白、鯚"为三大鱼名："鯚"是鯚花鱼，即鳜鱼。徐文长以为"鯚"字应作"罽"。"罽"是古代的花毯。鯚花鱼身上有黄黑的斑点，似"罽"。但"罽"字今人多不识，如果饭馆的菜单上出现这个字，顾客将不知道这是什么东西。鳜鱼肉细，是蒜瓣肉，刺少，清蒸、汆汤、红烧、糖醋皆宜。苏南饭馆做“松鼠鳜鱼”，甚佳。

1938 年，我在淮安吃过干炸鯚花鱼。活鳜鱼，重三斤，加花刀，在大油锅中炸熟，外皮酥脆，鱼肉白嫩，蘸花椒盐吃，极妙。和我一同吃的有小叔父汪兰生、表弟董受申。汪兰生、董受申都去世多年了。

鲥鱼 · 刀鱼 · 鮰鱼

这都是江鱼。

鲥鱼现在卖到两百多块钱一斤，成了走后门送礼的东西，“吃的人不买，买的人不吃”。

刀鱼极鲜，肉极细，但多刺。金圣叹尝以为刀鱼刺多是人生恨事之一。不会吃刀鱼的人是很容易卡到嗓子的。镇江人以刀鱼煮至稀烂，用纱布滤去细刺，以做汤，下面，即谓“刀鱼面”，很美。

我在江阴读南菁中学时，常常吃到鮰鱼，学校食堂里常做这东西。在江阴是很便宜的。鮰鱼本名鮠鱼，但今人只叫它鮰鱼。鮰鱼大概也能红烧，但我在中学时吃的鮰鱼都是白烧。后来在汉口的璇宫饭店吃的，也是白烧。鮰鱼肉厚，切块放在碗里，没有吃过的人会以为这是鸡块。鮰鱼几乎无刺，大块入口，吃起来很过瘾，宜于馋而懒的人。或说鮰鱼是吃死人的。江里哪有那么多的死人？！鮰鱼吃鱼，是确实的。凡吃鱼的鱼都好吃，鳜鱼也是吃鱼的。养鱼的池塘里是不能有鳜鱼的，见鳜鱼，即捕去。

黄河鲤鱼

我不爱吃鲤鱼，因为肉粗，且有土腥气，但黄河鲤鱼除外。在河南开封吃过黄河鲤鱼，后来在山东水泊梁山下吃过黄河鲤鱼，名不虚传。辨黄河鲤与非黄河鲤，只需看鲤鱼剖开后内膜是白的还是黑的。白色者是真黄河鲤，黑色者是假货。梁山一带人对鲤鱼很重视，酒席上必须有鲤鱼，“无鱼不成席”。婚宴尤不可少。梁山一带人对即将结婚的青年男女，不说是“等着吃你的喜酒”，而说“等着吃你的鱼”。鲤鱼要吃三斤左右的，价也最贵。《水浒传·吴学究说三阮撞筹》中吴用说他“在一个大财主家做门馆教学，今来要对付十数尾金色鲤鱼，要重十四五斤的”。鲤鱼大到十四五斤，不好吃了，写《水浒传》的施耐庵、罗贯中对吃鲤鱼外行。

虎头鲨和昂嗤鱼

虎头鲨和昂嗤鱼原来都是贱鱼，在我的家乡是上不得席的，现在都变得名贵了。

苏州人特重塘鳢鱼，谈起来眉飞色舞。我到苏州一看：嗐，原来就是我们那里的虎头鲨。虎头鲨头大而硬，鳞色微紫，有小黑斑，样子很凶恶，而肉极嫩。我们家乡一般用来汆汤，汤里加醋。昂嗤鱼阔嘴有须，背黄腹白，无背鳍，背上有一根硬骨，捏住硬骨，它会“昂嗤昂嗤”地叫。过去也是汆汤，不放醋，汤白如牛乳。近年家乡兴起炒昂嗤鱼片，谓之“炒金银片”，亦佳。

鳝鱼

淮安人能做全鳝席，一桌子菜，全是鳝鱼。除了烤鳝背、炝虎尾，等等名堂，主要的做法一是炒，二是烧。鳝鱼烫熟切丝再炒，叫作“软兜”；生炒叫炒脆鳝。红烧鳝段叫“火烧马鞍桥”，更粗的鳝段叫“焖张飞”。制鳝鱼都要下大量姜蒜，上桌后撒胡椒，不厌其多。

故乡的野菜

荠菜。荠菜是野菜，但在我的家乡却是可以上席的。我们那里，一般的酒席，开头都有八个凉碟，在客人入席前即已摆好。通常是火腿、变蛋（松花蛋）、风鸡、酱鸭、油爆虾（或炝虾）、蚶子（是从外面运来的，我们那里不产）、咸鸭蛋之类。若是春天，就会有两样应时凉拌小菜：杨花萝卜（即北京的小水萝卜）切细丝拌海蜇，或拌荠菜。荠菜焯过，碎切，和香干细丁同拌加姜米，浇以麻油酱醋，或用虾米，或不用，均可。这道菜常抟成宝塔形，临吃推倒，拌匀。拌荠菜总是受欢迎的，吃个新鲜。凡野菜，都有一种园种的蔬菜所缺少的清香。

荠菜大都是凉拌，炒荠菜很少人吃。荠菜可包春卷，包圆子（汤团）。江南人用荠菜包馄饨，称为菜肉馄饨，亦称“大馄饨”。我们那里没有用荠菜包馄饨的。我们那里的面店中所卖的馄饨都是纯肉馅的馄饨，即江南所说的“小馄饨”。没有“大馄饨”。我在北京的一家有名的家庭餐馆吃过这一家的一道名菜：翡翠蛋羹。一个汤碗里一边是蛋羹，一边是荠菜，一边嫩黄，一边碧绿，绝不混淆，吃时搅在一起。这种讲究的吃法，我们家乡没有。

枸杞头。春天的早晨，尤其是下了一场小雨之后，就可听到叫卖枸杞头的声音。卖枸杞头的多是附近村的女孩子，声音很脆，极能传远："卖枸杞头来！"枸杞头放在一个竹篮子里，一种长圆形的竹篮，叫作元宝篮子。枸杞头带着雨水，女孩子的声音也带着雨水。枸杞头不值什么钱，也从不用秤约，给几个钱，她们就能把整篮子倒给你。女孩子也不把这当作正经买卖，卖一点钱，够打一瓶梳头油就行了。

自己去摘，也不费事。一会儿工夫，就能摘一堆。枸杞到处都是。我的小学的操场原是祭天地的空地，叫作"天地坛"。天地坛的四边围墙的墙根，长的都是这东西。枸杞夏天开小白花，秋天结很多小果子，即枸杞子，我们小时候叫它"狗奶子"，因为很像狗的奶子。

枸杞头也都是凉拌，清香似尤甚于荠菜。

蒌蒿。小说《大淖记事》："春初水暖，沙洲上冒出很多紫红色的芦芽和灰绿色的蒌蒿，很快就是一片翠绿了。"我在书页下面加了一条注："蒌蒿是生于水边的野草，粗如笔管，有节，生狭长的小叶，初生二寸来高，叫作'蒌蒿薹子'，加肉炒食极清香……"蒌蒿，字典上都注"蒌"音楼，蒿之一种，即白蒿。我以为蒌蒿不是蒿之一种，蒌蒿掐断，没有那种蒿子气，倒是有一种水草气。苏东坡诗："蒌蒿满地芦芽短"，以蒌蒿与芦芽并举，证明是水边的植物，就是我的家乡所说"蒌蒿薹子"。"蒌"字我的家乡不读楼，读吕。蒌蒿好像都是和瘦猪肉同炒，素炒好像没有。我小时候非常爱吃炒蒌蒿薹子。桌上有一盘炒蒌蒿薹子，我就非常兴奋，胃口大开。蒌蒿薹子除了清香，还有就是很脆，嚼之有声。

荠菜、枸杞我在外地偶尔吃过，蒌蒿薹子自十九岁离乡后从未吃过，非常想念。去年我的家乡有人开了汽车到北京来办事，我的弟妹托他们带了一塑料袋蒌蒿薹子来，因为路上耽搁，到北京时已经捂坏了。我挑了一些还不及烂的，炒了一盘，还有那么一点意思。

马齿苋。中国古代吃马齿苋是很普遍的，马苋与人苋（即红白苋菜）并提。后来不知怎么吃的人少了。我的祖母每年夏天都要摘一些马齿苋，晾干了，过年包包子。我的家乡普通人家平常是不包包子的，只有过年才包，自己家里人吃，有客人来蒸一盘待客。不是家里人包的。一般的家庭妇女不会包，都是备了面、馅，请包子店里的师傅到家里做，做一上午，就够正月里吃了。我的祖母吃长斋，她的马齿苋包子只有她自己吃。我尝过一个，马齿苋有点酸酸的味道，不难吃，也不好吃。

马齿苋南北皆有。我在北京的甘家口住过，离玉渊潭很近，玉渊潭马齿苋极多。北京人叫作马苋儿菜，吃的人很少。养鸟的拔了喂画眉。据说画眉吃了能清火。画眉还会有“火”吗?

莼菜。第一次喝莼菜汤是在杭州西湖的楼外楼，1948 年 4 月。这以前我没有吃过莼菜，也没有见过。我的家乡人大都不知莼莱为何物。但是秦少游有《以莼姜法鱼糟蟹寄子瞻》诗，则高邮原来是有莼菜的。诗最后一句是“泽居备礼无麇鹿”，秦少游当时盖在高邮居住,送给苏东坡的是高邮的土产。高邮现在还有没有莼菜，什么时候回高邮，我得调查调查。

明朝的时候，我的家乡出过一个散曲作家王磐。王磐字鸿渐，号西楼，散曲作品有《王西楼乐府》。王磐当时名声很大，与散曲大家陈大声并称为“南曲之冠”。王西楼还是画家。高邮现在还有一句歇后语：“王西楼嫁女儿——画（话）多银子少。”王西楼有一本有点特别的著作：《野菜谱》。《野菜谱》收野菜五十二种。五十二种中有些我是认识的，如白鼓钉（蒲公英）、蒲儿根、马兰头、青蒿儿（即茵陈蒿）、枸杞头、野蒜豆、蒌蒿、荠菜儿、马齿苋、灰条。江南人重马兰头。小时读周作人的《故乡的野菜》，提到儿歌：“荠菜马兰头，姐姐嫁在后门头”，很是向往，但是我的家乡是不大有人吃的。灰条的“条”字，正字应是“藋”，通称灰菜。这东西我的家乡不吃。我第一次吃灰菜是在一个山东同学的家里，蘸了稀面，蒸熟，就烂蒜，别具滋味。后来在昆明黄土坡一中学教书，学校发不出薪水，我们时常断炊，就撸了灰菜来炒了吃。在北京我也摘过灰菜炒食。有一次发现钓鱼台国宾馆的墙外长了很多灰菜，极肥嫩，就弯下腰来摘了好些，装在书包里。门卫发现，走过来问：“你干什么？”他大概以为我在埋定时炸弹。我把书包里的灰菜抓出来给他看，他没有再说什么，走开了。灰菜有点碱味，我很喜欢这种味道。王西楼《野菜谱》中有一些，我不但没有吃过、见过，连听都没听说过，如：“燕子不来香”“油灼灼”……

《野菜谱》上图下文。图画的是这种野菜的样子，文则简单地说这种野菜的生长季节，吃法。文后皆系以一诗，一首近似谣曲的小乐府，都是借题发挥，以野菜名起兴，写人民疾苦。如：

眼子菜

眼子菜，如张目，年年盼春怀布谷，犹向秋来望时熟。何事频年倦不开，愁看四野波漂屋。

猫耳朵

猫耳朵，听我歌，今年水患伤田禾，仓廪空虚鼠弃窝，猫兮猫兮将奈何！

江荠

江荠青青江水绿，江边挑菜女儿哭。爷娘新死兄趁熟，止存我与妹看屋。

抱娘蒿

抱娘蒿，结根牢，解不散，如漆胶。君不见昨朝儿卖客船上，儿抱娘哭不肯放。

这些诗的感情都很真挚，读之令人酸鼻。我的家乡本是个穷地方，灾荒很多，主要是水灾，家破人亡，卖儿卖女的事是常有的。我小时就见过。现在水利大有改进，去年那样的特大洪水，也没死一个人，王西楼所写的悲惨景象不复存在了。想到这一点，我为我的家乡感到欣慰。过去，我的家乡人吃野菜主要是为了度荒，现在吃野菜则是为了尝新了。哦，我的家乡的野菜！

贴秋膘

人到夏天，没有什么胃口，饭食清淡简单，芝麻酱面（过水，抓一把黄瓜丝，浇点花椒油）；烙两张葱花饼，熬点绿豆稀粥……两三个月下来，体重大都要减少一点。秋风一起，胃口大开，想吃点好的，增加一点营养，补偿补偿夏天的损失，北方人谓之“贴秋膘”。

北京人所谓“贴秋膘”有特殊的含意，即吃烤肉。

烤肉大概源于少数民族的吃法。日本人称烤羊肉为“成吉思汗料理”（青木正《中华腌菜谱》里提到），似乎这是蒙古人的东西。但我看《元朝秘史》，并没有看到烤肉。成吉思汗当然是吃羊肉的，秘史里几次提到他到了一个什么地方，吃了一只“双母乳的羊羔”。羊羔而是“双母乳”（两只母羊喂奶）的，想必十分肥嫩。一顿吃一只羊羔，这食量是够可以的。但似乎只是白煮，即便是烤，也会是整只地烤，不会像北京的烤肉一样。如果是北京的烤肉，他吃起来大概也不耐烦，觉得不过瘾。我去过内蒙古几次，也没有在草原上吃过烤肉。那么，这是不是蒙古料理，颇可存疑。北京卖烤肉的，都是回民馆子。“烤肉宛”原来有齐白石写的一块小匾，写得明白："清真烤肉宛"，这块匾是写在宣纸上的，嵌在镜框里，字写得很好，后面还加了两行注脚："诸书无烤字，应人所请自我作古。"我曾写信问过语言文字学家朱德熙，是不是古代没有"烤"字，德熙复信说古代字书上确实没有这个字。看来"烤"字是近代人造出来的字了。这是不是回民的吃法？我到过回民集中的兰州，到过新疆的乌鲁木齐、伊犁、吐鲁番，都没有见到如北京烤肉一样的烤肉。烤羊肉串是到处有的，但那是另外一种。北京的烤肉起源于何时，原是哪个民族的，已不可考。反正它已经在北京生根落户，成了北京"三烤"（烤肉，烤鸭，烤白薯）之一，是"北京吃儿"的代表作了。

北京烤肉是在"炙子"上烤的。"炙子"是一根一根铁条钉成的圆板，下面烧着大块的劈柴，松木或果木。羊肉切成薄片（也有烤牛肉的，少），由堂倌在大碗里拌好佐料——酱油，香油，料酒，大量的香菜，加一点水，交给顾客，由顾客用长筷子平摊在炙子上烤。"炙子"的铁条之间有小缝，下面的柴烟火气可以从缝隙中透上来，不但整个"炙子"受火均匀，而且使烤着的肉带柴木清香；上面的汤卤肉屑又可填入缝中，增加了烤炙的焦香。过去吃烤肉都是自己烤。因为炙子颇高，只能站着烤，或一只脚踩在长凳上。大火烤着，外面的衣裳穿不住，大都脱得只穿一件衬衫。足蹬长凳，解衣磅礴，一边大口地吃肉，一边喝白酒，很有点剽悍豪霸之气。满屋子都是烤炙的肉香，这气氛就能使人增加三分胃口。平常食量，吃一斤烤肉，问题不大。吃斤半，二斤，二斤半的，有的是。自己烤，嫩一点，焦一点，可以随意。而且烤本身就是个乐趣。

北京烤肉有名的三家：烤肉季，烤肉宛，烤肉刘。烤肉宛在宣武门里，我住在国会街时，几步就到了，常去。有时懒得去等炙子（因为顾客多，炙子常不得空），就派一个孩子带个饭盒烤一饭盒，买几个烧饼，一家子一顿饭，就解决了。烤肉宛去吃过的名人很多。除了齐白石写的一块匾，还有张大千写的一块。梅兰芳题了一首诗，记得第一句是"宛家烤肉旧驰名"，字和诗当然是许姬传代笔。烤肉季在什刹海，烤肉刘在虎坊桥。

从前北京人有到野地里吃烤肉的风气。玉渊潭就是个吃烤肉的地方。一边看看野景，一边吃着烤肉，别是一番滋味。听玉渊潭附近的老住户说，过去一到秋天，老远就闻到烤肉香味。

北京现在还能吃到烤肉，但都改成由服务员代烤了端上来，那就没劲了。我没有去过。内蒙古也有"贴秋膘"的说法，我在呼和浩特就听到过。不过似乎只是汉族干部或说汉语的蒙族干部这样说。蒙语有没有这说法，不知道。呼市的干部很愿意秋天"下去"考察工作或调查材料。别人就会说："哪里是去考察、调查，是去'贴秋膘'去了。"呼市干部所说"贴秋膘"是说下去吃羊肉去了。但不是去吃烤肉，而是去吃手把羊肉。到了草原，少不了要吃几顿羊肉。有客人来，杀一只羊，这在牧民实在不算什么。关于手把羊肉，我曾写过一篇文章，收入《蒲桥集》，兹不重述。那篇文章漏了一句很重要的话，即羊肉要秋天才好吃，大概要到阴历九月，羊才上膘，才肥。羊上了膘，人才可以去"贴"。

原载一九九三年《中国美食家》试刊号

肉食者不鄙

狮子头

狮子头是淮安菜。猪肉肥瘦各半，爱吃肥的亦可肥七瘦三，要“细切粗斩”，如石榴米大小（绞肉机绞的肉末不行），荸荠切碎，与肉末同拌，用手抟成招柑大的球，入油锅略炸，至外结薄壳，捞出，放进水锅中，加酱油、糖，慢火煮，煮至透味，收汤放入深腹大盘。

狮子头松而不散，入口即化，北方的“四喜丸子”不能与之相比。

周总理在淮安住过，会做狮子头，曾在重庆红岩八路军办事处做过一次，说：“多年不做了，来来来，尝尝！”想必做得很成功，因为语气中流露出得意。

我在淮安中学读过一个学期，食堂里有一次做狮子头，一大锅油，狮子头像炸麻团似的在油里翻滚，捞出，放在碗里上笼蒸，下衬白菜。一般狮子头多是红烧，食堂所做却是白汤，我觉最能存其本味。

镇江肴蹄

镇江肴蹄，盐渍，加硝，放大盆中，以巨大石块压之，至肥瘦肉都已板实，取出，煮熟，晾去水汽，切厚片，装盘。瘦肉颜色殷红，肥肉白如羊脂玉，入口不腻。

吃肴肉，要蘸镇江醋，加嫩姜丝。

乳腐肉

乳腐肉是苏州松鹤楼的名菜，制法未详。我所做乳腐肉乃以意为之。猪肋肉一块，煮至六七成熟，捞出，俟冷，切大片，每片须带肉皮，肥瘦肉，用煮肉原汤入锅，红乳腐碾烂，加冰糖、黄酒，小火焖。乳腐肉嫩如豆腐，颜色红亮，下饭最宜。汤汁可蘸银丝卷。

腌笃鲜

上海菜。鲜肉和咸肉同炖，加扁尖笋。

东坡肉

浙江杭州、四川眉山，全国到处都有东坡肉。苏东坡爱吃猪肉，见于诗文。东坡肉其实就是红烧肉，功夫全在火候。先用猛火攻，大滚几开，即加作料，用微火慢炖，汤汁略起小泡即可。东坡论煮肉法，云须忌水，不得已时可以浓茶烈酒代之。完全不加水是不行的，会焦煳粘锅，但水不能多。要加大量黄酒。扬州炖肉，还要加一点高粱酒。加浓茶，我试过，也吃不出有什么特殊的味道。

传东坡有一首诗："无竹令人俗，无肉令人瘦，若要不俗与不瘦，除非天天笋烧肉。”未必可靠，但苏东坡有时是会写这种打油体的诗的。冬笋烧肉，是很好吃。我的大姑妈善做这道菜，我每次到姑妈家，她都做。

霉干菜烧肉

这是绍兴菜，全国各处皆有，但不似绍兴人三天两头就要吃一次，鲁迅一辈子大概都离不开霉干菜。《风波》里所写的蒸得乌黑的霉干菜很诱人，那大概是不放肉的。

黄鱼鲞烧肉

宁波人爱吃黄鱼鲞（黄鱼干）烧肉，广东人爱吃咸鱼烧肉，这都是外地人所不能理解的口味，其实这种搭配是很有道理的。近几年因为违法乱捕，黄鱼产量锐减，连新鲜黄鱼都很难吃到，更不用说黄鱼鲞了。

火腿

浙江金华火腿和云南宣威火腿风格不同。金华火腿味清，宣威火腿味重。

昆明过去火腿很多，哪一家饭铺里都能吃到火腿。昆明人爱吃肘棒的部位，横切成圆片，外裹一层薄皮，里面一圈肥肉，当中是瘦肉，叫作“金钱片腿”。正义路有一家火腿庄，专卖火腿，除了整只的、零切的火腿，还可以买到火腿脚爪、火腿油。火腿油炖豆腐很好吃。护国路原来有一家本地馆子，叫“东月楼”，有一道名菜“锅贴乌鱼”，乃以乌鱼片两片，中夹火腿一片，在平底铛上烙熟，味道之鲜美，难以形容。前年我到昆明去，向本地人问起东月楼，说是早就没有了，“锅贴乌鱼”遂成《广陵散》。

华山南路吉庆祥的火腿月饼，全国第一。一个重旧秤四两，名曰“四两砣”。吉庆祥还在，而且有了分号，所制四两砣不减当年。

腊肉

湖南人爱吃腊肉。农村人家杀了猪，大部分都腌了，挂在厨灶房梁上，烟熏成腊肉。我不怎样爱吃腊肉，有一次在长沙一家大饭店吃了一回蒸腊肉，这盘腊肉真叫好。通常的腊肉是条状，切片不成形，这盘腊肉却是切成颇大的整齐的方片，而且蒸得极烂，我没有想到腊肉能蒸得这样烂！入口香糯，真是难得。

夹沙肉·芋泥肉

夹沙肉和芋泥肉都是甜的，夹沙肉是川菜，芋泥肉是广西菜。厚膘豚肩肉，煮半熟，捞出，沥去汤，过油灼肉皮起泡，候冷，切大片，两片之间不切通，夹入豆沙，装碗笼蒸，蒸至四川人所说“𤆵而不烂”倒扣在盘里，上桌，是为夹沙肉。芋泥肉做法与夹沙肉相似，芋泥较豆沙尤为细腻，且有芋香，味较夹沙肉更胜一筹。

白肉火锅

白肉火锅是东北菜。其特点是肉片极薄，是把大块肉冻实了，用刨子刨出来的，故入锅一涮就熟，很嫩。白肉火锅用海蛎子（蚝）

做锅底，加酸菜。

烤乳猪

烤乳猪原来各地都有，清代满汉餐席上必有这道菜，后来别处渐渐没有，只有广东一直盛行，大饭店或烧腊摊上的烤乳猪都很好。烤乳猪如果抹一点甜面酱卷薄饼吃，一定不亚于北京烤鸭。可惜广东人不大懂得吃饼，一般烤乳猪只作为冷盘。

韭菜花

五代杨凝式是由唐代的颜柳欧褚到宋四家苏黄米蔡之间的一个过渡人物。我很喜欢他的字。尤其是“韭花帖”。不但字写得好，文章也极有风致。文不长，录如下：

> 昼寝乍兴，朝饥正甚，忽蒙简翰，猥赐盘飧。当一叶报秋之初，乃韭花逞味之始。助其肥羜(zhù 音柱)，实谓珍馐。充腹之余，铭肌载切，谨修状陈谢，伏惟鉴察，谨状。
>
> 七月十一日凝式状

使我兴奋的是：

一、韭花见于法帖，此为第一次，也许是唯一的一次。此帖即以“韭花”名，且文字完整，全篇可读，读之如今人语，至为亲切。我读书少，觉韭花见之于“文学作品”，这也是头一回。韭菜花这样的虽说极平常，但极有味的东西，是应该出现在文学作品里的。

二、杨凝式是梁、唐、晋、汉、周五朝元老，官至太子太保，是个“高干”，但是收到朋友赠送的一点韭菜花，却是那样的感激，正儿八经地写了一封信（杨凝式多作草书，黄山谷说：“谁知洛阳杨风子，下笔便到乌丝阑”，“韭花帖”却是行楷），这使我们想到这位太保在口味上和老百姓的离脱不大。彼时亲友之间的馈赠，也不过是韭菜花这样的东西。今天，恐怕是不行的了。

三、这韭菜花不知道是怎样做成的，是清炒的，还是腌制的？但是看起来是配着羊肉一起吃的。“助其肥羜”，“羜”是出生五个月的小羊，杨凝式所吃的未必真是五个月的羊羔子，只是因为《诗·小雅·伐木》有“既有肥羜”的成句，就借用了吧。但是以韭花与羊肉同食，却是可以肯定的。北京现在吃涮羊肉，缺不了韭菜花，或以为这办法来自蒙古或西域回族，原来中国五代时已经有了。杨凝式是陕西人，以韭菜花蘸羊肉吃，盖始于中国西北诸省。

北京的韭菜花是腌了后磨碎了的，带汁。除了是吃涮羊肉必不可少的调料外，就这样单独地当咸菜吃也是可以的。熬一锅虾米皮大白菜，佐以一碟韭菜花，或臭豆腐，或卤虾酱，就着窝头、贴饼子，在北京的小家户，就是一顿不错的饭食。从前在科班里学戏，给饭吃，但没有菜，韭菜花、青椒糊、酱油，拿开水在大木桶里一沏，这就是菜。韭菜花很便宜，拿一只空碗，到油盐店去，3分钱、5分钱，售货员就能拿铁勺子舀给你多半勺。现在都改成用玻璃瓶装，不卖零，一瓶要一块多钱，很贵了。

过去有钱的人家自己腌韭菜花，以韭花和沙果、京白梨一同治为碎齑，那就很讲究了。

云南的韭菜花和北方的不一样。昆明韭菜花和曲靖韭菜花不同。昆明韭菜花是用酱腌的，加了很多辣子。曲靖韭菜花是白色的，乃以韭花和切得极细的、风干了的萝卜丝同腌成，很香，味道不很咸而有一股说不出来淡淡的甜味。曲靖韭菜花装在一个浅白色的茶叶筒似的陶罐里。凡到曲靖的，都要带几罐送人。我常以为曲靖韭菜花是中国咸菜里的“神品”。

我的家乡是不懂得把韭菜花腌了来吃的，只是在韭花还是骨朵儿，尚未开放时，连同掐得动的嫩薹，切为寸段，加瘦猪肉，炒了吃，这是“时菜”，过了那几天，菜薹老了，就没法吃了。做虾饼，以爆炒的韭菜骨朵儿衬底，美不可言。

吃食和文学

口味·耳音·兴趣

我有一次买牛肉。排在我前面的是一个中年妇女，看样子是个知识分子，南方人。轮到她了，她问卖牛肉的 :“牛肉怎么做？”我很奇怪，问 :“你没有做过牛肉？”——“没有。我们家不吃牛羊肉。”——“那您买牛肉——”——“我的孩子大了，他们会到外地去。我让他们习惯习惯，出去了好适应。”这位做母亲的用心良苦。我于是尽了一趟义务，把她请到一边，讲了一通牛肉做法，从清炖、红烧、咖喱牛肉，直到广东的蚝油炒牛肉、四川的水煮牛肉、干煸牛肉丝……

有人不吃羊肉。我们到内蒙去体验生活。有一位女同志不吃羊肉——闻到羊肉气味都恶心，这可苦了。她只好顿顿吃开水泡饭，吃咸菜。看见我吃手抓羊肉、羊贝子（全羊）吃得那样香，直生气！

有人不吃辣椒。我们到重庆去体验生活。有几个女演员去吃汤圆，进门就嚷嚷 :“不要辣椒！”卖汤圆的冷冷地说 :“汤圆没有放辣椒的！”

许多东西不吃，“下去”，很不方便。到一个地方，听不懂那里的话，也很麻烦。

我们到湘鄂赣去体验生活。在长沙，有一个同志的鞋坏了，去修鞋，鞋铺里不收。“为什么？”——“修鞋的不好过。”——“什么？”——“修鞋的不好过！”我只得给他翻译一下，告诉他修鞋的今天病了，他不舒服。上了井冈山，更麻烦了：井冈山说的是客家话。我们听一位队长介绍情况，他说这里没有人肯当干部，他挺身而出，他老婆反对，说是“辣子冇补，两头秀腐”——“什么什么”？我又得给他翻译：“辣椒没有营养，吃下去两头受苦。”这样一翻译可就什么味道也没有了。

我去看昆曲，“打虎游街”“借茶活捉”……好戏。小丑的苏白尤其传神，我听得津津有味，不时发出笑声。邻座是一个唱花旦的京剧女演员，她听不懂，直着急，老问：“他说什么？说什么？”我又不能逐句翻译，她很遗憾。

我有一次到民族饭店去找人，身后有几个少女在叽叽呱呱地说很地道的苏州话。一边的电梯来了，一个少女大声招呼她的同伴：“乖面乖面（这边这边）！”我回头一看：说苏州话的是几个美国人！

我们那位唱花旦的女演员在语言能力上比这几个美国少女可差多了。

一个文艺工作者、一个作家、一个演员的口味最好杂一点，从北京的豆汁到广东的龙虱都尝尝（有些吃的我也招架不了，比如，贵州的鱼腥草）；耳音要好一些，能多听懂几种方言，四川话、苏州话、扬州话（有些话我也一句不懂，比如温州话）。否则，是个损失。

口味单调一点、耳音差一点，也还不要紧，最要紧的是对生活的兴趣要广一点。

苦瓜是瓜吗？

昨天晚上，家里吃白兰瓜。我的一个小孙女，还不到三岁，一边吃，一边说："白兰瓜、哈密瓜、黄金瓜、华莱士瓜、西瓜，这些都是瓜。"我很惊奇了：她已经能自己经过归纳，形成"瓜"的概念了（没有人教过她）。这表示她的智力已经发展到了一个重要的阶段。凭借概念，进行思维，是一切科学的基础。她奶奶问她："黄瓜呢？"她点点头。"苦瓜呢？"她摇摇头。我想：她大概认为"瓜"是可吃的，并且是好吃的（这些瓜她都吃过）。今天早起，又问她："苦瓜是不是瓜？"她还是坚决地摇了摇头，并且说明她的理由："苦瓜不像瓜。"我于是进一步想：我对她的概念的分析是不完全的。原来在她的"瓜"概念里除了好吃不好吃，还有一个像不像的问题（苦瓜的表皮疙里疙瘩的，也确实不大像瓜）。我翻了翻《辞海》，看到苦瓜属葫芦科。那么，我的孙女认为苦瓜不是瓜，是有道理的。我又翻了翻《辞海》的"黄瓜"条：黄瓜也是属葫芦科。苦瓜、黄瓜习惯上都叫作瓜；而另一种很"像"是瓜的东西，在北方却称之为"西葫芦"。瓜乎？葫芦乎？苦瓜是不是瓜呢？我倒糊涂起来了。

前天有两个同乡因事到北京，来看我。吃饭的时候，有一盘炒苦瓜。同乡之一问："这是什么？"我告诉他是苦瓜。他说："我倒要尝尝。"夹了一小片入口："乖乖！真苦啊！——这个东西能吃？为什么要吃这种东西？”我说："酸甜苦辣咸，苦也是五味之一。”他说："不错！”我告诉他们这就是癞葡萄。另一同乡说："癞葡萄，那我知道的。癞葡萄能这个吃法？”

“苦瓜”之名，我最初是从石涛的画上知道的。我家里有不少有正书局珂罗版印的画集，其中石涛的画不少。我从小喜欢石涛的画。石涛的别号甚多，除石涛外有释元济、清湘陈人、大涤子、瞎尊者和苦瓜和尚。但我不知道苦瓜为何物。到了昆明，一看：哦，原来就是癞葡萄，我的大伯父每年都要在后园里种几棵癞葡萄，不是为了吃，是为成熟之后摘下来装在盘子里看着玩的。有时也剖开一两个，挖出籽儿来尝尝。有一点甜味，并不好吃。而且颜色鲜红，如同一个一个血饼子，看起来很刺激，也使人不大敢吃它。当作菜，我没有吃过。有一个西南联大的同学，是个诗人，他整了我一下子。我曾经吹牛，说没有我不吃的东西。他请我到一个小饭馆吃饭，要了三个菜：凉拌苦瓜、炒苦瓜、苦瓜汤！我咬咬牙，全吃。从此，我就吃苦瓜了。

苦瓜原产于印度尼西亚，中国最初种植是广东、广西。现在云南、贵州都有。据我所知，最爱吃苦瓜的似是湖南人。有一盘炒苦瓜——加青辣椒、豆豉，少放点猪肉，湖南人可以吃三碗饭。石涛是广西全州人，他从小就是吃苦瓜的，而且一定很爱吃。“苦瓜和尚”这别号可能有一点禅机，有一点独往独来、不随流俗的傲气，正如他叫“瞎尊者”，其实并不瞎；但也可能是一句实在话。石涛中年流寓南京，晚年久住扬州。南京人、扬州人看见这个和尚拿癞葡萄来炒了吃，一定会觉得非常奇怪的。

北京人过去是不吃苦瓜的。菜市场偶尔有苦瓜卖，是从南方运来的。买的也都是南方人。近两年北京人也有吃苦瓜的了，有人还很爱吃。农贸市场卖的苦瓜都是本地的菜农种的,所以格外鲜嫩。看来人的口味是可以改变的。

由苦瓜我想到几个有关文学创作的问题：

一、应该承认苦瓜也是一道菜。谁也不能把苦从五味里开除出去。我希望评论家、作家——特别是老作家，口味要杂一点，不要偏食。不要对自己没有看惯的作品轻易地否定、排斥。不要像我的那位同乡一样，问道："这个东西能吃？为什么要吃这种东西？"提出："这样的作品能写？为什么要写这样的作品？"我希望他们能习惯类似苦瓜一样的作品，能吃出一点味道来，如现在的某些北京人。

二、《辞海》说苦瓜"未熟嫩果作蔬菜，成熟果瓤可生食"。对于苦瓜，可以各取所需，愿吃皮的吃皮，愿吃瓤的吃瓤。对于一个作品，也可以见仁见智。可以探索其哲学意蕴，也可以踪迹其美学追求。北京人吃凉拌芹菜，只取嫩茎，西餐馆做罗宋汤则专要芹菜叶。人弃人取，各随尊便。

三、一个作品算是现实主义的也可以，算是现代主义的也可以，只要它真是一个作品。作品就是作品。正如苦瓜，说它是瓜也行，说它是葫芦也行，只要它是可吃的。苦瓜就是苦瓜——如果不是苦瓜，而是狗尾巴草，那就另当别论。截至现在，还没有人认为狗尾巴草很好吃。

昆明菜

我这篇东西是写给外地人看的，不是写给昆明人看的。和昆明人谈昆明菜，岂不成了笑话！其实不如说是写给我自己看的。我离开昆明整四十年了，对昆明菜一直不能忘。

昆明菜是有特点的。昆明菜——云南菜不属于中国的八大菜系。很多人以为昆明菜接近四川菜，其实并不一样。四川菜的特点是麻、辣。多数四川菜都要放郫县豆瓣、泡辣椒，而且放大量的花椒——必得是川椒。中国很多省的人都爱吃辣，如湖南、江西，但像四川人那样爱吃花椒的地方不多。重庆有很多小面馆，门面的白墙上多用黑漆涂写三个大字“麻、辣、烫”，老远就看得见。昆明菜不像四川菜那样既辣且麻。大抵四川菜多浓厚强烈，而昆明菜则比较清淡纯和。四川菜调料复杂，昆明菜重本味。比较一下怪味鸡和汽锅鸡，便知二者区别所在。

汽锅鸡

中国人很会吃鸡。广东的盐焗鸡，四川的怪味鸡，常熟的叫花鸡，山东的炸八块，湖南的东安鸡，德州的扒鸡……如果全国各种做法的鸡来一次大奖赛，哪一种鸡该拿金牌？我以为应该是昆明的汽锅鸡。

是什么人想出了这种非常独特的吃法？估计起来，先得有汽锅，然后才有汽锅鸡。汽锅以建水所制者最佳。现在全国出陶器的地方都能造汽锅，如江苏的宜兴。但我觉得用别处出的汽锅蒸出来的鸡，都不如用建水汽锅做出的有味。这也许是我的偏见。汽锅既出在建水，那么，昆明的汽锅鸡也可能是从建水传来的吧？

原来在正义路近金碧路的路西有一家专卖汽锅鸡。这家不知有没有店号，进门处挂了一块匾，上书四个大字："培养正气。"因此大家就径称这家饭馆为"培养正气"。过去昆明人一说："今天我们培养一下正气"，听话的人就明白是去吃汽锅鸡。"培养正气"的鸡特别鲜嫩，而且屡试不爽。没有哪一次去吃了，会说"今天的鸡差点事"，所以能永远保持质量，据说他家用的鸡都是武定肥鸡。鸡瘦则肉柴，肥则无味。独武定鸡极肥而有味。揭盖之后：汤清如水，而鸡香扑鼻。

听说"培养正气"已经没有了。昆明饭馆里卖的汽锅鸡已经不是当年的味道，因为用的不是武定鸡，什么鸡都有。

恢复"培养正气"，重新选用武定鸡，该不是难事吧？

昆明的白斩鸡也极好。玉溪街卖馄饨的摊子的铜锅上搁一个细铁条箅子，上面都放两三只肥白的熟鸡。随要，即可切一小盘。昆明人管白斩鸡叫"凉鸡"。我们常常去吃，喝一点酒，因为是坐在一张长板凳上吃的，有一个同学为这种做法起了一个名目，叫"坐失（食）良（凉）机（鸡）"。玉溪街卖的鸡据说是玉溪鸡。

华山南路与武成路交界处从前有一家馆子叫“映时春”，做油淋鸡极佳。大块鸡生炸，十二寸的大盘，高高地堆了一盘。蘸花椒盐吃。二十几岁的小伙子，七八个人，人得三五块，顷刻瓷盘见底矣。如此吃鸡，平生一快。

昆明旧有卖鸡杂的，挎腰圆食盒，串街唤卖。鸡肫鸡肝皆用篾条穿成一串，如北京的糖葫芦。鸡肠子盘紧如素鸡，买时旋切片。耐嚼，极有味，而价甚廉，为佐茶下酒妙品。估计昆明这样的小吃已经没有了。曾与老昆明谈起，全似孟元老《东京梦华录》中所记了也。

火腿

云南宣威火腿与浙江金华火腿齐名，难分高下。金华火腿知道的人多，有许多品级。比较著名的是“雪舫蒋腿”。更高级的，以竹叶熏成的，谓之“竹叶腿”。宣威火腿似没有这么多讲究，只是笼统地叫作火腿。火腿出在宣威，据说宣威家家腌制，而集中销售地则在昆明。正义路牌坊东侧原来有一家火腿庄，除了卖整只、零切的火腿，还卖火腿骨、火腿油。上海卖金华火腿的南货店有时卖“火腿脚爪”，单卖火腿油，却没有听说过。火腿骨熬汤，火腿油炖豆腐，想来一定很好吃。

火腿作为提味的配料时多，单吃，似只有一种吃法，蒸熟了切片。从前有蜜炙火腿，不知好吃否。金华火腿按部位分油头、上腰、中腰——再以下便是脚爪。昆明人吃火腿特重小腿至肘棒的那一部分，谓之“金钱片腿”，因为切开作圆形，当中是精肉，周围是肥肉，带着一圈薄皮。大西门外有一家本地饭馆，不大，很不整洁，但是菜品不少，金钱片腿是必备的。因为赶马的马锅头最爱吃这道菜——这家饭馆的主要顾客是马锅头。马锅头兄弟一进门，别的菜还没有要，先叫："切一盘金钱片腿！"

一道昆明菜，不是以火腿为主料，但离开火腿却不成的，是"锅贴乌鱼"。这是东月楼的名菜。乃以乌鱼两片（乌鱼必活杀，鱼片须旋批），中夹兼肥带瘦的火腿一片，在平底铛上，以文火烙成，不加任何别的作料。鲜嫩香美，不可名状。

东月楼在护国路，是一家地道的昆明老馆子。除锅贴乌鱼外，尚有酱鸡腿，也极好。听说东月楼现在也没有了。

昆明吉庆祥的火腿月饼甚佳。今年中秋，北京运到一批，买来一尝，滋味犹似当年。

牛肉

我一辈子没有吃过昆明那样好的牛肉。

昆明的牛肉馆的特别处是只卖牛肉一样——外带米饭、酒，不卖别的菜肴。这样的牛肉馆，据我所知，有三家。有一家在大西门外凤翥街，因为离西南联大很近，我们常去。我是由这家"学会"吃牛肉的。一家在小东门。而以小西门外马家牛肉馆为最大。楼上楼下，几十张桌子。牛肉馆的牛肉是分门别类地卖的。最常见的是汤片和冷片。白牛肉切薄片，浇滚烫的清汤，为汤片。冷片也是同样旋切的薄片，但整齐地码在盘子里，蘸甜酱油吃（甜酱油为昆明所特有）。汤片、冷片皆极酥软，而不散碎。听说切汤片冷片的肉是整个一边牛蒸熟了的，我有点不相信:哪里有这样大的蒸笼、这样大的锅呢？但切片的牛肉确是很大的大块的。牛肉这样酥软，火候是要很足。有人告诉我,得蒸(或煮？)一整夜。其次是“红烧”。“红烧”不是别的地方加了酱油焖煮的红烧牛肉，也是清汤的，不过大概牛肉曾用红曲染过,故肉呈胭脂红色。“红烧”是切成小块的。这不用牛身上的“好”肉,如胸肉腿肉,带一些“筋头巴脑”,和汤、冷片相较,别是一种滋味。还有几种牛身上的特别部位,也分开卖。却都有代用的别名,不“会”吃的人听不懂,不知道这是什么东西。如牛肚叫“领肝”;牛舌叫“撩青”。很多地方卖舌头都讳言“舌”字，因为“舌”与“蚀”同音。无锡陆稿荐卖猪舌改叫“赚头”。广东饭馆把牛舌叫“牛脷”，其实本是“牛利”，只是加了一肉月偏旁，以示这是肉食。这都是反“蚀”之意而用之，讨个吉利。把舌头叫成“撩青”,别处没有听说过。稍想一下,是有道理的。牛吃青草，都是用舌头撩进嘴里的。这一别称很形象，但是太费解了。牛肉馆还有牛大筋卖。我有一次同一个女同学去吃马家牛肉馆,她问我:“这是什么？”我实在不好回答。我在昆明吃过不少次牛大筋，只是因为它好吃,不是为了壮阳。“领肝”“撩青”“大筋”都是带汤的。牛肉馆不卖炒菜。上牛肉馆其实主要是来喝汤的——汤好。

昆明牛肉馆用的牛都是小黄牛，老牛、废牛是不用的。

吃一次牛肉馆是花不了多少钱的,比一般小饭馆便宜,也好吃，实惠。

马家牛肉馆常有人托一搪瓷茶盘来卖小菜，藠头、腌蒜、腌姜、糟辣椒……有七八样。两三分钱即可买一小碟，极开胃。

马家牛肉店不知还有没有？如果没有了，就太可惜了。

昆明还有牛干巴，乃将牛肉切成长条，腌制晾干。小饭馆有炒牛干巴卖。这东西据说生吃也行。马锅头上路，总要带牛干巴，用刀削成薄片，酒饭均宜。

蒸菜

昆明尚食蒸菜。正义路原来有一家。蒸鸡、蒸骨、蒸肉，都放在直径不到半尺的小蒸笼中蒸熟。小笼层层相叠，几十笼为一摞，一口大蒸锅上蒸着好几摞。蒸菜都酥烂，蒸鸡连骨头都能嚼碎。蒸菜有衬底。别处蒸菜衬底多为红薯、洋芋、白萝卜，昆明蒸菜的衬底却是皂角仁。皂角仁我是认识的。我们那里的少女绣花，常用小瓷碟蒸十数个皂角仁，用来"光"绒，取其滑润，并增光泽。我没有想到这东西能吃，且好吃。样子也好看，莹洁如玉。这么多的蒸菜，得用多少皂角仁，得多少皂角才能剥出这样多的仁呢？玉溪街里有一家也卖蒸菜。这家所卖蒸菜中有一色瓤小瓜：小南瓜，挖出瓤，塞入肉蒸熟，很别致。很多地方都有瓤菜，瓤冬瓜，瓤茄子，都是塞肉蒸熟的菜。瓤不知道怎么写，一般字典查不到这个字。或写成"酿"，则音义都不对。我们到北京后曾做过瓤小瓜，终不似玉溪街的味道。大概这家因为是和许多其他蒸菜摆在一起蒸的，鸡、骨、肉的蒸气透入蒸小瓜的笼，故小瓜里的肉有瓜香，而包肉的瓜则带鲜味。单瓤一瓜，不能腴美。

诸菌

有朋友到昆明开会，我告诉他到昆明一定要吃吃菌子。他住在一旧交家里，把所有的菌子都吃了。回北京见到我，说："真是好！"

鸡坳为菌中之王。甬道街有一家专做鸡坳的馆子。这家还卖苦菜汤，是熬在一口大锅里，非常便宜，好吃。外省人说昆明有三怪：姑娘叫老太，芥菜叫苦菜。听昆明人说苦菜不是芥菜，别是一种。

前月有一直住在昆明的老同学来，说鸡坳出在富民。有一次他们开会，从富民拉了一汽车鸡坳来，吃得不亦乐乎。鸡坳各处皆有，富民可能出得多一些。

青头菌、牛肝菌、干巴菌、鸡油菌，我在别的文章里已写过，不重复。昆明诸菌总宜鲜吃。鸡坳可制成油鸡坳，干巴菌可晾成干，可致远，然而风味减矣。

乳扇、乳饼

乳扇是晾干的奶皮子，乳饼即奶豆腐。这种奶制品我颇怀疑是元朝的蒙古兵传入云南的。然而蒙古人的奶制品只是用来佐奶茶，云南则作为菜肴。这两样其实只能"吃着玩"，不下饭的。

炒鸡蛋

炒鸡蛋天下皆有。昆明的炒鸡蛋特泡。一颠翻面，两颠出锅，动锅不动铲。趁热上桌，鲜亮喷香，逗人食欲。

番茄炒鸡蛋，番茄炒至断生，仍有清香，不疲软，鸡蛋呈大块，不发死。番茄与鸡蛋相杂，颜色仍分明，不像北方的西红柿炒鸡蛋，炒得“一塌糊涂”。

映时春有雪花蛋，乃以鸡蛋清、温熟猪油于小火上，不住地搅拌，猪油与蛋清相入，油蛋交融。嫩如鱼脑，洁白而有亮光。入口即已到喉，齿舌都来不及辨别是何滋味，真是一绝。另有桂花蛋，则以蛋黄以同法制成。雪花蛋、桂花蛋上都撒了一层瘦火腿末，但不宜多，多则掩盖鸡蛋香味。鸡蛋这样的做法，他处未见。我在北京曾用此法做一盘菜待客，吹牛说“这是昆明做法”。客人尝后，连说“不错！不错”且到处宣传。其实我做出的既不是雪花蛋，也不是桂花蛋，简直有点像山东的“假螃蟹”了！

炒青菜

袁子才《随园食单》指出:炒青菜须用荤油，炒荤菜当用素油，很有道理。昆明炒青菜都用猪油。昆明的青菜炒得好,因为:菜新鲜，油多，火爆，慎用酱油，起锅时一般不烹水或烹水极少，不盖锅（饭馆里炒青菜多不盖锅），或盖锅时间甚短。这样炒出来的青菜不失菜味，且不变色，视之犹如从园中初摘出来的一样。

菜花昆明叫椰花菜。北京炒菜花先以水焯过，再炒。这样就不如干脆加水煮成奶油菜花汤了。昆明炒椰花菜皆生炒，脆而不良，干干净净。如加火腿，尤妙。

炒苞谷只有昆明有。每年北京嫩玉米上市时，我都买一些回来抠出玉米粒加瘦肉末炒了吃。有亲戚朋友来，觉得很奇怪：“玉米能做菜？”尝了两筷子，都说“好吃”。炒苞谷做法简单，在北京的一个很小的范围内已经推广。有一个西南联大的校友请几个老同学上家里聚一聚，特别声明："今天有一道昆明菜！"端上来，是炒苞谷。苞谷既老，放了太多的肉、大量酱油，还加了很多水咕嘟了！我跟他说："你这样炒苞谷，能把昆明人气死。"

临离昆明前，我和朱德熙在一家饭馆里吃了一盘肉炒菠菜，当时叫绝，至今不忘。菠菜极嫩（北京人爱吃长成小树一样的菠菜，真不可解），油极大，火甚匀，味极鲜。炒菠菜要尽量少动铲子。频频翻锅，菠菜就会发黑，且有涩味。

黑芥·韭菜花·茄子酢

昆明谓黑大头菜为黑芥。袁子才以为大头菜偏宜肉炒，很对。大头菜得肉，香味才能发出。我们有时几个人在昆明饭馆里吃饭，一看菜不够了，就赶紧添叫一盘黑芥炒肉。一则这个菜来得快；二则极下饭，且禁吃。

韭菜花出曲靖。名为韭菜花，其实主料是切得极细晾干的萝卜丝。这是中国咸菜里的"神品"。这一味小菜按说不用多少成本，但价钱却颇贵，想是因为腌制很费工。昆明人家也有自己腌韭菜花的。这种韭菜花和北京吃涮羊肉作调料的韭菜花不是一回事，北京人万勿误会。

茄子酢是茄子切细丝，风干，封缸，发酵而成。我很怀疑这属于古代的菹。菹，郭沫若以为可能是泡菜。《说文解字》"菹"字下注云："酢菜也"，我觉得可能就是茄子酢一类的东西。中国以酢为名的小菜别处也有，湖南有"酢辣子"。古书里凡从酉的字都跟酒有点关系。茄子酢和酢辣子都是经过酒化了的，吃起来带酒香。

故乡的食物

炒米和焦屑

小时读《板桥家书》:“天寒冰冻时暮，穷亲戚朋友到门，先泡一大碗炒米送手中，佐以酱姜一小碟，最是暖老温贫之具”，觉得很亲切。郑板桥是兴化人,我的家乡是高邮,风气相似。这样的感情,是外地人不易领会的。炒米是各地都有的。但是很多地方都做成了炒米糖。这是很便宜的食品。孩子买了，咯咯地嚼着。四川有“炒米糖开水”，车站码头都有得卖，那是泡着吃的。但四川的炒米糖似也是专业的作坊做的,不像我们那里。我们那里也有炒米糖,像别处一样，切成长方形的一块一块。也有搓成圆球的，叫作“欢喜团”。那也是作坊里做的。但通常所说的炒米，是不加糖黏结的，是“散装”的；而且不是作坊里做出来，是自己家里炒的。

说是自己家里炒，其实是请了人来炒的。炒炒米也要点手艺，并不是人人都会的。入了冬，大概是过了冬至吧，有人背了一面大筛子，手执长柄的铁铲，大街小巷地走，这就是炒炒米的。有时带一个助手，多半是个半大孩子，是帮他烧火的。请到家里来，管一顿饭，给几个钱，炒一天。或二斗，或半石；像我们家人口多，一次得炒一石糯米。炒炒米都是把一年所需一次炒齐，没有零零碎碎炒的。过了这个季节,再找炒炒米的也找不着。一炒炒米，就让人觉得，快要过年了。

装炒米的坛子是固定的，这个坛子就叫“炒米坛子”，不作别的用途。舀炒米的东西也是固定的，一般人家大都是用一个香烟罐头。我的祖母用的是一个“柚子壳”。柚子——我们那里柚子不多见，从顶上开一个洞，把里面的瓤掏出来，再塞上米糠，风干，就成了一个硬壳的钵状的东西。她用这个柚子壳用了一辈子。

我父亲有一个很怪的朋友，叫张仲陶。他很有学问，曾教我读过《项羽本纪》。他薄有田产，不治生业，整天在家研究易经，算卦。他算卦用蓍草。全城只有他一个人用蓍草算卦。据说他有几卦算得极灵。有一家，丢了一只金戒指，怀疑是女用人偷了。这女用人蒙了冤枉，来求张先生算卦。张先生算了，说戒指没有丢，在你们家炒米坛盖子上。一找，果然。我小时就不大相信，算卦怎么就算得这样准，怎么能算得出在炒米坛盖子上呢？不过他的这一卦说明了一件事，即我们那里炒米坛子是几乎家家都有的。

炒米这东西实在说不上有什么好吃。家常预备,不过取其方便。用开水一泡,马上就可以吃。在没有什么东西好吃的时候，泡一碗，可代早晚茶。来了平常的客人,泡一碗,也算是点心。郑板桥说“穷亲戚朋友到门，先泡一大碗炒米送手中”，也是说其省事，比下一碗挂面还要简单。炒米是吃不饱人的。一大碗,其实没有多少东西。我们那里吃泡炒米，一般是抓上一把白糖；如板桥所说“佐以酱姜一小碟”，也有，少。我现在岁数大了，如有人请我吃泡炒米，我倒宁愿来一小碟酱生姜——最好滴几滴香油，那倒是还有点意思的。另外还有一种吃法，用猪油煎两个嫩荷包蛋——我们那里叫作“蛋瘪子”，抓一把炒米和在一起吃。这种食品是只有“惯宝宝”才能吃得到的。谁家要是老给孩子吃这种东西,街坊就会有议论的。

我们那里还有一种可以急就的食品，叫作“焦屑”。煳锅巴磨成碎末，就是焦屑。我们那里，餐餐吃米饭，顿顿有锅巴。把饭铲出来,锅巴用小火烘焦,起出来,卷成一卷,存着。锅巴是不会坏的,不发馊，不长霉。攒够一定的数量，就用一具小石磨磨碎，放起来。焦屑也像炒米一样，用开水冲冲，就能吃了。焦屑调匀后呈糊状，有点像北方的炒面，但比炒面爽口。

我们那里的人家预备炒米和焦屑，除了方便，原来还有一层意思，是应急。在不能正常煮饭时可以用来充饥。这很有点像古代行军的“糒”。有一年,记不得是哪一年,总之是我还小,还在上小学,党军（国民革命军）和联军（孙传芳的军队）在我们县境内开了仗,很多人都躲进了红十字会。不知道出于一种什么信念，大家都以为红十字会是哪一方的军队都不能打进去的，进红十字会就安全了。红十字会设在炼阳观，这是一个道士观。我们一家带了一点行李进了炼阳观。祖母指挥着,特别关照,把一坛炒米和一坛焦屑带了去。我对这种打破常规的生活极感兴趣。晚上，爬到吕祖楼上去，看双方军队枪炮的火光在东北面不知什么地方一阵一阵地亮着，觉得有点紧张，也觉得好玩。很多人家住在一起，不能煮饭，这一晚上，我们是冲炒米、泡焦屑度过的。没有床铺，我把几个道士诵经用的蒲团拼起来，在上面睡了一夜。这实在是我小时候度过的一个浪漫主义的夜晚。

第二天，没事了，大家就都回家了。

炒米和焦屑和我家乡的贫穷和长期的动乱是有关系的。

端午的鸭蛋

家乡的端午，很多风俗和外地一样。系百索子。五色的丝线拧成小绳，系在手腕上。丝线是掉色的，洗脸时沾了水，手腕上就印得红一道绿一道的。做香角子。丝线缠成小粽子，里头装了香面，一个一个串起来，挂在帐钩上。贴五毒。红纸剪成五毒，贴在门槛上。贴符。这符是城隍庙送来的。城隍庙的老道士还是我的寄名干爹，他每年端午节前就派小道士送符来，还有两把小纸扇。符送来了，就贴在堂屋的门楣上。一尺来长的黄色、蓝色的纸条，上面用朱笔画些莫名其妙的道道，这就能辟邪吗？喝雄黄酒。用酒和的雄黄在孩子的额头上画一个“王”字，这是很多地方都有的。有一个风俗不知别处有不:放黄烟子。黄烟子是大小如北方的麻雷子的炮仗，只是里面灌的不是硝药，而是雄黄。点着后不响，只是冒出一股黄烟,能冒好一会儿。把点着的黄烟子丢在橱柜下面,说是可以熏五毒。小孩子点了黄烟子,常把它的一头抵在板壁上写“虎”字。写黄烟“虎”字笔画不能断，所以我们那里的孩子都会写草书的“一笔虎”。还有一个风俗,是端午节的午饭要吃“十二红”,就是十二道红颜色的菜。十二红里我只记得有炒红苋菜、油爆虾、咸鸭蛋，其余的都记不清，数不出了。也许十二红只是一个名目，不一定真凑足十二样。不过午饭的菜都是红的，这一点是我没有记错的，而且，苋菜、虾、鸭蛋，一定是有的。这三样，在我的家乡，都不贵，多数人家是吃得起的。

我的家乡是水乡，出鸭。高邮大麻鸭是著名的鸭种。鸭多，鸭蛋也多。高邮人也善于腌鸭蛋，高邮咸鸭蛋于是出了名。我在苏南、浙江，每逢有人问起我的籍贯，回答之后，对方就会肃然起敬："哦！你们那里出咸鸭蛋！"上海的卖腌腊的店铺里也卖咸鸭蛋，必用纸条特别标明："高邮咸蛋。"高邮还出双黄鸭蛋，别处鸭蛋也偶有双黄的，但不如高邮的多，可以成批输出。双黄鸭蛋味道其实无特别处。还不就是个鸭蛋！只是切开之后，里面圆圆的两个黄，使人惊奇不已。我对异乡人称道高邮鸭蛋，是不大高兴的，好像我们那穷地方就出鸭蛋似的！不过高邮的咸鸭蛋，确实是好，我走的地方不少，所食鸭蛋多矣，但和我家乡的完全不能相比！曾经沧海难为水，他乡咸鸭蛋，我实在瞧不上。袁枚的《随园食单·小菜单》有"腌蛋"一条。袁子才这个人我不喜欢，他的《食单》好些菜的做法是听来的，他自己并不会做菜。但是《腌蛋》这一条我看后却觉得很亲切，而且"与有荣焉"。文不长，录如下：

> 腌蛋以高邮为佳，颜色细而油多，高文端公最喜食之。席间，先夹取以敬客，放盘中。总宜切开带壳，黄白兼用；不可存黄去白，使味不全，油亦走散。

高邮咸蛋的特点是质细而油多。蛋白柔嫩，不似别处的发干、发粉，入口如嚼石灰。油多尤为别处所不及。鸭蛋的吃法，如袁子才所说，带壳切开，是一种，那是席间待客的办法。平常食用，一般都是敲破“空头”用筷子挖着吃。筷子头一扎下去，吱——红油就冒出来了。高邮咸蛋的黄是通红的。苏北有一道名菜，叫作“朱砂豆腐”，就是用高邮鸭蛋黄炒的豆腐。我在北京吃的咸鸭蛋，蛋黄是浅黄色的，这叫什么咸鸭蛋呢！

端午节，我们那里的孩子兴挂“鸭蛋络子”。头一天，就由姑姑或姐姐用彩色丝线打好了络子。端午一早，鸭蛋煮熟了，由孩子自己去挑一个，鸭蛋有什么可挑的呢？有！一要挑淡青壳的。鸭蛋壳有白的和淡青的两种。二要挑形状好看的。别说鸭蛋都是一样的，细看却不同。有的样子蠢，有的秀气。挑好了，装在络子里，挂在大襟的纽扣上。这有什么好看呢？然而它是孩子心爱的饰物。鸭蛋络子挂了多半天，什么时候孩子一高兴，就把络子里的鸭蛋掏出来，吃了。端午的鸭蛋，新腌不久，只有一点淡淡的咸味，白嘴吃也可以。

孩子吃鸭蛋是很小心的，除了敲去空头，不把蛋壳碰破。蛋黄蛋白吃光了，用清水把鸭蛋里面洗净，晚上捉了萤火虫来，装在蛋壳里，空头的地方糊一层薄罗。萤火虫在鸭蛋壳里一闪一闪地亮，好看极了！

小时读囊萤映雪的故事，觉得东晋的车胤用练囊盛了几十只萤火虫，照了读书，还不如用鸭蛋壳来装萤火虫。不过用萤火虫照亮来读书，而且一夜读到天亮，这能行吗？车胤读的是手写的卷子，字大，若是读现在的新五号字，大概是不行的。

咸菜慈姑汤

一到下雪天，我们家就喝咸菜汤，不知是什么道理。是因为雪天买不到青菜？那也不见得。除非大雪三日，卖菜的出不了门，否则他们总还会上市卖菜的。这大概只是一种习惯。一早起来，看见飘雪花了，我就知道：今天中午是咸菜汤！

咸菜是青菜腌的。我们那里过去不种白菜，偶有卖的，叫作“黄芽菜”，是外地运去的，很名贵。一盘黄芽菜炒肉丝，是上等菜。平常吃的，都是青菜。青菜似油菜，但高大得多。入秋，腌菜，这时青菜正肥。把青菜成担地买来，洗净，晾去水汽，下缸。一层菜，一层盐，码实，即成。随吃随取，可以一直吃到第二年春天。

腌了四五天的新咸菜很好吃，不咸，细、嫩、脆、甜，难可比拟。

咸菜汤是咸菜切碎了煮成的。到了下雪的天气，咸菜已经腌得很咸了，而且已经发酸。咸菜汤的颜色是暗绿的。没有吃惯的人，是不容易引起食欲的。

咸菜汤里有时加了慈姑片，那就是咸菜慈姑汤。或者叫慈姑咸菜汤，都可以。

我小时候对慈姑实在没有好感。这东西有一种苦味。民国二十年，我们家乡闹大水，各种作物减产，只有慈姑却丰收。那一年我吃了很多慈姑，而且是不去慈姑的嘴子的，真难吃。

我十九岁离乡，辗转漂流，三四十年没有吃到慈姑，并不想。

前好几年，春节后数日，我到沈从文老师家去拜年，他留我吃饭，师母张兆和炒了一盘慈姑肉片。沈先生吃了两片慈姑，说：“这个好！格比土豆高。”我承认他这话。吃菜讲究“格”的高低，这种语言正是沈老师的语言。他是对什么事物都讲“格”的，包括对于慈姑、土豆。

因为久违，我对慈姑有了感情。前几年，北京的菜市场在春节前后有卖慈姑的。我见到，必要买一点回来加肉炒了。家里人都不怎么爱吃。所有的慈姑，都由我一个人“包圆儿”了。

北方人不识慈姑。我买慈姑，总要有人问我：“这是什么？”——“慈姑。”——“慈姑是什么？”这可不好回答。

北京的慈姑卖得很贵，价钱和“洞子货”（温室所产）的西红柿、野鸡脖韭菜差不多。

我很想喝一碗咸菜慈姑汤。

我想念家乡的雪。

虎头鲨、昂嗤鱼、砗螯、螺蛳、蚬子

苏州人特重塘鳢鱼。上海人也是，一提起塘鳢鱼，眉飞色舞。塘鳢鱼是什么鱼？我向往之久矣。到苏州，曾想尝尝塘鳢鱼，未能如愿。后来我知道：塘鳢鱼就是虎头鲨，嗐！

塘鳢鱼亦称土步鱼。《随园食单》：“杭州以土步鱼为上品，而金陵人贱之，目为虎头蛇，可发一笑。”虎头蛇即虎头鲨。这种鱼样子不好看，而且有点凶恶。浑身紫褐色，有细碎黑斑，头大而多骨，鳍如蝶翅。这种鱼在我们那里也是贱鱼，是不能上席的。苏州人做塘鳢鱼有清炒、椒盐多法。我们家乡通常的吃法是汆汤。加醋、胡椒。虎头鲨汆汤，鱼肉极细嫩，松而不散，汤味极鲜，开胃。

昂嗤鱼的样子也很怪，头扁嘴阔，有点像鲇鱼，无鳞，皮色黄，有浅黑色的不规整的大斑。无背鳍。而背上有一根很硬的尖锐的骨刺。用手捏起这根骨刺，它就发出昂嗤昂嗤小小的声音。这声音是怎么发出来的，我一直没弄明白。这种鱼是由这种声音得名的。它的学名是什么,只有去问鱼类学专家了。这种鱼没有很大的，七八寸长的，就算难得的了。这种鱼也很贱，连乡下人也看不起。我的一个亲戚在农村插队，见到昂嗤鱼，买了一些，农民都笑他："买这种鱼干什么！"昂嗤鱼其实是很好吃的。昂嗤鱼通常也是氽汤。虎头鲨是醋汤，昂嗤鱼不加醋，汤白如牛乳，是所谓"奶汤"。昂嗤的肉也极细嫩，鳃边的两块蒜瓣肉有大拇指大，堪称至味。有一年，北京一家鱼店不知从哪里运来一些昂嗤鱼，无人问津。顾客都不识这是啥鱼。有一位卖鱼的老师傅倒知道："这是昂嗤。"我看到，高兴极了，买了十来条。回家一做，满不是那么一回事！昂嗤要吃活的（虎头鲨也是活杀）。长途转运，又在冷库里冰了一些日子，肉质变硬，鲜味全失，一点意思都没有！

砗螯我的家乡叫馋螯，砗螯是扬州人的叫法。我在大连见到花蛤，我以为就是砗螯。不是。形状很相似，入口全不同。花蛤肉粗而硬，咬不动。砗螯极柔软细嫩。砗螯好像是淡水里产的，但味道却似海鲜。有点像蛎蝗，但比蛎蝗味道清爽。比青蛤、蚶子味厚。砗螯可清炒，烧豆腐，或与咸肉同煮。砗螯烧乌青菜（江南人叫塌苦菜），风味绝佳。乌青菜如是经霜而现拔的，尤美。我不食砗螯四十五年矣。

砗螯壳稍呈三角形，质坚，白如细瓷，而有各种颜色的弧形花斑，有浅紫的，有暗红的，有赭石，墨蓝的，很好看。家里买了砗螯，挖出砗螯肉，我们就从一堆砗螯壳里去挑选，挑到好的，洗净了留起来玩。砗螯壳的铰合部有两个突出的尖嘴子，把尖嘴子在糙石上磨磨，不一会儿就磨出两个小圆洞，含在嘴里吹，呜呜地响，且有细细颤音，如风吹窗纸。

螺蛳处处有之。我们家乡清明吃螺蛳，谓可以明目。用五香煮熟螺蛳，分给孩子，一人半碗，由他们自己用竹签挑着吃。孩子吃了螺蛳,用小竹弓把螺蛳壳射到屋顶上,咔啦咔啦地响。夏天“捡漏”，瓦匠总要扫下好些螺蛳壳。这种小弓不作别的用处，就叫作螺蛳弓，我在小说《戴东匠》里对螺蛳弓有较详细的描写。

蚬子是我所见过的贝类里最小的了，只有一粒瓜子大。蚬子是剥了壳卖的。剥蚬子的人家附近堆了好多蚬子壳，像一个坟头。蚬子炒韭菜，很下饭。这种东西非常便宜，为小户人家的恩物。

有一年修运河堤。按工程规定，有一段堤面应铺碎石，包工的贪污了款子，在堤面铺了一层蚬子壳。前来验收的委员，坐在汽车里，向外一看，白花花的一片，还抽着雪茄烟，连说：“很好！很好！”

我的家乡富水产。鱼之中名贵的是鳊鱼、白鱼（尤重翘嘴白）、花鱼（即鳜鱼），谓之“鳊、白”。虾有青虾、白虾。蟹极肥。以无特点，故不及。

野鸭、鹌鹑、斑鸠

过去我们那里野鸭子很多。水乡，野鸭子自然多。秋冬之际，天上有时“过”野鸭子，黑乎乎的一大片，在地上可以听到它们鼓翅的声音，呼呼的，好像刮大风。野鸭子是枪打的（野鸭肉里常常有很细的铁砂子，吃时要小心），但打野鸭子的人自己不进城来卖。卖野鸭子有专门的摊子。有时卖鱼的也卖野鸭子，把一个养活鱼的木盆翻过去，野鸭一对一对地摆在盆底，卖野鸭子是不用秤约的，都是一对一对地卖。野鸭子是有一定分量的。依分量大小，有一定的名称，如“对鸭”“八鸭”。哪一种有多大分量，我现在已经记不清了。卖野鸭子都是带毛的。卖野鸭子的可以代客当场去毛，拔野鸭毛是不能用开水烫的。野鸭子皮薄，一烫，皮就破了。干拔。卖野鸭子的把一只鸭子放入一个麻袋里，一手提鸭，一手拔毛，一会儿就拔净了——放在麻袋里拔，是防止鸭毛飞散。代客拔毛，不另收费，卖野鸭子的只要那一点鸭毛——野鸭毛是值钱的。

野鸭的吃法通常是切块红烧。清炖大概也可以吧，我没有吃过。野鸭子肉的特点是细、“酥”，不像家鸭每每肉老。野鸭烧咸菜是我们那里的家常菜。里面的咸菜尤其是佐粥的妙品。

现在我们那里的野鸭子很少了。前几年我回乡一次，偶有，卖得很贵。原因据说是因为县里对各乡水利作了全面综合治理，过去的水荡子、荒滩少了，野鸭子无处栖息。而且，野鸭子过去是吃收割后遗撒在田里的谷料的，现在收割得很干净，颗粒归仓，野鸭子没有什么可吃的，不来了。

鹌鹑是网捕的。我们那里吃鹌鹑的人家少，因为这东西只有由乡下的亲戚送来，市面上没有卖的。鹌鹑大都是用五香卤了吃。也有用油炸了的。鹌鹑能斗，但我们那里无斗鹌鹑的风气。

我看见过猎人打斑鸠。我在读初中的时候，午饭后，我到学校后面的野地里去玩。野地里有小河，有野蔷薇，有金黄色的茼蒿花，有苍耳（苍耳子有小钩刺，能挂在衣裤上，我们管它叫“万把钩”），有才抽穗的芦荻。在一片树林里，我发现一个猎人。我们那里猎人很少，我从来没有见过猎人，但是我一看见他，就知道：他是一个猎人。这个猎人给我一个非常猛厉的印象。他穿了一身黑，下面却缠了鲜红的绑腿。他很瘦。他的眼睛黑，而冷。他握着枪。他在干什么？树林上面飞过一只斑鸠。他在追逐这只斑鸠。斑鸠分明已经发现猎人了。它想逃脱。斑鸠飞到北面，在树上落一落，猎人一步一步往北走。斑鸠连忙往南面飞，猎人扬头看了一眼，斑鸠落定了，猎人又一步一步往南走，非常冷静。这是一场无声的，然而非常紧张的，坚持的较量。斑鸠来回飞，猎人来回走。我很奇怪，为什么斑鸠不往树林外面飞。这样几个来回，斑鸠慌了神了，它飞得不稳了，歪歪倒倒的，失去了原来均匀的节奏。忽然，砰——枪声一响，斑鸠应声而落。猎人走过去，拾起斑鸠，看了看，装在猎袋里。他的眼睛很黑，很冷。

我在小说《异秉》里提到王二的熏烧摊子上，春天，卖一种叫作“鵽”的野味。这种东西我在别处没看见过。“鵽”这个字很多人也不认得。多数字典里不收。《辞海》里倒有这个字，标音为（duo 又读 zhua）。zhua 与我乡读音较近，但我们那里是读入声的，这只有用国际音标才标得出来。即使用国际音标标出，在不知道“短促急收藏”的北方人也读不出来的。《辞海》“鵽”字条下注云“见鸠”，似以为“鵽”即“鸠”。而在“鵽鸠”条下注云：“鸟名。雉属。即‘沙鸡’。”这就不对了。沙鸡我是见过的，吃过的。内蒙古、张家口多出沙鸡。《尔雅·释鸟》郭璞注："出北方沙漠地"，不错。北京冬季偶尔也有卖的。沙鸡嘴短而红,腿也短。我们那里的却是水鸟，嘴长，腿也长。其滋味和沙鸡有天渊之别。沙鸡肉较粗，略有酸味；肉极细，非常香。我一辈子没有吃过比鹨更香的野味。

蒌蒿、枸杞、荠菜、马齿苋

小说《大淖记事》："春初水暖，沙洲上冒出很多紫红色的芦芽和灰绿色的蒌蒿，很快就是一片翠绿了。"我在书页下方加了一条注："蒌蒿是生于水边的野草。粗如笔管，有节，生狭长的小叶，初生二寸来高，叫作'蒌蒿薹子'，加肉炒食极清香……"蒌蒿的"蒌"字，我小时不知怎么写，后来偶然看了一本什么书，才知道的。这个字音"吕"。我小学有一个同班同学，姓吕，我们就给他起了个外号，叫"蒌蒿薹子"（"蒌蒿薹子"家开了一爿糖坊，小学毕业后未升学，我们看见他坐在糖坊里当小老板，觉得很滑稽）。但我查了几本字典，"蒌"都音"楼"，我有点恍惚了。"楼""吕"一声之转。许多从"娄"的字都读"吕"，如"屡""缕""褛"……这本来无所谓，读"楼"读"吕"，关系不大。但字典上都说蒌蒿是蒿之一种，即白蒿，我却有点不以为然了。我小说里写的蒌蒿和蒿其实不相干。读苏东坡《惠崇春江晚景》诗："竹外桃花三两枝，春江水暖鸭先知。蒌蒿满地芦芽短，正是河豚欲上时。"此蒌蒿生于水边，与芦芽为伴，分明是我的家乡人所吃的蒌蒿，非白蒿。或者"即白蒿"的蒌蒿别是一种，未可知矣。深望懂诗、懂植物学，也懂吃的博雅君子有以教我。

我的小说注文中所说的“极清香”，很不具体。嗅觉和味觉是很难比方，无法具体的。昔人以为荔枝味似软枣，实在是风马牛不相及。我所谓“清香”,即食时如坐在河边闻到新涨的春水的气味。这是实话，并非故作玄言。

枸杞到处都有。开花后结长圆形的小浆果，即枸杞子。我们叫它“狗奶子”，形状颇像。本地产的枸杞子没有入药的，大概不如宁夏产的好。枸杞是多年生植物。春天，冒出嫩叶，即枸杞头。枸杞头是容易采到的。偶尔也有近城的乡村的女孩子采了，放在竹篮里叫卖：“卖枸杞头来！……”枸杞头可下油盐炒食；或用开水焯了，切碎，加香油、酱油、醋，凉拌了吃。那滋味，也只能说“极清香”。春天吃枸杞头，云可以清火，如北方人吃苣荬菜一样。

“三月三，荠菜花赛牡丹。”俗谓是日以荠菜花置灶上，则蚂蚁不上锅台。

北京也偶有荠菜卖。菜市上卖的是园子里种的，茎白叶大，颜色较野生者浅淡，无香气。农贸市场间有南方的老太太挑了野生的来卖，则又过于细瘦，如一团乱发，制熟后强硬扎嘴。总不如南方野生的有味。

江南人惯用荠菜包春卷、包馄饨，甚佳。我们家乡有用来包春卷的，用来包馄饨的没有——我们家乡没有“菜肉馄饨”。一般是凉拌。荠菜焯熟剁碎，界首茶干切细丁，入虾米，同拌。这道菜是可以上酒席做凉菜的。酒席上的凉拌荠菜都用手抟成一座尖塔，临吃推倒。

马齿苋现在很少有人吃。古代这是相当重要的菜蔬。苋分人苋、马苋。人苋即今苋菜，马苋即马齿苋。我的祖母每于夏天摘肥嫩的马齿苋晾干，过年时做馅包包子。她是吃长斋的，这种包子只有她一个人吃。我有时从她的盘子里拿一个，蘸了香油吃，挺香。马齿苋有点淡淡的酸味。

马齿苋开花，花瓣如一小囊。我们有时捉了一个哑巴知了——知了是应该会叫的，捉住一个哑巴，多么扫兴！于是就摘了两个马齿苋的花瓣套住它的眼睛——马齿苋花瓣套知了眼睛正合适，一撒手，这知了就拼命往高处飞，一直飞到看不见！

三年自然灾害，我在张家口沙岭子吃过不少马齿苋。那时候，这是宝物！

贰
草木春秋

我的家乡

法国人安妮·居里安女士听说我要到波士顿，特意退了机票，推迟了行期，希望和我见一面。她翻译过我的几篇小说。我们谈了约一个小时，她问了我一些问题。其中一个是，为什么我的小说里总有水？即使没有写到水，也有水的感觉。这个问题我以前没有意识到。是这样。这是很自然的。我的家乡是一个水乡，我是在水边长大的，耳目之所接，无非是水。水影响了我的性格，也影响了我的作品的风格。

我的家乡高邮在京杭大运河的下面。我小时候常常到运河堤上去玩（我的家乡把运河堤叫作"上河堆"或"上河埫"。"埫"字一般字典上没有，可能是家乡人造出来的字，音"淌"。"堆"当是"堤"的声转）。我读的小学西面是一片菜园，穿过菜园就是河堤。我的大姑妈（我们那里对姑妈有个很奇怪的叫法，叫"摆摆"，别处我从未听过有此叫法）的家，出门西望，就看见爬上河堤的石级。这段河堤有石级，康熙或乾隆曾在此泊舟登崖，因此地名"御码头"（据说御码头夏天没有蚊子）。运河是一条"悬河"，河底比东堤下的地面高，据说河堤和墙垛子一般高，站在河堤上，可以俯瞰堤下街道房屋。我们几个同学，可以指认哪一处的屋顶是谁家的。城外的孩子放风筝，风筝在我们脚下飘。城里人家养鸽子，鸽子飞起来，我们看到的是鸽子的背。几只野鸭子贴水飞向东，过了河堤，下面的人看见野鸭子飞得高高的。

我们看船。运河里有大船。上水的大船多撑篙。弄船的脱光了上身，使劲把篙子梢头顶上肩窝处，在船侧窄窄的舷板上，从船头一步一步走到船尾。然后拖着篙子走回船头，欻的一声把篙子投进水里，扎到河底，又顶着篙子，一步一步走向船尾。如是往复不停。大船上用的船篙很长而极粗，篙头如饭碗大，有锋利的铁尖。使篙的通常是两个人，船舷左右各一人；有时只一个人，在一边。这条船的水程，实际上是他们用脚一步一步走出来的。这种船多是重载，船帮吃水甚低，几乎要漫到船上来。这些撑篙男人都极精壮，浑身古铜色。他们是不说话的，大都眉棱很高，眉毛很重。因为长年注视着流动的水，故目光清明坚定。这些大船常有一个舵楼，住着船老板的家眷。船老板娘子大都很年轻，一边扳舵，一边敞开怀奶孩子，态度悠然。舵楼大都伸出一支竹竿，晾晒着衣裤，风吹着啪啪作响。

看打渔。在运河里打渔的多用鱼鹰。一般都是两条船，一船八只鱼鹰。有时也会有三四条，排成阵势。鱼鹰栖在木架上，精神抖擞，如同临战状态。打渔人把篙子一挥，这些鱼鹰就噼噼啪啪，纷纷跃进水里。只见它们一个猛子扎下去，眨眼工夫，有的就叼了一条鳜鱼上来——鱼鹰似乎专逮鳜鱼。打渔人解开鱼鹰脖子上的金属箍（鱼鹰脖子上都有一道箍，否则它就会把逮到的鱼吞下去），把鳜鱼扔进船里，奖给它一条小鱼，它就高高兴兴、心甘情愿地转身又跳进水里去了。有时两只鱼鹰合力抬起一条大鳜鱼上来，鳜鱼还在挣蹦，打渔人已经一手捞住了。这条鳜鱼够四斤！这真是一个热闹场面。看打渔，鱼鹰都很兴奋激动，倒是打渔人显得十分冷静，不动声色。

远远地听见嘣嘣嘣嘣的响声，那是在修船、造船。嘣嘣的声音是斧头往船板上敲钉。船体是空的，故声音传得很远。待修的船翻扣过来，底朝上。这只船辛苦了很久，它累了，它正在休息。一只新船造好了，油了桐油，过两天就要下水了。看看崭新的船，叫人心里高兴——生活是充满希望的。船场附近照例有打船钉的铁匠炉，叮叮当当。有碾石粉的碾子，石粉是填船缝用的。有卖牛杂碎的摊子。卖牛杂碎的是山东人。这种摊子上还卖锅盔（一种很厚很大的面饼）。

我们有时到西堤去玩。我们那里的人都叫它西湖，湖很大，一眼望不到边，很奇怪，我竟没有在湖上坐过一次船。湖西是还有一些村镇的。我知道一个地名——菱塘桥，想必是个大镇子。我喜欢菱塘桥这个地名，引起我的向往，但我不知道菱塘桥是什么样子。湖东有的村子，到夏天，就把耕牛送到湖西去歇伏。我所住的东大街上，那几天就不断有成队的水牛在大街上慢慢地走过。牛过后，留下很大的一堆一堆牛屎。听说是湖西凉快，而且湖西有茭草，牛吃了会消除劳乏，恢复健壮。我于是想象湖西是一片碧绿碧绿的茭草。

高邮湖中，曾有神珠。沈括《梦溪笔谈》载：

嘉祐中，扬州有一珠甚大，天晦多见，初出于天长县陂泽中，后转入甓社湖，又后乃在新开湖中，凡十余年，居民行人常常见之。余友人书斋在湖上，一夜忽见其珠甚近，初微开其房，光自吻中出，如横一金线，俄顷忽张壳，其大如半席，壳中白光如银，珠大如拳，灿然不可正视，十余里间林木皆有影，如初日所照，远处但见天赤如野火，倏然远去，其行如飞，浮于波中，杳杳如日。古有明月之珠，此珠色不类月，荧荧有芒焰，殆类日光。崔伯易尝为《明珠赋》。伯易高邮人，盖常见之。近岁不复出，不知所往。樊良镇正当珠往来处，行人至此，往往维船数宵以待现，名其亭为“玩珠”。

这就是“秦邮八景”的第一景“甓社珠光”。沈括是很严肃的学者，所言凿凿，又生动细微，似乎不容怀疑。这是个什么东西呢？是一颗大珠子？嘉祐到现在也才九百多年，已经不可究诘了。高邮湖亦称珠湖。以此，我小时学刻图章，第一块刻的就是“珠湖人”，是一块肉红色的长方形图章。

湖通常是平静的、透明的。这样一片大水，浩浩淼淼（湖上常常没有一只船），让人觉得有些荒凉，有些寂寞，有些神秘。

黄昏了。湖上的蓝天渐渐变成浅黄、橘黄，又渐渐变成紫色，很深很浓的紫色。这种紫色使人深深感动。我永远忘不了这样的紫色的长天。

闻到一阵阵炊烟的香味，停泊在御码头一带的船上正在烧饭。

一个女人高亮而悠长的声音：

“二丫头……回来吃晚饭来……”

像我的老师沈从文常爱说的那样，这一切真是一个圣境。

高邮湖也是一个悬湖。湖面，甚至有的地方的湖底，比运河东面的地面都高。

湖是悬湖，河是悬河，我的家乡随时处在大水的威胁之中。翻开县志，水灾接连不断。我所经历过的最大的一次水灾，是民国二十年。

这次水灾是全国性的。事前已经有了很多征兆。连降大雨，西湖水位增高，运河水平了漕，坐在河堤上可以“踢水洗脚”。有许多很“瘆人”的不祥现象。天王寺前，蛤蟆爬在柳树顶上叫。老人们说：“蛤蟆在多高的地方叫，大水就会涨到多高。”我们在家里的天井里躺在竹床上乘凉，忽然拨剌一声，从阴沟里蹦出一条大鱼！运河堤上，龙王庙里香烛昼夜不熄。七公殿也是这样。大风雨的黑夜里，人们说是看见“耿庙神灯”了。耿七公是有这个人的。生前为人治病施药，风雨之夜，他就在家门前高旗杆上挂起一串红灯，在黑暗的湖里打转的船，奋力向红灯划去，就能平安到岸。他死后，红灯还常在浓云密雨中出现，这就是耿庙神灯——“秦邮八景”中的一景。耿七公是渔民和船民的保护神，渔民称之为七公老爷，渔民每年要做会，谓之七公会。神灯是美丽的，但同时也给人一种神秘的恐怖感。阴历七月，西风大作。店铺都预备了高挑灯笼——长竹柄，一头用火烤弯如钩状，上悬一个灯笼。轮流值夜巡堤。告警锣声不绝。本来平静的水变得暴怒了。一个浪头翻上来，会把东堤石工的丈把长的青石掀起来。看来堤是保不住了。终于，我记得是七月十三(可能记错),倒了口子。我们那里把决堤叫作倒口子。西堤四处，东堤六处。湖水涌入运河，运河水直灌堤东。顷刻之间，高邮成为泽国。

我们家住进了竺家巷一个茶馆的楼上（同时搬到茶馆楼上的还有几家）。巷口外的东大街成了一条河，“河”里翻滚着箱箱柜柜，死猪死牛。“河”里行了船，会水的船家各处去救人（很多人家爬在屋顶上、树上）。

约一星期后，水退了。

水退了，很多人家的墙壁上留下了水印，高及屋檐。很奇怪，水印怎么擦洗也擦洗不掉。全县粮食几乎颗粒无收。我们这样的人家还不致挨饿，但是没有菜吃。老是吃慈姑汤，很难吃。比慈姑汤还要难吃的是芋头梗子做的汤。日本人爱喝芋梗汤，我觉得真不可理解。大水之后，百物皆一时生长不出，唯有慈姑芋头却是丰收！我在小学的教务处地上发现几个特大的蚂蟥，缩成一团，有拳头大，踩也踩不破！

我小时候，从早到晚，一天没有看见河水的日子，几乎没有。我上小学，倘不走东大街而走后街，是沿河走的。上初中，如果不从城里走，走东门外，则是沿着护城河。出我家所在的巷子南头，是越塘。出巷北，往东不远，就是大淖。我在小说《异秉》中所写的老朱，每天要到大淖去挑水，我就跟着他一起去玩。老朱真是个忠心耿耿的人，我很敬重他。他下水把水桶弄满（他两腿都是筋疙瘩——静脉曲张），我就拣选平薄的瓦片打水漂。我到一沟、二沟、三垛，都是坐船。到我的小说《受戒》所写的庵赵庄去，也是坐船。我第一次离家乡去外地读高中，也是坐船——轮船。

水乡极富水产。鱼之类，乡人所重者为鳊、白、花（花鱼即鳜鱼）。虾有青白两种。青虾宜炒虾仁，炝虾（活虾酒醉生吃）则用白虾。小鱼小虾，比青菜便宜，是小户人家佐餐的恩物。小鱼有名“罗汉狗子”“猫杀子”者，很好吃。高邮湖蟹甚佳，以作醉蟹，尤美。高邮的大麻鸭是名种。我们那里八月中秋兴吃鸭，馈送节礼必有公母鸭成对。大麻鸭很能生蛋。腌制后即为著名的高邮咸蛋。高邮鸭蛋双黄者甚多。江浙一带人见面问起我的籍贯，答云高邮，多肃然起敬，曰：“你们那里出咸鸭蛋。”好像我们那里就只出咸鸭蛋似的！

我的家乡不只出咸鸭蛋。我们还出过秦少游，出过散曲作家王磐，出过经学大师王念孙、王引之父子。

县里的名胜古迹最出名的是文游台。这是秦少游、苏东坡、孙莘老、王定国文酒游会之所。台基在东山（一座土山）上，登台四望，眼界空阔，我小时常凭栏看西面运河的船帆露着半截，在密密的杨柳梢头后面，缓缓移过，觉得非常美。有一座镇国寺塔，是个唐塔，方形。这座塔原在陆上，运河拓宽后，为了保存这座塔，留下塔周围的土地，成了运河当中的一个小岛。镇国寺我小时还去玩过，是个不大的寺。寺门外有一堵紫色的石制照壁，这堵照壁向前倾斜，却不倒。照壁上刻着海水，故名水照壁。寺内还有一尊肉身菩萨的坐像，是一个和尚坐化后漆成的。寺不知毁于何时。另外还有一座净土寺塔，明代修建。我们小时候记不住什么镇国寺、净土寺，因其一在西门，名之为西门宝塔；一在东门，便叫它东门宝塔。

老百姓都是这么叫的。

全国以邮字为地名的，似只高邮一县。为什么叫作高邮？因为秦始皇曾在高处建邮亭。高邮是秦王子婴的封地，至今还有一条河叫子婴河，旧有子婴庙，今不存。高邮为秦代始建，故又名秦邮。外地人或以为这跟秦少游有什么关系，没有。

人间草木

山丹丹

我在大青山挖到一棵山丹丹。这棵山丹丹的花真多。招待我们的老堡垒户看了看，说："这棵山丹丹有十三年了。"

"十三年了？咋知道？"

"山丹丹长一年，多开一朵花，你看，十三朵。"

山丹丹记得自己的岁数。

我本想把这棵山丹丹带回呼和浩特，想了想，找了把铁锹，在老堡垒户的开满了蓝色党参花的土台上刨了个坑，把这棵山丹丹种上了。问老堡垒户：

"能活？"

"能活。这东西，皮实。"

大青山到处是山丹丹，开七朵花、八朵花的，多的是。

山丹丹开花花又落，
一年又一年……

这支流行歌曲的作者未必知道，山丹丹过一年多开一朵花。唱歌的歌星就更不会知道了。

枸杞

枸杞到处都有。枸杞头是春天的野菜。采摘枸杞的嫩头，略焯过，切碎，与香干丁同拌，浇酱油、醋、香油；或入油锅爆炒，皆极清香。夏末秋初，枸杞开淡紫色小花，谁也不注意。随即结出小小的红色的卵形浆果，即枸杞子。我的家乡叫作狗奶子。

我在玉渊潭散步，在一个山包下的草丛里看见一对老夫妻弯着腰在找什么。他们一边走，一边搜索。走几步，停一停，弯腰。

“您二位找什么？”

“枸杞子。”

“有吗？”

老同志把手里一个罐头玻璃瓶举起来给我看，已经有半瓶了。

“不少！”

“不少！”

他解嘲似的哈哈笑了几声。

“您慢慢捡着！”

“慢慢捡着！”

看样子这对老夫妻是离休干部，穿得很整齐干净，气色很好。

他们捡枸杞子干什么？是配药？泡酒？看来都不完全是。真要是需要，可以托熟人从宁夏捎一点或寄一点来——听口音，老同志是西北人，那边肯定会有熟人。

他们捡枸杞子其实只是玩！一边走着，一边捡枸杞子，这比单纯的散步要有意思。这是两个童心未泯的老人，两个老孩子！

人老了，是得学会这样的生活。看来，这二位中年时也是很会生活，会从生活中寻找乐趣的。他们为人一定很好，很厚道。他们还一定不贪权势，甘于淡泊。夫妻间一定不会为柴米油盐、儿女婚嫁而吵嘴。

从钓鱼台到甘家口商场的路上，路西，有一家的门头上种了很大的一丛枸杞，秋天结了很多枸杞子，通红通红的，礼花似的，喷泉似的垂挂下来，一个珊瑚珠串成的华盖，好看极了。这丛枸杞可以拿到花会上去展览。这家怎么会想起在门头上种一丛枸杞呢?

槐花

玉渊潭洋槐花盛开，像下了一场大雪，白得耀眼。来了放蜂的人。蜂箱都放好了，他的“家”也安顿了。一个刷了涂料的很厚的黑色的帆布篷子。里面打了两道土堰，上面架起几块木板，是床。床上一卷铺盖。地上排着油瓶、酱油瓶、醋瓶。一个白铁桶里已经有多半桶蜜。外面一个蜂窝煤炉子上坐着锅。一个女人在案板上切青蒜。锅开了，她往锅里下了一把干切面。不大会儿，面熟了，她把面捞在碗里，加了作料、撒上青蒜，在一个碗里舀了半勺豆瓣。一人一碗。她吃的是加了豆瓣的。

蜜蜂忙着采蜜，进进出出，飞满一天。

我跟养蜂人买过两次蜜，绕玉渊潭散步回来，经过他的棚子，大都要在他们门前的树墩上坐一坐，抽一支烟，看他收蜜，刮蜡，跟他聊两句，彼此都熟了。

这是一个五十岁上下的中年人，高高瘦瘦的，身体像是不太好，他做事总是那么从容不迫，慢条斯理的。样子不像个农民，倒有点像一个农村小学校长。听口音，是石家庄一带的。他到过很多省，哪里有鲜花，就到哪里去。菜花开的地方，玫瑰花开的地方，苹果花开的地方，枣花开的地方。每年都到南方去过冬，广西、贵州。到了春暖，再往北返。我问他是不是枣花蜜最好，他说是荆条花的蜜最好。这很出乎我的意料。荆条是个不起眼的东西，而且我从来没有见过荆条开花，想不到荆条花蜜却是最好的蜜。我想他每年收入应当不错，他说比一般农民要好一些，但是也落不下多少：蜂具，路费；而且每年要赔几十斤白糖——蜜蜂冬天不采蜜，得喂它糖。

女人显然是他的老婆。不过他们岁数相差太大了。他五十了，女人也就是三十出头。而且，她是四川人，说四川话。我问他：你们是怎么认识的？他说：她是新繁县人。那年他到新繁放蜂，认识了。她说北方的大米好吃，就跟来了。

有那么简单？也许她看中了他的脾气好，喜欢这样安静平和的性格？也许她觉得这种放蜂生活，东南西北到处跑，好耍？这是一种农村式的浪漫主义。四川女孩子做事往往很洒脱，想咋个就咋个，不像北方女孩子有那么多考虑。他们结婚已经几年了。丈夫对她好，她对丈夫也很体贴。她觉得她的选择没有错，很满意，不后悔。我问养蜂人，她回去过没有？他说：回去过一次，一个人。他让她带了两千块钱，她买了好些礼物送人，风风光光地回了一趟新繁。

一天，我没有看见女人，问养蜂人，她到哪里去了。养蜂人说：到我那大儿子家去了，去接我那大儿子的孩子。他有个大儿子，在北京工作，在汽车修配厂当工人。

她抱回来一个四岁多的男孩，带着他在棚子里住了几天。她带他到甘家口商场买衣服，买鞋，买饼干，买冰糖葫芦。男孩子在床上玩鸡啄米，她靠着被窝用钩针给他钩一顶大红的毛线帽子。她很爱这个孩子。这种爱是完全非功利的，既不是讨丈夫的欢心，也不是为了和丈夫的儿子一家搞好关系。这是一颗很善良，很美的心。孩子叫她奶奶，奶奶笑了。

过了几天，她把孩子又送了回去。

过了两天，我去玉渊潭散步，养蜂人的棚子拆了，蜂箱集中在一起。等我散步回来，养蜂人的大儿子开来一辆卡车，把棚柱、木板、煤炉、锅碗和蜂箱装好，养蜂人两口子坐上车，卡车开走了。

玉渊潭的槐花落了。

蜡梅花

"雪花、冰花、蜡梅花……"我的小孙女这一阵老是唱这首儿歌。其实她没有见过真的蜡梅花，只是从我画的画上见过。

周紫芝《竹坡诗话》云："东南之有蜡梅，盖自近时始。余为儿童时，犹未之见。元祐间，鲁直诸公方有诗，前此未尝有赋此诗者。政和间，李端叔在姑溪，元夕见之僧舍中，尝作两绝，其后篇云：

‘程氏园当尺五天，千金争赏凭朱栏。莫因今日家家有，便作寻常两等看。’观端叔此诗，可以知前日之未尝有也。”看他的意思，蜡梅是从北方传到南方去的。但是据我的印象，现在倒是南方多，北方少见，尤其难见到长成大树的。我在颐和园藻鉴堂见过一棵，种在大花盆里，放在楼梯拐角处。因为不是开花的时候，绿叶披纷，没有人注意。和我一起住在藻鉴堂的几个搞剧本的同志，都不认识这是什么。

我的家乡有蜡梅花的人家不少。我家的后园有四棵很大的蜡梅。这四棵蜡梅，从我记事的时候，就已经是那样大了。很可能是我的曾祖父在世的时候种的。这样大的蜡梅，我以后在别处没有见过。主干有汤碗口粗细，并排种在一个砖砌的花台上。这四棵蜡梅的花心是紫褐色的，按说这是名种，即所谓“檀心磬口”。蜡梅有两种，一种是檀心的，一种是白心的。我的家乡偏重白心的，美其名曰：“冰心蜡梅”，而将檀心的贬为“狗心蜡梅”。蜡梅和狗有什么关系呢？真是毫无道理！因为它是狗心的，我们也就不大看得起它。

不过凭良心说，蜡梅是很好看的。其特点是花极多——这也是我们不太珍惜它的原因。物稀则贵，这样多的花，就没有什么稀罕了。每个枝条上都是花，无一空枝。而且长得很密，一朵挨着一朵，挤成了一串。这样大的四棵大蜡梅，满树繁花，黄灿灿地吐向冬日的晴空，那样的热热闹闹，而又那样的安安静静，实在是一个不寻常的境界。不过我们已经司空见惯，每年都有一回。

每年腊月，我们都要折蜡梅花。上树是我的事。蜡梅木质疏松，枝条脆弱，上树是有点危险的。不过蜡梅多枝杈，便于登踏，而且我年幼身轻，正是“一日上树能千回”的时候，从来也没有掉下来过。我的姐姐在下面指点着：“这枝，这枝！——哎，对了，对了！”我们要的是横斜旁出的几枝，这样的不蠢；要的是几朵半开，多数是骨朵的，这样可以在瓷瓶里养好几天——如果是全开的，几天就谢了。

下雪了，过年了。大年初一，我早早就起来，到后园选摘几枝全是骨朵儿的蜡梅，把骨朵儿都剥下来，用极细的铜丝——这种铜丝是穿珠花用的，就叫作“花丝”，把这些骨朵儿穿成插鬓的花。我们县北门的城门口有一家穿珠花的铺子，我放学回家路过，总要钻进去看几个女工怎样穿珠花，我就用她们的办法穿成各式各样的蜡梅珠花。我在这些蜡梅珠子花当中嵌了几粒天竹果——我家后园的一角有一棵天竹。黄蜡梅、红天竹，我到现在还很得意：那是真的很好看。我把这些蜡梅珠花送给我的祖母，送给大伯母，送给我的继母。她们梳了头，就插戴起来。然后，互相拜年。我应该当一个工艺美术师的，写什么屁小说！

湘行二记

桃花源记

汽车开进桃花源，车中一眼看见一棵桃树上还开着花。只有一枝，四五朵，通红的，如同胭脂。十一月天气，还开桃花！这四五朵红花似乎想努力地证明：这里确实是桃花源。

有一位原来也想和我们一同来看看桃花源的同志，听说这个桃花源是假的，就没有多大兴趣，不来了。这位同志真是太天真了。桃花源怎么可能是真的呢？《桃花源记》是一篇寓言。中国有几处桃花源，都是后人根据《桃花源诗并记》附会出来的。先有《桃花源记》，然后有桃花源。不过如果要在中国选举出一个桃花源，这一个应该有优先权。这个桃花源在湖南桃源县，桃源旧属武陵。而且这里有一条小溪，直通沅江。陶渊明的《桃花源记》不是这样说的吗："晋太原中，武陵人捕鱼为业。缘溪行，忘路之远近……"

刚放下旅行包，文化局的同志就来招呼去吃擂茶。闻擂茶之名久矣，此来一半为擂茶，没想到下车后第一个节目便是吃擂茶，当然很高兴。茶叶、老姜、芝麻、米，加盐，放在一个擂钵里，用硬杂木做的擂棒“擂”成细末，用开水冲开，便是擂茶。吃擂茶时还要摆出十几个碟子，里面装的是炒米、炒黄豆、炒绿豆、炒苞谷、炒花生、砂炒红薯片、油炸锅巴、泡菜、酸辣藠头……边喝边吃。擂茶别具风味，连喝几碗，浑身舒服。佐茶的茶食也都很好吃，藠头尤其好。我吃过的藠头多矣，江西的、湖北的、四川的……但都不如这里的又酸又甜又辣，桃源藠头滋味之浓，实为天下冠。桃源人都爱喝擂茶。有的农民家，夏天中午不吃饭，就是喝一顿擂茶。问起擂茶的来历，说是：诸葛亮带兵到这里，士兵得了瘟疫，遍请名医，医治无效，有一个老婆婆说：“我会治！”她熬了几大锅擂茶，说：“喝吧！”士兵喝了擂茶，都好了。这种说法当然也只好姑妄听之。诸葛亮有没有带兵到过桃源，无可稽考。根据印象，这一带在三国时应是吴国的地方，若说是鲁肃或周瑜的兵，还差不多。我总怀疑，这种喝茶法是宋代传下来的。《都城纪胜·茶坊》载：“冬天兼卖擂茶。”《梦粱录》《茶肆》条载：“冬月添卖七宝擂茶。”有一本书载：“杭州人一天吃三十丈木头。”指的是每天消耗的“擂槌”的表层木质。“擂槌”大概就是桃源人所说的擂棒。“一天吃三十丈木头”，形容杭州人口之多。

擂槌可以擂别的东西，当然也可以擂茶。“擂”这个字是从宋代沿用下来的。“擂”者，擂而细之之谓也，跟擂鼓的擂不是一个意思。茶里放姜，见于《水浒传》，王婆家就有这种茶卖，《水浒传》第二十四回写道：“便浓浓的点两盏姜茶，将来放在桌子上。”从字面看，这种茶里有茶叶，有姜，至于还放不放别的什么，只好阙闻了。反正，王婆所卖之茶与桃源擂茶有某种渊源，是可以肯定的。湖南省不少地方喝“芝麻豆子茶”，即在茶里放入炒熟且碾碎的芝麻、黄豆、花生，也有放姜的，好像不加盐，茶叶则是整的，并不擂细，而且喝干了茶水还把叶子捞出来放进嘴里嚼嚼吃了，这可以说是擂茶的嫡堂兄弟。湖南人爱吃姜。十多年前在醴陵、浏阳一带旅行，公共汽车一到站，就有人托了一个瓷盘，里面装的是插在牙签上的切得薄薄的姜片，一根牙签上插五六片，卖与过客。本地人掏出角把钱，买得几串，就坐在车里吃起来，像吃水果似的。大概楚地卑湿，故湘人保存了不撤姜食的习惯。生姜、茶叶可以治疗某些外感，是一般的本草书上都讲过的。北方的农村也有把茶叶、芝麻一同放在嘴里生嚼用来发汗的偏方。因此，说擂茶最初起于医治兵士的时症，不为无因。

上午在山上桃花观里看了看。进门是一正殿，往后高处是“古隐君子之堂”。两侧各有一座楼，一名“蹑风”，用陶渊明“愿言蹑轻风”诗意；一名“玩月”，用刘禹锡故实。楼皆三面开窗，后为墙壁，颇小巧，不俗气。观里的建筑都不甚高大，疏疏朗朗，虽为道观，却无甚道士气，既没有一气三清的坐像，也没有伸着手掌放掌心雷降妖的张天师。楹联颇多，联语多隐括《桃花源记》词句，也与道教无关。这些联匾在“文化大革命”中由一看山的老人摘下藏了起来，没有交给破四旧的红卫兵，故能完整地重新挂出来，也算万幸了。

下午下山，去钻了“秦人洞”。洞口倒是有点像《桃花源记》所写的那样，“山有小口，仿佛若有光”“初极狭，才通人”。洞里有小小流水，深不过人脚面，然而源源不竭，蜿蜒流至山下。走了十几步，豁然开朗了，但并不是“土地平旷，屋舍俨然，有良田美池桑竹之属，阡陌交通，鸡犬相闻”。后面有一点平地，也有一块稻田，田中插一木牌，写着：“千丘田”，实际上只有两间房子那样大，是特意开出来种了稻子应景的。有两个水池子，山上有一个擂茶馆，再后就又是山了。如此而已。因此不少人来看了，都觉得失望，说是“不像”。这些同志也真是天真。他们大概还想遇见几个避乱的秦人，请到家里，设酒杀鸡来招待他一番，这才满意。

看了秦人洞，便扶向路下山。山下有方竹亭，亭极古拙，四面有门而无窗，墙甚厚，拱顶，无梁柱，云是明时所筑，似可信。亭后旧有方竹，为国民党的兵砍尽。竹子这个东西，每隔三年，须删砍一次，不则挤死；然亦不能砍尽，砍尽则不复长。现在方竹亭后仍有一丛细竹，导游的说明牌上说：这种竹子看起来是圆的，摸起来是方的。摸了摸，似乎有点棱。但一切竹竿似皆不尽浑圆，这一丛细竹是补种来应景的，和我在成都薛涛井旁所见方竹不同——那是真正的“角四方”的。方竹亭前原来有很多碑，“文化大革命”中都被红卫兵捶碎了，剩下一些石头乌龟昂着头空空地坐在那里。据说有一块明朝的碑，字写得很好，不知还能不能找到拓本。

旧的碑毁掉了，新的碑正在造出来。就在碎碑残骸不远处，有几个石工正在叮叮地斫治。一个小伙子在一块桃源石的巨碑上浇了水，用一块油石在慢慢地磨着。碑石绿如艾叶，很好看。桃源石很硬，磨起来很不容易。问：“磨这样一块碑得用多少工？”——“好多工啊？哪晓得呢！反正磨光了算！”这回答真有点无怀氏之民的风度。

晚饭后，管理处的同志摆出了纸墨笔砚，请求写几个字，把上午吃擂茶时想出的四句诗写给了他们：

红桃曾照秦时月，
黄菊重开陶令花。
大乱十年成一梦，
与君安坐吃擂茶。

晚宿观旁的小招待所，栏杆外面，竹树萧然，极为幽静。桃花源虽无真正的方竹，但别的竹子都可看。竹子都长得很高，节子也长，竹叶细碎，姗姗可爱，真是所谓修竹。树都不粗壮，而都甚高。大概树都是从谷底长上来的，为了够得着日光，就把自己拉长了。竹叶间有小鸟穿来穿去，绿如竹叶，才一寸多长。

修竹姗姗节子长，
山中高树已经霜。
经霜竹树皆无语，
小鸟啾啾为底忙？

晨起，至桃花观门外闲眺，下起了小雨。

山下鸡鸣相应答，
林间鸟语自高低。

芭蕉叶响知来雨，

已觉清流涨小溪。

做了一日武陵人，临去，看那个小伙子磨的石碑，似乎进展不大。门口的桃花还在开着。

岳阳楼记

岳阳楼值得一看。

长江三胜，滕王阁、黄鹤楼都没有了，就剩下这座岳阳楼了。

岳阳楼最初是唐开元中中书令张说所建，但在一般中国人印象里，它是滕子京建的。滕子京之所以出名，是由于范仲淹的《岳阳楼记》。中国过去的读书人很少没有读过《岳阳楼记》的。《岳阳楼记》一开头就写道："庆历四年春，滕子京谪守巴陵郡。越明年，政通人和，百废俱兴……"虽然范记写得很清楚，滕子京不过是"重修岳阳楼，增其旧制"，然而大家不甚注意，总以为这是滕子京建的。岳阳楼和滕子京这个名字分不开了。滕子京一生做过什么事，大家不去理会，只知道他修建了岳阳楼，好像他这辈子就做了这一件事。滕子京因为岳阳楼而不朽，而岳阳楼又因为范仲淹的一记而不朽。若无范仲淹的《岳阳楼记》，不会有那么多人知道岳阳楼、有那么多人对它向往。《岳阳楼记》通篇写得很好，而尤其为人传诵者，是"先天下之忧而忧，后天下之乐而乐"这两句名言。可以这样说：岳阳楼是由于这两句名言而名闻天下的。这大概是滕子京始料所不及，亦为范仲淹始料所不及。这位"胸中自有数万甲兵"的范老子的事迹大家也多不甚了了，他流传后世的，除了几首词，最突出的，便是一篇《岳阳楼记》和《记》里的这两句话。这两句话哺育了很多后代人，对中国知识分子的品德形成，产生了极其深远的影响。匹夫而为百世师，一言而为天下法，呜呼，立言的价值之重且大矣，可不慎哉！

写这篇《记》的时候，范仲淹不在岳阳，他被贬在邓州，即今延安，而且听说他根本就没有到过岳阳，《记》中对岳阳楼四周景色的描写，完全出诸想象。这真是不可思议的事。他没有到过岳阳，可是比许多久住岳阳的人看到的还要真切。岳阳的景色是想象的，但是“先天下之忧而忧，后天下之乐而乐”的思想却是久经考虑，出于胸臆的、真实的、深刻的。看来一篇文章最重要的是思想。有了独特的思想，才能调动想象，才能把在别处所得到的印象概括集中起来。范仲淹虽可能没有看到过洞庭湖，但是他看到过很多巨浸大泽，他是吴县人，太湖是一定看过的。我很深疑他对洞庭湖的描写，有些是从太湖印象中借用过来的。

现在的岳阳楼早已不是滕子京重修的了。这座楼烧掉了几次。据《巴陵县志》载：岳阳楼在明崇祯十二年毁于火，推官陶宗孔重建。清顺治十四年又毁于火，康熙二十二年由知府李遇时、知县赵士珩捐资重建。康熙二十七年又毁于火，直到乾隆五年由总督班第集资修复。因此范记所云“刻唐贤、今人诗赋于其上”，已不可见。现在楼上刻在檀木屏上的《岳阳楼记》系张照所书，楼里的大部分楹联是到处写字的“道州何绍基”写的，张、何皆乾隆间人。但是人们还相信这是滕子京修的那座楼，因为范仲淹的《岳阳楼记》

实在太深入人心了。也很可能，后来两次修复，都还保存了滕楼的旧样。九百多年前的规模格局，至今犹能得其仿佛，斯可贵矣。

我在别处没有看见过一个像岳阳楼这样的建筑。全楼为四柱、三层、盔顶的纯木结构。主楼三层，高十五米，中间以四根楠木巨柱从地到顶承荷全楼大部分重力，再用十二根宝柱作为内围，外围绕以十二根檐柱，彼此牵制，结为整体。全楼纯用木料构成，逗缝对榫，没有一钉一铆，一块砖石。楼的结构精巧，但是看起来端庄浑厚，落落大方，没有搔首弄姿的小家气，在烟波浩渺的洞庭湖上很压得住，很有气魄。

岳阳楼本身很美，尤其美的是它所占的地势。“滕王高阁临江渚”，看来和长江是有一段距离的。黄鹤楼在蛇山上，晴川历历，芳草萋萋，宜俯瞰，宜远眺，楼在江之上，江之外，江自江，楼自楼。岳阳楼则好像直接从庭洞湖里长出来的。楼在岳阳西门之上，城门口即是洞庭湖。伏在楼外女墙上，好像洞庭湖就在脚底，丢一个石子，就能听见水响。楼与湖是一整体。没有洞庭湖，岳阳楼不成其为岳阳楼；没有岳阳楼，洞庭湖也就不成其为洞庭湖了。站在岳阳楼上，可以清清楚楚看到湖中帆船来往，渔歌互答，可以扬声与舟中人说话;同时又可远看浩浩荡荡，横无际涯，北通巫峡，南极潇湘的湖水,远近咸宜,皆可悦目。“气吞云梦泽,波撼岳阳城”，并非虚语。

我们登岳阳楼那天下雨，游人不多。有三四级风，洞庭湖里的浪不大，没有起白花。本地人说不起白花的是“波”，起白花的是“涌”。“波”和“涌”有这样的区别，我还是第一次听到。这可以增加对于“洞庭波涌连天雪”的一点新的理解。

夜读《岳阳楼诗词选》。读多了，有千篇一律之感。最有气魄的还是孟浩然的那一联，和杜甫的“吴楚东南坼，乾坤日夜浮”。刘禹锡的“遥望洞庭山水翠，白银盘里一青螺”，化大境界为小景，另辟蹊径。许棠因为《洞庭》一诗，当时号称“许洞庭”，但“四顾疑无地，中流忽有山”，只是工巧而已。滕子京的《临江仙》把“气蒸云梦泽，波撼岳阳城”“曲终人不见，江上数峰青”整句地搬了进来，未免过于省事！吕洞宾的绝句：“朝游岳鄂暮苍梧，袖里青蛇胆气粗。三醉岳阳人不识，朗吟飞过洞庭湖”，很有点仙气，但我怀疑这是伪造的（清人陈玉垣《岳阳楼》诗有句云：“堪惜忠魂无处奠，却教羽客踞华楹”，他主张岳阳楼上当奉屈左徒为宗主，把楼上的吕洞宾的塑像请出去，我准备投他一票）。写得最美的，还是屈大夫的“嫋嫋兮秋风，洞庭波兮木叶下”。两句话，把洞庭湖就写完了！

一九八二年十二月八日北京

碧霞元君
——泰山片石之二

泰山牵动人的感情，是因为它关系到人的生死。人死后，魂魄都要到蒿里集中。汉代挽歌有《薤露》《蒿里》两曲。或谓本是一曲，李延年裁之为二，《薤露》送王公贵人，《蒿里》送大夫士庶。我看二曲词义，各成首尾，似本即二曲。《蒿里》词云：

> 蒿里谁家地？
> 聚敛魂魄无贤愚。
> 鬼伯亦何相催促，
> 人命不得少踟蹰。

写得不如《薤露》感人，但如同说话，亦自悲切。十年前到泰山，就想到蒿里去看看，因为路不顺，未果。蒿里山才多大的地方，天下的鬼魂都聚在那里，怎么装得下呢？也许鬼有形无质，挤一点不要紧。后来不知怎么又出来个酆都城。这就麻烦了，鬼们将无所适从，是上山东呢，还是到四川？我看，随便吧。

泰山神是管死的。这位神不知是什么来头。或说他是金虹氏，或说是《封神榜》上的黄飞虎。道教的神多是随意瞎编出来的。编的时候也不查查档案，于是弄得乱七八糟。历代帝王对泰山神屡次加封，老百姓则称之为东岳大帝。全国各地几乎都有一座东岳庙，亦称泰山庙。我们县的泰山庙离我家很近，我对这位大帝是很熟悉的（一张油白发亮的长圆脸，疏眉细眼，五绺胡须）。我小小年纪便知道大帝是黄飞虎，并且小小年纪就觉得这很滑稽。

中国人死了，变成鬼，要经过层层转关系，手续相当麻烦。先由本宅灶君报给土地，土地给一纸“回文”，再到城隍那里“挂号”，最后转到东岳大帝那里听候发落。好人，登银桥。道教好人上天，要经过一道桥（这想象倒是颇美的），这桥就叫“升仙桥”。我是亲眼看见过的，是纸扎的。道士诵经后，桥即烧去。这个死掉的人升天是不是经过东岳大帝批准了，不知道。不过死者的家属要给道士一笔劳务费，我是知道的。坏人，下地狱。地狱设各种酷刑：上刀山、下油锅、锯人、磨人……这些都塑在东岳庙的两廊，叫作“七十二司”。听说泰山蒿里祠也有“司”，但不是七十二，而是七十五，是个单数，不知是何道理。据我的印象，人死了。登桥升天的很少，大部分都在地狱里受罪。人都不愿死，尤其不愿在七十二司里受酷刑——七十二司是很恐怖的，我小时即不敢多看，因此，大家对东岳大帝都没什么好感。香，还是要烧的，因为怕他。而泰山香火最盛处，为碧霞元君祠。

碧霞元君，或说是泰山神的侍女、女儿，或说是玉皇大帝的女儿，又说是玉皇大帝的妹妹。道教诸神的谱系很乱，差一辈不算什么。又一说是东汉人石守道之女。这个说法不可取，这把元君的血统降低了。从贵族降成了平民。封之为“天仙玉女碧霞元君”的，是宋真宗。老百姓则称之为泰山娘娘，或泰山老奶奶。碧霞元君实际上取代了东岳大帝，成为泰山的主神。“礼岱者皆祷于泰山娘娘祠庙，而弗旅岳神久矣”。（福格《听雨丛谈》）泰安百姓“终日仰对泰山，而不知有泰山，名之曰奶奶山”（王照《行脚山东记》）。

泰山神是女神，为什么？这很容易让人联想原始社会母性崇拜的远古隐秘心理的回归，想到母系社会，这不是没有道理的。我们不管活得多大，在深层心理中都封藏着不止一代人对母亲的记忆。母亲，意味着生。假如说东岳大帝是司死之神，那么，碧霞元君就是司生之神，是滋生繁衍之神。或者直截了当地说，是母亲神。人的一生，在残酷的现实生活之中，艰难辛苦，受尽委屈，特别需要得到母亲的抚慰。明万历八年，山东巡抚何起鸣登泰山，看到“四方以进香来谒元君者，辄号泣如赤子久离父母膝下者”。这里的“父”字可删。这种现象使这位巡抚大为震惊，“看出了群众这种感情背后隐藏着对冷酷现实强烈否定”（车锡伦《泰山女神的神话信仰与宗教》）。这位何巡抚是个有头脑、能看问题的人。对封建统治者来说，这种如醉如痴的半疯狂的感情，是一种可怕的力量。

碧霞元君当然被蒙上世俗宗教的唯利色彩，如各种人来许愿、求子。

车锡伦同志在他的《泰山女神的神话信仰与宗教》的最后提出一个很有意思的问题，即对碧霞元君“净化”的问题。怎样“净化”？我们不能把碧霞元君祠翻造成巴黎圣母院那样的建筑，也不能请巴赫那样的作曲家来写像《圣母颂》一样的《碧霞元君颂》。但是好像也不是一点办法都没有。比如,能不能组织一个道教音乐乐队,演奏优美的道教乐曲，调集一些有文化的炼师诵唱道经，使碧霞元君在意象上升华起来，更诗意化起来?

任何名山都应该提高自己的文化层次，都有责任提高全民的文化素质。我希望主管全国旅游的当局，能思索一下这个问题。

关于葡萄

葡萄和爬山虎

一个学农业的同志告诉我：谷子是从狗尾巴草变来的，葡萄是从爬山虎变来的。我听了，觉得很有意思。谷子和狗尾巴草，葡萄和爬山虎，长得是很像。

另一个学农业的同志说：这没有科学根据，这是想象。

就算是想象吧，我还是觉得这想象得很有意思。我觉得不是没有这种可能。世界上的东西，总是由别的什么东西变来的。我们现在有了这么多品种的葡萄，有玫瑰香、马奶、金铃、秋紫、黑罕、白拿破仑、巴勒斯坦、虎眼、牛心、大粒白、柔丁香、白香蕉……颜色、形状、果粒大小、酸甜、香味，各不相同。它们是从来就有的吗？不会的。最初一定只有一种果粒只有胡椒那样大，颜色半青半紫，味道酸涩的那么一种东西。是什么东西呢？大概就是爬山虎。

从狗尾巴草到谷子，从爬山虎到葡萄，是一个很漫长的过程。这种变化，是在人的参与之下完成的。人说：要大穗，要香甜多汁，于是谷子和葡萄就成了现在这样。

葡萄是人创造出来的。

葡萄的来历

至少玫瑰香不是张骞从西域带回来的。玫瑰香的家谱是可以查考的。它的故乡，是英国。

中国的葡萄是什么时候有的，从哪里来的，自来有不同的说法。

最流行的说法是：张骞从西域带回来的，在汉武帝的时候，即公元前130年左右。《图经》："张骞使西域，得其种而还，种之，中国始有。"《齐民要术》："汉武帝使张骞至大宛，取葡萄实，如离宫别馆旁尽种之。"人们很愿意相信这种说法，因为可以发思古之幽情。"空见葡萄入汉家"，让人感到历史的寥廓。说张骞带回葡萄，是有根据的。现在还大量存在的夸耀汉朝的国力和武功的"葡萄海马镜"，可以证明。新疆不是现在还出很好的葡萄吗？

但是是不是张骞之前，中国就没有葡萄？有人是怀疑过的。魏文帝曹丕《与吴监书》，是专谈葡萄的，他只说："中国珍果甚多，且复为说葡萄。"安邑是个出葡萄的地方。《安邑果志》载："《蒙泉杂言》《酉阳杂俎》与《六帖》皆载：葡萄由张骞自大宛移植汉宫。按《本草》已具神农九种，当涂熄火，去骞未远；而魏文之诏，实称中国名果，不言西来。是唐以前无此论。"(《植物名实图考长编》引)《县志》的作者以为中国本来就有。他还以为中国本土的葡萄和张骞带回来的葡萄"别是一种"。

魏晋时葡萄还不多见，所以曹丕才专门写了一篇文章，庾信和尉瑾才对它"体"了半天"物"，一个说"有类软枣"，一个说"似生荔枝”。唐宋以后，就比较普遍，不是那样珍贵难得了。宋朝有一个和尚画家温日观就专门画葡萄。

张骞带回的葡萄是什么品种的呢？从“葡萄海马镜”上看不出。从拓片上看，只是黑的一串，果粒是圆的。

魏文帝吃的是什么葡萄？不知道。他只说是这种葡萄很好吃：“当其夏末涉秋，尚有余暑、醉酒宿醒，掩露而食，甘而不饴，脆而不酸，冷而不寒，味长汁多，除烦解倦”，没有说是什么颜色，什么形状——他吃的葡萄是“脆”的，这是什么葡萄？

温日观所画的葡萄，我所见到的都是淡墨的，没有着色。从墨色看，是深紫的。果粒都作正圆，有点像是秋紫或是金铃。

反正，张骞带回来的，曹丕吃的，温日观画的，都不是玫瑰香。

中国现在的葡萄以玫瑰香为大宗。以玫瑰香为其大宗的现在的中国葡萄是从山东传开来的。其时最早不超过明代。

山东的葡萄是外国的传教士带进来的。

他们最先带来的是葡萄酒——这种葡萄酒是洋酒，和“葡萄美酒夜光杯”的葡萄酒是两码事。这是传教必不可少的东西。在做礼拜领圣餐的时候，都要让信徒们喝一口葡萄酒，这是耶稣的血。传教士们漂洋过海地到中国来，船上总要带着一桶一桶的葡萄酒。

从本国带酒来很不方便，于是有的教士就想起带了葡萄苗来，到中国来种。收了葡萄，就地酿酒。

他们把葡萄种在教堂墙内的花园里。

中国的农民留神看他们种葡萄。哦，是这样的！这个农民撅了几根葡萄藤，插在土里。葡萄藤出芽了，长大了，结了很多葡萄。

这就传开了。

现在，中国到处都是玫瑰香。

这故事是一个种葡萄的果农告诉我的。他说：中国的农民是很能干的。什么事都瞒不过中国人。中国人一看就会。

葡萄月令

一月，下大雪。

雪静静地下着。果园一片白。听不到一点声音。

葡萄睡在铺着白雪的窖里。

二月里刮春风。

立春后，要刮四十八天“摆条风”。风摆动树的枝条，树醒了，忙忙地把汁液送到全身。树枝软了。树绿了。

雪化了，土地是黑的。

黑色的土地里，长出了茵陈蒿，碧绿。

葡萄出窖。

把葡萄窖一锹一锹挖开。挖下的土，堆在四面。葡萄藤露出来了，乌黑的。有的梢头已经绽开了芽苞，吐出指甲大的苍白的小叶。它已经等不及了。

把葡萄藤拉出来，放在松松的湿土上。

不大一会，小叶就变了颜色，叶边发红——又不大一会，绿了。

三月，葡萄上架。

先得备料。把立柱、横梁、小棍，槐木的、柳木的、杨木的、桦木的，按照树棵大小，分别堆放在旁边。立柱有汤碗口粗的、饭碗口粗的、茶杯口粗的。一棵大葡萄得用八根、十根，乃至十二根立柱。中等的，六根、四根。

先刨坑，竖柱。然后搭横梁，用粗铁丝摽紧。然后搭小棍，用细铁丝缚住。

然后，请葡萄上架。把在土里趴了一冬的老藤扛起来，得费一点劲。大的，得四五个人一起来。“起！——起！”哎，它起来了。把它放在葡萄架上，把枝条向三面伸开，像五个指头一样地伸开，扇面似的伸开。然后，用麻筋在小棍上固定住。葡萄藤舒舒展展，凉凉快快地在上面待着。

上了架，就施肥。在葡萄根的后面，距主干一尺，挖一道半月形的沟，把大粪倒在里面。葡萄上大粪，不用稀释，就这样把原汁大粪倒下去。大棵的，得三四桶。小葡萄，一桶也就够了。

四月，浇水。

挖窖挖出的土，堆在四面，筑成垄，就成一个池子。池里放满了水。葡萄园里水气泱泱，沁人心肺。

葡萄喝起水来是惊人的。它真是在喝哎！葡萄藤的组织跟别的果树不一样，它里面是一根一根细小的导管。这一点，中国的古人早就发现了。《图经》云:“根苗中空相通。圃人将货之，欲得厚利，暮溉其根，而晨朝水浸子中矣，故俗呼其苗为木通。”“暮溉其根，而晨朝水浸子中矣”，是不对的。葡萄成熟了，就不能再浇水了。再浇，果粒就会涨破。“中空相通”却是很准确的。浇了水，不大一会，它就从根直吸到梢，简直是小孩嘬奶似的拼命往上嘬。浇过了水，你再回来看看吧:梢头切断过的破口，就嗒嗒地往下滴水了。

是一种什么力量使葡萄拼命地往上吸水呢?

施了肥，浇了水，葡萄就使劲抽条、长叶子。真快！原来是几根枯藤，几天工夫，就变成青枝绿叶的一大片。

五月，浇水，喷药，打梢，掐须。

葡萄一年不知道要喝多少水，别的果树都不这样。别的果树都是刨一个“树碗”，往里浇几担水就得了，没有像它这样的“漫灌”，整池子地喝。

喷波尔多液。从抽条长叶，一直到坐果成熟，不知道要喷多少次。喷了波尔多液，太阳一晒，葡萄叶子就都变成蓝的了。

葡萄抽条，丝毫不知节制，它简直是瞎长！几天工夫，就抽出好长的一节的新条。这样长法还行呀，还结不结果呀？因此，过几天就得给它打一次条。葡萄打条，也用不着什么技巧，是个人就能干，拿起树剪，噼噼啪啪，把新抽出来的一截都给它铰了就得了。一铰，一地的长着新叶的条。

葡萄的卷须，在它还是野生的时候是有用的，好攀附在别的什么树木上。现在，已经有人给它好好地固定在架上了，就一点用也没有了。卷须这东西最耗养分——凡是作物，都是优先把养分输送到顶端，因此，长出来就给它掐了，长出来就给它掐了。

葡萄的卷须有一点淡淡的甜味。这东西如果腌成咸菜，大概不难吃。

五月中下旬，果树开花了。果园，美极了。梨树开花了，苹果树开花了，葡萄也开花了。

都说梨花像雪，其实苹果花才像雪。雪是厚重的，不是透明的。

梨花像什么呢？——梨花的瓣子是月亮做的。

有人说葡萄不开花，哪能呢！只是葡萄花很小，颜色淡黄微绿，不钻进葡萄架是看不出的。而且它开花期很短。很快，就结出了绿豆大的葡萄粒。

六月，浇水、喷药、打条、掐须。

葡萄粒长了一点了，一颗一颗，像绿玻璃料做的纽子。硬的。

葡萄不招虫。葡萄会生病，所以要经常喷波尔多液。但是它不像桃，桃有桃食心虫；梨，梨有梨食心虫。葡萄不用疏虫果——果园每年疏虫果是要费很多工的。虫果没有用，黑黑的一个半干的球，可是它耗养分呀！所以，要把它“疏”掉。

七月，葡萄“膨大”了。

掐须、打条、喷药，大大地浇一次水。

追一次肥。追硫铵。在原来施粪肥的沟里撒上硫铵。然后，就把沟填平了，把硫铵封在里面。

汉朝是不会追这次肥的，汉朝没有硫铵。

八月，葡萄“着色”。

你别以为我这里是把画家的术语借用来了。不是的。这是果农的语言，他们就叫“着色”。

下过大雨，你来看看葡萄园吧，那叫好看！白的像白玛瑙，红的像红宝石，紫的像紫水晶，黑的像黑玉。一串一串，饱满、磁棒、挺括，璀璨琳琅。你就把《说文解字》里的玉字偏旁的字都搬了来吧，那也不够用啊！

可是你得快来！明天，对不起，你全看不到了。我们要喷波尔多液了。一喷波尔多液，它们的晶莹鲜艳全都没有了，它们蒙上一层蓝兮兮、白糊糊的东西，成了磨砂玻璃。我们不得不这样干。葡萄是吃的，不是看的。我们得保护它。

过不两天，就下葡萄了。

一串一串剪下来，把病果、瘪果去掉，妥妥地放在果筐里。果筐满了，盖上盖，要一个棒小伙子跳上去蹦两下，用麻筋缝的筐盖——新下的果子，不怕压，它很结实，压不坏。倒怕是装不紧，咣里咣当的。那，来回一晃悠，全得烂！

葡萄装上车，走了。

去吧，葡萄，让人们吃去吧！

九月的果园像一个生过孩子的少妇，宁静、幸福，而慵懒。

我们还给葡萄喷一次波尔多液。哦，下了果子，就不管了？人，总不能这样无情无义吧。

十月，我们有别的农活。我们要去割稻子。葡萄，你愿意怎么长，就怎么长着吧。

十一月，葡萄下架。

把葡萄架拆下来。检查一下，还能再用的，搁在一边。糟朽了的，只好烧火。立柱、横梁、小棍，分别堆垛起来。

剪葡萄条。干脆得很，除了老条，一概剪光。葡萄又成了一个大秃子。

剪下的葡萄条，挑有三个芽眼的，剪成二尺多长的一截，捆起来，放在屋里，准备明春插条。

其余的，连枝带叶，都用竹笤帚扫成一堆，装走了。

葡萄园光秃秃。

十一月下旬，十二月上旬，葡萄入窖。

这是个重活。把老本放倒，挖土把它埋起来。要埋得很厚实。外面要用铁锹拍平。这个活不能马虎。都要经过验收，才给记工。

葡萄窖，一个一个长方形的土墩墩。一行一行，整整齐齐地排列着。风一吹，土色发了白。

这真是一年的冬景了。热热闹闹的果园，现在什么颜色都没有了。眼界空阔，一览无余，只剩下发白的黄土。

下雪了。我们踏着碎玻璃碴似的雪，检查葡萄窖，扛着铁锹。

一到冬天，要检查几次。不是怕别的，怕老鼠打了洞。葡萄窖里很暖和，老鼠爱往这里面钻。它倒是暖和了，咱们的葡萄可就受了冷啦!

白马庙

我教的中学从观音寺迁到白马庙，我在白马庙住过一年，白马庙没有庙。这是由篆塘到大观楼之间的一个镇子。我们住的房子形状很特别，像是卡通电影上画的房子，我们就叫它卡通房子，前几年日本飞机常来轰炸，有钱的人多在近郊盖了房子，躲警报，这二年日本飞机不来了，这些房子都空了下来，学校就租了当教员宿舍。这些房子的设计都有点别出心裁，而以我们住的卡通房子最显眼，老远就看得见。

卡通房子门前有一条土路，通过马路，三面都是农田，不挨人家。我上课之余，除了在屋里看看书，常常伏在窗台上看农民种田。看插秧，看两个人用一个戽斗戽水。看一个十五六岁的孩子用一个长柄的锄头挖地。这个孩子挖几锄头就要停一停，唱一句歌，他的歌有音无字，只有一句，但是很好听，长日悠悠，一片安静。我那时正在读《庄子》。在这样的环境中读《庄子》真是太合适了。

这样的不挨人家的“独立家屋”有一点不好，是招小偷。曾有小偷光顾过一次。发觉之后，几位教员拿了棍棒到处搜索，闹腾了一阵，无所得。我和松卿有一次到城里看电影，晚上回来，快到大门时，从路旁沟里蹿出一条黑影，跑了。是一个俟机翻墙行窃的小偷。

小偷不少，教导主任老杨曾当美军译员，穿了一条美军将军呢的毛料裤子，晚上睡觉，盖在被窝上压脚。那天闹小偷。他醒来，拧开电灯看看，将军呢裤子没了。他翻了个身，接茬儿睡他的觉。我们那时都是这样，得失无所谓，而可失之物亦不多，只要不是真的赤条条来去无牵挂，怎么着也能混得过去——这位老兄从美军复员，领到一笔复员费，崭新的票子放在夹克上衣口袋里，打了一夜沙蟹，几乎全部输光。

学校的教员有的在校内住，也有住在城里，到这里来兼课的。坐马车来，很方便。朱德熙有一次下了马车，被马咬了一口！咬在胸脯上，胸上落了马的牙印，衣服却没有破。

镇上有一个卖油盐酱醋香烟火柴的杂货铺，一家猪肉案子，还有一个做饵块的作坊。我去看过工人做饵块，小枕头大的那么一坨，不知道怎么竟能蒸熟。

饵块作坊门前有一道砖桥，可以通到河南边。桥南是菜地，我们随时可以吃到刚拔起来的新鲜蔬菜。临河有一家茶馆，茶客不少。靠窗而坐，可以看见河里的船、船上的人，风景很好。

使我惊奇的是东壁粉墙上画了一壁茶花，画得满满的。墨线勾边，涂了很重的颜色，大红花，鲜绿的叶子，画得很工整，花、叶多对称，很天真可爱，这显然不是文人画。我问冲茶的堂倌："这画是谁画的？"——"哑巴。"——"他就爱画，哪样上头都画，他画又不要钱，自己贴颜色，就叫他画吧！"

过两天，我看见一个挑粪的，粪桶是新的，粪桶近桶口处画了一周遭串枝莲，墨线勾成，笔如铁线，匀匀净净。不用问，这又是那个哑巴画的。粪桶上描花，真是少见。

听说哑巴岁数不大，二十来岁。他没有跟谁学过，就是自己画。

我记得白马庙，主要就是因为这里有一个画画的哑巴。

一九九三年三月二十三日

原载一九九四年第一期《大家》

冬天的树

■■■ ■■■

英国诗人雪莱说过“冬天来了，春天还会远吗”？这篇文章可以说就是对这句诗的解释。请看——

冬天的树，伸出细细的枝子，像一阵淡紫色的烟雾。

冬天的树，像一些铜板蚀刻。

冬天的树，简练，清楚。

冬天的树，现出了它的全身。

冬天的树，落尽了所有的叶子，为了不受风的摇撼。

冬天的树，轻轻地，轻轻地呼吸着，树梢隐隐地起伏。

冬天的树在静静地思索。

（这是冬天了，今年真不算冷。空气有点潮湿起来，怕是要下一场小雨了吧）冬天的树，已经出了一些比米粒还小的芽苞，裹在黑色的鞘壳里，偷偷地露出一点娇红。

冬天的树，很快就会吐出一朵一朵透明的，嫩绿的新叶，像一朵一朵火焰，飘动在天空中。

很快，就会满树都是繁华的，丰盛的浓密的绿叶，在丽日和风之中，兴高采烈，大声地喧哗。

北京的秋花

桂花

桂花以多为胜。《红楼梦》薛蟠的老婆夏金桂家“单有几十顷地种桂花”,人称“桂花夏家”。“几十顷地种桂花”,真是一个大观!四川新都桂花甚多。杨升庵祠在桂湖,环湖植桂花,自山坡至水湄,层层叠叠,都是桂花。我到新都谒升庵祠,曾作诗:

桂湖老桂发新枝,
湖上升庵旧有祠。
一种风流谁得似,
状元词曲罪臣诗。

杨升庵是才子,以一甲一名中进士,著作有七十种。他因“议大礼”获罪,充军云南,七十余岁,客死于永昌。陈老莲曾画过他的像,“醉则簪花满头”,面色酡红,是喝醉了的样子。从陈老莲的画像看,升庵是个高个儿的胖子。但陈老莲恐怕是凭想象画的,未必即像升庵。新都人为他在桂湖建祠，升庵死若有知，亦当欣慰。

北京桂花不多，且无大树。颐和园有几棵，没有什么人注意。我曾在藻鉴堂小住，楼道里有两棵桂花，是种在盆里的，不到一人高！

我建议北京多种一点桂花。桂花美阴，叶坚厚，入冬不凋。开花极香浓，干制可以做元宵馅、年糕。既有观赏价值，也有经济价值，何乐而不为呢？

菊花

秋季广交会上摆了很多盆菊花。广交会结束了，菊花还没有完全开残。有一个日本商人问管理人员："这些花你们打算怎么处理？"答云："扔了！"——"别扔，我买。"他给了一点钱，把开得还正盛的菊花全部包了，订了一架飞机，把菊花从广州空运到日本，张贴了很大的海报："中国菊展。"卖门票，参观的人很多。他捞了一大笔钱。这件事叫我有两点感想：一是日本商人真有商业头脑，任何赚钱的机会都不放过，我们的管理人员是老爷，到手的钱也抓不住。二是中国的菊花好，能得到日本人的赞赏。

中国人长于艺菊，不知始于何年，全国有几个城市的菊花都负盛名，如扬州、镇江、合肥，黄河以北，当以北京为最。

菊花品种甚多，在众多的花卉中也许是最多的。

首先，有各种颜色。最初的菊大概只有黄色的。"鞠有黄华""零落黄花满地金"，"黄华"和菊花是同义词。后来就发展到什么颜色都有了。黄色的、白色的、紫的、红的、粉的，都有。挪威的散文家别伦·别尔生说各种花里只有菊花有绿色的，也不尽然，牡丹、芍药、月季都有绿的，但像绿菊那样绿得像初新的嫩蚕豆那样，确乎是没有。我几年前回乡，在公园里看到一盆绿菊，花大盈尺。

其次，花瓣形状多样，有平瓣的、卷瓣的、管状瓣的。在镇江焦山见过一盆“十丈珠帘”，细长的管瓣下垂到地，说“十丈”当然不会，但三四尺是有的。

北京菊花和南方的差不多，狮子头、蟹爪、小鹅、金背大红……南北皆相似，有的连名字也相同。如一种浅红的瓣，极细而卷曲如一头乱发的，上海人叫它“懒梳妆”，北京人也叫它“懒梳妆”，因为得其神韵。

有些南方菊种北京少见。扬州人重“晓色”，谓其色如初日晓云，北京似没有。“十丈珠帘”，我在北京没见过。“枫叶芦花”，紫平瓣，有白色斑点，也没有见过。

我在北京见过的最好的菊花是在老舍先生家里。老舍先生每年要请北京市文联、文化局的干部到他家聚聚，一次是腊月，老舍先生的生日（我记得是腊月二十三）；一次是重阳节左右，赏菊。老舍先生的哥哥很会莳弄菊花。花很鲜艳；菜有北京特点（如芝麻酱炖黄花鱼、“盒子菜”）；酒“敞开供应”，既醉既饱，至今不忘。

我不赞成搞菊山菊海，让菊花都按部就班，排排坐，或挤成一堆，闹闹嚷嚷。菊花还是得一棵一棵地看，一朵一朵地看。更不赞成把菊花缚扎成龙、成狮子，这简直是糟蹋了菊花。

秋葵、鸡冠、凤仙、秋海棠

秋葵我在北京没有见过，想来是有的。秋葵是很好种的，在篱落、石缝间随便丢几个种子，即可开花。或不烦人种，也能自己开落。花瓣大，花浅黄，淡得近乎没有颜色，瓣有细脉，瓣内侧近花心处有紫色斑。秋葵风致楚楚，自甘寂寞。不知道为什么，秋葵让我想起女道士。秋葵亦名鸡脚葵，以其叶似鸡爪。

我在家乡县委招待所见一大丛鸡冠花，高过人头，花大如扫地笤帚，颜色深得吓人一跳。北京鸡冠花未见有如此之粗野者。

凤仙花可染指甲，故又名指甲花。凤仙花捣烂，少入矾，敷于指尖，即以凤仙叶裹之，隔一夜，指甲即红。凤仙花茎可长得很粗，湖南人或以入臭坛腌渍，以佐粥，味似臭苋菜秆。

秋海棠北京甚多，齐白石喜画之。齐白石所画，花梗颇长，这在我家那里叫作“灵芝海棠”。

诸花多为五瓣，唯秋海棠为四瓣。北京有银星海棠，大叶甚坚厚，上洒银星，干亦高壮，简直近似木本。我对这种孙二娘似的海棠不大感兴趣。我所不忘的秋海棠总是伶仃瘦弱的。

我的生母得了肺病，怕“过人”——传染别人，独自卧病，在一座偏房里，我们都叫那间小屋为“小房”。她不让人去看她，我的保姆要抱我去让她看看，她也不同意。因此我对我的母亲毫无印象。她死后，这间“小房”成了堆放她的嫁妆的储藏室，成年锁着。我的继母偶尔打开，取一两件东西，我也跟了进去。“小房”外面有一个小天井，靠墙有一个秋叶形的小花坛，不知道是谁种了两三棵秋海棠，也没有人管它，它在秋天竟也开花。花色苍白，样子很可怜。

不论在哪里，我每看到秋海棠，总要想起我的母亲。

黄栌、爬山虎

霜叶红于二月花。

西山红叶是黄栌，不是枫树。我觉得不妨种一点枫树，这样颜色更丰富些。日本枫娇红可爱，可以引进。

近年北京种了很多爬山虎，入秋，爬山虎叶转红。

沿街的爬山虎红了，北京的秋意浓了。

长城漫忆

我的家乡是苏北，和长城距离很远，但是我小时候即对长城很有感情，这主要是因为常唱李叔同填词的那首歌：

长城外，
古道边，
芳草碧连天。
晚风拂柳笛声残，
夕阳山外山……

长城给我一个很悲凉的印象。

到北京后曾参观了八达岭长城。这一段长城是新修过的，砖石过于整齐，使我觉得是一个假古董。长城变成了游览区，非复本来面目。

1958 年我被错划成右派，下放张家口沙岭子劳动，这可真是出了长城了。

张家口一带农民把长城叫作“边墙”。我很喜欢这两个字。“边墙”者，防边之墙也。

长城内外各种方面是有区别的，但也不是那样截然不同。

长城外的平均气温比关里要低几度。我们冬天在沙岭子野外劳动，那天降温到零下三十九度，生产队长敲钟叫大家赶快回去，再降下去要冻死人的。零下三十九度在坝上不算什么，但在边墙附近可就是奇寒了。长城外昼夜温差大，当地人说：“早穿皮袄午穿纱，抱着火炉吃西瓜。”这本是西北很多地方都有的俗谚，但是张家口人以为只有他们才是这样。再就是风大。有一天刮了一夜大风，山呼海啸。第二天一早我们到果园去劳动，在地下捡了二三十只石鸡子。这些石鸡子是在水泥电线杆上撞死的。它们被狂风刮得晕头转向、乱扑乱撞，想必以为落到电线杆上就可以安全了。这一带还爱下雹子。“蛋打一条线”（张家口一带把雹子叫作“冷蛋”），远远看见雹子云黑压压齐齐地来了，不到一会儿：砰里叭啦，噼里卜碌！有一场雹子，把我们的已经熟透的葡萄打得稀烂。一年的辛苦，全部泡汤（真是泡了汤）！沽源有一天下了一个雹子，有马大！

塞外无霜期短，但关里的农作物这里大都也能生长：稻粱菽麦黍稷。因为雨少，种麦多为“干寄子”，即把麦种先期下到地里等雨——“寄”字甚妙。为了争季节，有些地方种春小麦。春小麦可不好吃，蒸出馒头来发黏。坝下种莜麦的地方不多，坝上则主要的作物是莜麦。坝上土层薄，地块大，广种薄收。无水利灌溉，靠天收。如果一年有一点雨，打的莜麦可供河北省吃一年，故有人称坝上是“中国的乌克兰”。坝上的地块有多大？说是有一个农民牵了一头牛去耕地，耕了一趟，回来时母牛带回一个小牛犊子，已经三岁了！

马牛羊鸡犬豕都有。坝上有的地方是半农半牧区。张北的张北马、短角牛都是有名的。长城外各村都养羊。一是为了吃肉，二是要羊皮。塞外人没有一件白茬老羊皮袄是过不了冬的。狗皮主要是为了做帽子。没有狐狸皮帽子的，戴了狗皮遮耳大三块瓦皮帽，也能顶得住无情的狂风。

塞外人的饮食结构和关里不同的是爱吃糕，吃莜面。“糕”是黄米面拍成烧饼大小的饼子，在涂了胡麻油的铛上烙熟。口外认为这是食物中的上品，经饿，“三十里的莜面四十里的糕，二十里的白面饿断腰”。过去地主请工锄地，必要吃糕：“锄地不吃糕，锄了大大留小小！”张家口一带人吃莜面和山西雁北不同。雁北吃莜面只是蘸酸菜汤，加一点凉菜，张家口人则是蘸热的菜汤吃。锅里下一点油，把菜——山药（土豆）、西葫芦、疙瘩白（圆白菜）切成块，哗啦一声倒在油锅里，这叫“下搭油”。盖盖闷熟后，再在菜面上浇一点油，叫作“上搭油”。这一带人做菜用油很省。有农民见一个下放干部炒菜，往锅里倒了半碗油，说：“你用这么多的油，炒石子儿也是好吃的！”在烩菜里放几块羊肉，那就是过年了！

他们也知道吃野味。“天鹅、地鹤、鸽子肉、黄鼠”，这是人间美味。石鸡子、伯劳，是很容易捉到手，但是，虽然他们也说：“宁吃飞禽四两，不吃走兽半斤”，他们对石鸡子之类的兴趣其实并不是很大，远不如来一碗口蘑炖羊肉“解恨”。

长城内外不缺水果。杏树很多，果大而味浓。宣化葡萄，历史最久，味道最佳。

长城对我们这个民族到底起了什么作用？说法不一。有人说这是边防的屏障，对于抵御北方民族入侵，在当时是必不可少的。这使得中国完成统一，对民族心理凝聚力的形成，是有很大影响的。也有人说这使得我们的民族形成一种盲目的自大心理，造成文化的封闭乃至停滞，对中国的发展起了阻碍作用。我对这样深奥的问题没有研究过，没有发言权，但是我觉得它是伟大的。

一个美国的航天飞机的飞行员（忘其名）说过：在月球能看见地球上的是中国的万里长城，那么长城是了不起的。

“文化大革命”后期，有一个中学的语文教员领着一班初一的学生去游长城，回来让学生都写一篇游记，一个学生只写了一句：

“长城啊，真他妈的长！”

一九九四年四月二十一日

载一九九五年第一期《长城》

烟赋

中国人抽烟，大概始于明朝，是从外国传入的。从前的中国书里称烟草为淡巴菰，是TOBACCO的译音。我年轻时，上海人还把雪茄叫作“吕宋”。吸烟成风，盖在清代。现存的几种烟草谱，都是清人的著作。纪晓岚总纂四库全书时，叫人把书页平摊在一个长案上，他一边吸烟，一边校读，围着长案走一圈，一篇“四库全书总目提要”就出来了。这可能是传闻，但乾隆年间，抽烟的人已经很多是可以肯定的。

小说《异秉》里的张汉轩说，烟有五种:水、旱、鼻、雅、潮。雅（鸦片）不是烟草所制，潮州烟其实也是旱烟的一种，中国人以前抽的烟其实只有旱烟、水烟两大类。旱烟，南方多切成丝，北方则揉碎，都是摁在烟袋锅里抽的。北方人把烟叶都称为关东烟。关东烟里的上品是蛟河烟。这是贡品，据说西太后抽的即是蛟河烟。真正的蛟河烟只产在那么一两亩地里。我在吉林抽过真蛟河烟，名不虚传！其次“亚布力”也可以，这是从苏联引进的品种。河北省过去种“易县小叶”。旱烟袋，讲究白铜锅、乌木杆、翡翠嘴。烟袋有极长的。南方老太太用的烟袋，花银嘴就有五寸，乌木杆长至八尺，抽烟时得由别人点火，也有短的，可以插在靴掖里，称为“京八寸”。这种烟袋亦称“骚胡子”，说是公公抽烟，叫儿媳妇点火。瞅着没人看见，可以乘机摸一下儿媳妇的手。潮州的烟袋是用竹根做的，在一头挖一窟窿，嵌一小铜胎，以装烟，不另安锅。1950 年我在江西土改，那里的农民抽的就是这种烟，谓之“吃黄烟”。山西、内蒙古人用羊腿骨做烟袋。抽这种烟得点一盏烟灯，因为一次只装很小的一撮烟，抽一口就把烟灰吹掉，叫作“一口香”，要不停地点火。云、贵、川抽叶子烟，烟叶剪成二寸许长，裹成小指粗细的烟支，可以说是自制小雪茄，但多数是插在烟锅里抽，也可算是旱烟类。我在鄂温克族地区抽过达斡尔人用香蒿籽窨制的烟，一层烟叶，一层香蒿子，阴干，烟味极佳。是用纸卷了抽的。广东的“生切”，也是用纸卷了抽的。新疆的“莫合烟”，即苏联翻译小说里常常见到的“马霍烟”，也是用纸卷了抽的。莫合烟是用烟梗磨碎制成的，不用烟叶。抽水烟应该是最卫生的，烟从水里滤过，有害物质减少了。但抽水烟很麻烦，每天涮水烟袋就很费事。水烟袋要保持洁净，抽起来才香。我有个远房舅舅，到别人家做客，都由他车夫一次带了五支水烟袋去，换着抽。此人真是个会享福的人！水烟的烟丝极细，叫作“皮丝”，出在甘肃的兰州和福建的福州。一在西北，一在东南，制法质量却极相似，奇怪！云南人抽水烟筒。旱烟、水烟，吸时都要在口腔内打一回旋，烟筒的烟则是直灌入肺，毫无缓冲。

卷烟，或称纸烟，北京人叫作烟卷儿，上海一带人叫作香烟。也有少数地方叫作洋烟的。早年的东北评剧《雷雨》里四凤夸赞周萍的唱词道："穿西服，抽洋烟，梳的本是那个偏分"可以为证。大概在东北人眼中这些都是很时髦的。东北是"十八岁的大姑娘叼着大烟袋"的地方，卷烟曾经是稀罕东西。现在卷烟已经通行全国。抽旱烟的还有，大都是上了年纪的人，但也相对地减少了。抽水烟的就更少了，白铜镂花的水烟袋已经成为古玩，年轻人都不知道这玩意儿是干什么用的了。说卷烟是洋烟，是有道理的，因为本是从外国主要是英国输入的。上海一带流行的上等烟茄立克、白炮台、555……销行最广的中等烟红锡包（北京叫小粉包）、老刀牌（北方叫强盗牌）都是英国货。世界上的卷烟原分两大系。一类是海洋型，英国烟为其代表。英国烟的烟丝很细，有些烟如白炮台的烟盒上标明是 Navy Cut，大概和海军有点关系。一类是大陆型，典型的代表是埃及烟、法国烟、苏联的白海牌（东北人叫它"大白杆"）以及阿尔巴尼亚等烟属之。抽大陆型烟的人数不多。现在卷烟分为两大派系，一类是烤烟型，即英国烟型；一类是混合型，是一半海洋型、一半大陆型烟丝混合，美国烟大都是混合型。英国型的烟烟丝金黄，比较柔和，有烟草的自然的酸香，比较为中国人所喜欢。

后来外商和华侨在中国设厂制烟，比较重要的是英美烟草有限公司和南洋兄弟烟草公司。大前门为南洋兄弟烟草公司所出，美丽牌好像就是英美烟草公司出的。也有较小的厂出烟，大联珠、紫金山……大概是本国的烟厂所出。

我到昆明后抽过很多种杂牌烟。有一种叫仙岛牌，不记得是什么地方出的，烟味极好，是英国烤烟型，价钱也不贵。后来就再不见了，可能是因为日本兵占领了越南，滇越铁路中断，没有来源了。有一种叫“白姑娘”，硬盒扁支，烟味很冲。有一种从湖南来的烟，抽起来有牙粉味。最便宜的烟是鹦鹉牌，十支装，呛得不得了，不知是什么树叶或草做的，肯定不是烟叶！

陈纳德的“飞虎队”和美国空军到昆明后，昆明市面上到处是美国烟，多是从美国军用物资仓库中流出的。骆驼牌、老金、LUCKY STRIKE、CHESTERFIELD、PHILIP MORRIS……一时抽美国烟的人很多，因为并不太贵。

云南烟业的兴起盖在20世纪40年代初。本省的农业专家和实业家经过研究，认为云南土壤、气候适于种烟，于是引进美国弗吉尼亚的大金叶，试种成功。随即建厂生产卷烟。所出的牌子有两种：重九和七七。重九当时算是高档烟，这个牌子沿用至今。七七是中档烟，后来不生产了。

50年代后，云南制烟业得到很大发展，云南烟的质量得到全国公认，把许多省市的卷烟都甩到了后面去了。云南卷烟有三大名牌：云烟、红山茶、红塔山。最近几年，红塔山的声誉日隆，俨然夺得云南名烟的首席。说是已经是国产烟的第一，也不为过分。我于“红塔山”得一字，曰：“醇。”

为什么红塔山能够力挫群雄，扶摇直上？首先，红塔山有质量上好的烟叶。

当年生产的烟叶，不能当年就用，得存放一个时期，这样杂质异味才会挥发掉。据闻英国的名牌烟的烟叶都要存放三年。二次世界大战，存烟用尽，质量也不如以前了。玉溪烟厂的烟叶都要存放二年至二年半。就像中药店配制丸散一样："修含虽无人见，存心自有天知"。这个"天"就是抽烟的人。烟叶存放了多久，抽烟的人是看不到的，但是抽得出来。他们不知其所以然但知其然，能分辨出烟的好坏。

对烟的评价是最具群众性的，最公平的。卷烟不能像酒一样搞评比。我们国家是不允许卷烟做广告的。现在既不能像过去的美丽牌在申报和新闻报上做整幅的广告："有美皆备，无丽弗臻。"也不能像克莱文·A 一样借重梅兰芳的声誉，宣传这种烟对嗓音无害。卷烟的声誉，全靠质量，靠"烟民"的口碑，北京人有言："人叫人千声不语，货叫人点手就来"，这是假不得的。桃李不言，下自成蹊，红塔山之赢得声誉，岂虚然哉！

玉溪卷烟厂去年给国家创利税三十四亿，这是个吓人一跳的数字。

我十八岁开始抽烟，1991 年七十一岁，抽了五十多年，从来没有戒过，可谓老烟民矣。吸烟是有害的。有人甚至说吸一支烟，少活五分钟，不去管它了！写了一首五言诗：

> 玉溪好风日，兹土偏宜烟。
> 宁减十年寿，不忘红塔山。

诗是打油诗，话却是真话，在家人也不打诳语。

故乡的元宵

故乡的元宵是并不热闹的。

没有狮子、龙灯，没有高跷，没有跑旱船，没有“大头和尚戏柳翠”，没有花担子、茶担子。这些都在七月十五“迎会”——赛城隍时才有，元宵是没有的。很多地方兴“闹元宵”，我们那时的元宵却是静静的。

有几年，有送麒麟的。上午，三个乡下的汉子，一个举着麒麟——一张长板凳，外面糊纸扎的麒麟，一个敲小锣，一个打镲，咚咚当当敲一气，齐声唱一些吉利的歌。每一段开头都是“格炸炸”：

> 格炸炸，格炸炸，
> 麒麟送子到你家……

我对这“格炸炸”印象很深。这是什么意思呢？这是状声词？状的什么声呢？送麒麟的没有表演，没有动作，曲调也很简单，送麒麟的来了，一点也不叫人兴奋，只听得一连串的“格炸炸”，“格炸炸”完了，祖母就给他们一点钱。

街上掷色子“赶老羊”的赌钱的摊子上没有人。六颗色子静静地在大碗底卧着。摆赌摊的坐在小板凳上抱着膝盖发呆，年快过完了，准备过年输的钱也输得差不多了，明天还有事，大家都没有赌兴。

草巷口有个吹糖人的，孙猴子舞大刀、老鼠偷油。

北市口有捏面人的。青蛇、白蛇、老渔翁。老渔翁的蓑衣是从药店里买来的夏枯草做的。

到天地坛看人拉“天嗡子”，即抖空竹，拉得很响，天嗡子蛮牛似的叫。

到泰山庙看老妈妈烧香。一个老妈妈鞋底有牛屎，干了。

一天快过去了。

不过元宵要等到晚上，上了灯，才算。元宵元宵嘛。我们那里一般不叫元宵，叫灯节，灯节要过几天，十三上灯，十七落灯。“正日子”是十五。

各屋里的灯都点起来了。大妈（大伯母）屋里是四盏玻璃方灯。二妈屋里是画了红寿字的白明角琉璃灯，还有一张珠子灯。我的继母屋里点的是红琉璃泡子，一屋子灯光，明亮而温柔，显得很吉祥。

上街去看走马灯。连万顺家的走马灯很大。“乡下人不识走马灯——又来了。”走马灯不过是来回转动的车、马、人（兵）的影子，但也能看它转几圈。后来我自己也动手做了一个，点了蜡烛，看着里面的纸轮一样转了起来，外面的纸屏上一样映出了影子，很欣喜。乾陞和的走马灯并不“走”，只是一个长方的纸箱子，正面白纸上有一些彩色的小人，小人连着一根头发丝，烛火烘热了发丝，小人的手脚会上下动。它虽然不“走”,我们还是叫它走马灯。要不,叫它什么灯呢?这外面的小人是唐僧、孙悟空、猪八戒、沙和尚。整个画面表现的是《西游记》唐僧取经。

孩子有自己的灯。兔子灯、绣球灯、马灯……兔子灯大都是自己动手做的。下面安四个轱辘,可以拉着走。兔子灯其实不大像兔子,脸是圆的,眼睛是弯弯的,像人的眼睛,还有两道弯弯的眉毛!绣球灯、马灯都是买的。绣球灯是一个多面的纸扎的球,有一个篾制的架子。架子上有一根竹竿,架子下有两个轱辘,手执竹竿,向前推移,球即不停滚动。马灯是两段,一个马头,一个马屁股,用带子系在身上。西瓜灯、虾蟆灯、鱼灯,这些手提的灯,是小孩玩的。

有一个习俗可能是外地所没有的:看围屏。硬木长方框,约三尺高,尺半宽,镶绢,上画工笔演义小说人物故事,灯节前装好,一堂围屏约三十幅,屏后点蜡烛。这实际上是照得透亮的连环画。看围屏有两处,一处在炼阳观的偏殿,一处在附设在城隍庙里的火神庙。炼阳观画的是《封神榜》,火神庙画的是《三国》,围屏看了多少年,但还是年年看。好像不看围屏就不算过节似的。

街上有人放花。

有人放高升(起火),不多的几枝,起火升到天上,嗤——灭了。

天上有一盏红灯笼,竹篾为骨,外糊红纸,一个长方的筒,里面点了蜡烛,放到天上,灯笼是很好放的,连脑线都不用,在一个角上系上线。就能飞上去。灯笼在天上微微飘动,不知道为什么,看了使人有一点薄薄的凄凉。

年过完了，明天十六，所有店铺就“大开门”了。我们那里，初一到初五，店铺都不开门。初六打开两扇排门，卖一点市民必需的东西，叫作“小开门”。十六把全部排门卸掉，放一挂鞭，几个炮仗，叫作“大开门”，开始正常营业。年，就这样过去了。

一九九三年二月十二日

原载一九九三年三月十八日《武汉晚报》

昆明的雨

宁坤要我给他画一张画，要有昆明的特点。我想了一些时候，画了一幅：右上角画了一片倒挂着的浓绿的仙人掌，末端开出一朵金黄色的花；左下画了几朵青头菌和牛肝菌。题了这样几行字：

> 昆明人家常于门头挂仙人掌一片以辟邪，仙人掌悬空倒挂，尚能存活开花。于此可见仙人掌生命之顽强，亦可见昆明雨季空气之湿润。雨季则有青头菌、牛肝菌，味极鲜腴。

我想念昆明的雨。

我以前不知道有所谓雨季。“雨季”，是到昆明以后才有了具体感受的。

我不记得昆明的雨季有多长，从几月到几月，好像是相当长的。但是并不使人厌烦。因为是下下停停、停停下下，不是连绵不断，下起来没完。而且并不使人气闷。我觉得昆明雨季气压不低，人很舒服。

昆明的雨季是明亮的、丰满的，使人动情的。城春草木深，孟夏草木长。昆明的雨季，是浓绿的。草木的枝叶里的水分都到了饱和状态，显示出过分的、近于夸张的旺盛。

我的那张画是写实的。我确实亲眼看见过倒挂着还能开花的仙人掌。旧日昆明人家门头上用以辟邪的多是这样一些东西：一面小镜子，周围画着八卦，下面便是一片仙人掌——在仙人掌上扎一个洞，用麻线穿了，挂在钉子上。昆明仙人掌多，且极肥大。有些人家在菜园的周围种了一圈仙人掌以代替篱笆——种了仙人掌，猪羊便不敢进园吃菜了。仙人掌有刺，猪和羊怕扎。

昆明菌子极多。雨季逛菜市场，随时可以看到各种菌子。最多，也最便宜的是牛肝菌。牛肝菌下来的时候，家家饭馆卖炒牛肝菌，连西南联大食堂的桌子上都可以有一碗。牛肝菌色如牛肝，滑，嫩，鲜，香，很好吃。炒牛肝菌须多放蒜，否则容易使人晕倒。青头菌比牛肝菌略贵。这种菌子炒熟了也还是浅绿色的，格调比牛肝菌高。菌中之王是鸡纵，味道鲜浓，无可方比。鸡纵是名贵的山珍，但并不真的贵得惊人。一盘红烧鸡纵的价钱和一碗黄焖鸡不相上下，因为这东西在云南并不难得。有一个笑话：有人从昆明坐火车到呈贡，在车上看到地上有一棵鸡纵，他跳下去把鸡纵捡了，紧赶两步，还能爬上火车。这笑话用意在说明昆明到呈贡的火车之慢，但也说明鸡纵随处可见。有一种菌子，中吃不中看，叫作干巴菌。乍一看那样子，真叫人怀疑：这种东西也能吃？！颜色深褐带绿，有点像一堆半干的牛粪或一个被踩破了的马蜂窝。里头还有许多草茎、松毛，乱七八糟！可是下点功夫，把草茎、松毛择净，撕成蟹腿肉粗细的丝，和青辣椒同炒，入口便会使你张目结舌：这东西这么好吃？！还有一种菌子，中看不中吃，叫鸡油菌。都是一般大小，有一块银圆那样大，滴溜儿圆，颜色浅黄，恰似鸡油一样。这种菌子只能做菜时配色用，没甚味道。

雨季的果子，是杨梅。卖杨梅的都是苗族女孩子，戴一顶小花帽子，穿着扳尖的绣了满帮花的鞋，坐在人家阶石的一角，不时吆唤一声："卖杨梅——"声音娇娇的。她们的声音使得昆明雨季的空气更加柔和了。昆明的杨梅很大，有一个乒乓球那样大，颜色黑红黑红的，叫作"火炭梅"。这个名字起得真好，真是像一球烧得炽红的火炭！一点都不酸！我吃过苏州洞庭山的杨梅、井冈山的杨梅，好像都比不上昆明的火炭梅。

雨季的花是缅桂花。缅桂花即白兰花，北京叫作"把儿兰"（这个名字真不好听）。云南把这种花叫作缅桂花，可能最初这种花是从缅甸传入的，而花的香味又有点像桂花，其实这跟桂花实在没有什么关系——不过话又说回来，别处叫它白兰、把儿兰，它和兰花也挨不上呀，也不过是因为它很香，香得像兰花。我在家乡看到的白兰多是一人高，昆明的缅桂是大树！我在若园巷二号住过，院里有一棵大缅桂，密密的叶子，把四周房间都映绿了。缅桂盛开的时候，房东（是一个五十多岁的寡妇）就和她的一个养女，搭了梯子上去摘，每天要摘下来好些，拿到花市上去卖。她大概是怕房客们乱摘她的花，时常给各家送去一些。有时送来一个七寸盘子，里面摆得满满的缅桂花！带着雨珠的缅桂花使我的心软软的，不是怀人，不是思乡。

雨，有时是会引起人一点淡淡的乡愁的。李商隐的《夜雨寄北》

是为许多久客的游子而写的。我有一天在积雨少住的早晨和德熙从联大新校舍到莲花池去。看了池里的满池清水，看了着比丘尼装的陈圆圆的石像（传说陈圆圆随吴三桂到云南后出家，暮年投莲花池而死），雨又下起来了。莲花池边有一条小街，有一个小酒店，我们走进去，要了一碟猪头肉，半市斤酒（装在上了绿釉的土瓷杯里），坐了下来。雨下大了。酒店有几只鸡，都把脑袋反插在翅膀下面，一只脚着地，一动也不动地在檐下站着。酒店院子里有一架大木香花。昆明木香花很多。有的小河沿岸都是木香。但是这样大的木香却不多见。一棵木香，爬在架上，把院子遮得严严的。密匝匝的细碎的绿叶，数不清的半开的白花和饱胀的花骨朵，都被雨水淋得湿透了。我们走不了，就这样一直坐到午后。四十年后，我还忘不了那天的情味，写了一首诗：

莲花池外少行人，
野店苔痕一寸深。
浊酒一杯天过午，
木香花湿雨沉沉。

我想念昆明的雨。

夏天

夏天的早晨真舒服。空气很凉爽，草上还挂着露水（蜘蛛网上也挂着露水），写大字一张，读古文一篇。夏天的早晨真舒服。

凡花大都是五瓣，栀子花却是六瓣。山歌云："栀子花开六瓣头。"栀子花粗粗大大，色白，近蒂处微绿，极香，香气简直有点叫人受不了，我的家乡人说是："碰鼻子香。"栀子花粗粗大大，又香得掸都掸不开，于是为文雅人不取，以为品格不高。栀子花说："去你妈的，我就是要这样香，香得痛痛快快，你们他妈的管得着吗！"

人们往往把栀子花和白兰花相比。苏州姑娘串街卖花，娇声叫卖："栀子花！白兰花！"白兰花花朵半开，娇娇嫩嫩，如象牙白色，香气文静，但有点甜俗，为上海长三堂子的"倌人"所喜，因为听说白兰花要到夜间枕上才格外地香。我觉得红"倌人"的枕上之花，不如船娘髻边花更为刺激。

夏天的花里最为幽静的是珠兰。

牵牛花短命。早晨沾露才开，午时即已萎谢。

秋葵也命薄。瓣淡黄，白心，心外有紫晕。风吹薄瓣，楚楚可怜。

凤仙花有单瓣者，有重瓣者。重瓣者如小牡丹，凤仙花茎粗肥，湖南人用以腌“臭咸菜”，此吾乡所未有。

马齿苋、狗尾巴草、益母草，都长得非常旺盛。

淡竹叶开浅蓝色小花，如小蝴蝶，很好看。叶片微似竹叶而较柔软。

“万把钩”即苍耳。因为结的小果上有许多小钩，碰到它就会挂在衣服上，得小心摘去。所以孩子叫它“万把钩”。

我们那里有一种“巴根草”，贴地而去，是见缝扎根，一棵草蔓延开来，长了很多根，横的，竖的，一大片。而且非常顽强，拉扯不断。很小的孩子就会唱：

巴根草，
绿茵茵，
唱个唱，
把狗听。

最讨厌的是“臭芝麻”。掏蟋蟀、捉金蛉子，常常沾了一裤腿。奇臭无比，很难除净。

西瓜以绳络悬之井中，下午剖食，一刀下去，咔嚓有声，凉气四溢，连眼睛都是凉的。

天下皆重“黑籽红瓤”，吾乡独以“三白”为贵：白皮、白瓤、白籽。“三白”以东墩产者最佳。

香瓜有：牛角酥，状似牛角，瓜皮淡绿色，刨去皮，则瓜肉浓绿，籽赤红，味浓而肉脆，北京亦有，谓之“羊角蜜”；虾蟆酥，不甚甜而脆，嚼之有黄瓜香；梨瓜，大如拳，白皮，白瓤，生脆有梨香；有一种较大，皮色如虾蟆，不甚甜，而极“面”，孩子们称之为“奶奶哼”，说奶奶一边吃，一边“哼”。

蝈蝈，我的家乡叫作“叫蚰子”。叫蚰子有两种。一种叫“侉叫蚰子”。那真是“侉”，跟一个叫驴子似的，叫起来“咶咶咶咶”，很吵人。喂它一点辣椒，更吵得厉害。一种叫“秋叫蚰子”，全身碧绿如玻璃翠，小巧玲珑，鸣声亦柔细。

别出声，金铃子在小玻璃盒子里爬哪！它停下来，吃两口食——鸭梨切成小色子块。于是它叫了，“丁零零零”……

乘凉。

搬一张大竹床放在天井里，横七竖八一躺，浑身爽利，暑气全消。看月华。月华五色晶莹，变幻不定，非常好看。月亮周围有一个模模糊糊的大圆圈，谓之“风圈”，近几天会刮风。“乌猪子过江了”——黑云漫过天河，要下大雨。

一直到露水下来，竹床子的栏杆都湿了，才回去，这时已经很困了，才沾藤枕（我们那里夏天都枕藤枕或漆枕），已入梦乡。

鸡头米老了，新核桃下来了，夏天就快过去了。

马铃薯

马铃薯的名字很多。河北、东北叫土豆，内蒙、张家口叫山药，山西叫山药蛋，云南、四川叫洋芋，上海叫洋山芋，除了搞农业科学的人，大概很少人叫得惯马铃薯。我倒是叫得惯了。我曾经画过一部《中国马铃薯图谱》。这是我一生中的一部很奇怪的作品。图谱原来是打算出版的，因故未能实现。原稿旧存沙岭子农业科学研究所，"文化大革命"中毁了，可惜！

1958年，我下放张家口沙岭子农业科学研究所劳动。1960年摘了右派分子帽子，结束了劳动，一时没有地方可去，留在所里打杂。所里要画一套马铃薯图谱，把任务交给了我，所里有一个下属的马铃薯研究站，设在沽源。我在张家口买了一些纸笔颜色，乘车往沽源去。

马铃薯是适于在高寒地带生长的作物。马铃薯会退化。在海拔较低、气候温和的地方种一两年，薯块就会变小。因此，每年都有很多省市开车到张家口坝上来调种。坝上成为供应全国薯种的基地。沽源在坝上，海拔一千四，冬天冷到零下四十度，马铃薯研究站设在这里，很合适。

这里集中了全国的马铃薯品种，分畦种植，正是开花的季节，真是洋洋大观。

我在沽源，究竟是一种什么心情，真是说不清。远离了家人和故友，独自生活在荒凉的绝塞，可以谈谈心的人很少，不免有点寂寞。另外一方面，摘掉了帽子，总有一种轻松感。日子过得非常悠闲。没有人管我，也不需要开会。一早起来，到马铃薯地里（露水很重，得穿了浅鞡的胶靴），掐了一把花，几枝叶子，回到屋里，插在玻璃杯里，对着它画。马铃薯的花是很好画的。伞形花序，有一点像复瓣水仙。颜色是白的，浅紫的。紫花有的偏红，有的偏蓝。当中一个高庄小窝头似的黄心。叶子大都相似，奇数羽状复叶，只是有的圆一点，有的尖一点，颜色有的深一点，有的淡一点，如此而已。我画这玩意儿又没有定额，尽可慢慢地画，不过我画得还是很用心的，尽量画得像。我曾写过一首长诗，记述我的生活，代替书信，寄给一个老同学。原诗已经忘了，只记得两句："坐对一丛花，眸子炯如虎。"画画不是我的本行，但是"工作需要"，我也算起了一点作用，倒是颇堪自慰的。沽源是清代的军台，我在这里工作，可以说是"发往军台效力"，我于是用画马铃薯的红颜色在带来的一本《梦溪笔谈》的扉页上画了一方图章："效力军台"——我带来一些书，除《梦溪笔谈》外，有《癸巳类稿》《十驾斋养新录》，还有一套商务印书馆铅印本《四史》。晚上不能作画——灯光下颜色不正，我就读这些书。我自成年后，读书读得最专心的，要算在沽源这一段时候。

我对马铃薯的科研工作有过一点很小的贡献：马铃薯的花都是

没有香味的。我发现有一种马铃薯，“麻土豆”的花，却是香的。我告诉研究站的研究人员，他们都很惊奇：“是吗？——真的！我们搞了那么多年马铃薯，还没有发现。”

到了马铃薯逐渐成熟——马铃薯的花一落，薯块就成熟了，我就开始画薯块。那就更好画了，想画得不像都不大容易。画完一种薯块，我就把它放进牛粪火里烤烤，然后吃掉。全国像我一样吃过那么多种马铃薯的人，大概不多！马铃薯的薯块之间的区别比花、叶要明显。最大的要数“男爵”，一个可以当一顿饭。有一种味极甜脆，可以当水果生吃。最好的是“紫土豆”，外皮乌紫，薯肉黄如蒸栗，味道也像蒸栗，入口更为细腻。我曾经扛回一袋，带到北京。春节前后，一家大小，吃了好几天。我很奇怪：“紫土豆”为什么不在全国推广呢？

马铃薯原产南美洲，现在遍布全世界。苏联卫国战争时期的小说，每每写战士在艰苦恶劣的前线战壕中思念家乡的烤土豆，“马铃薯”和“祖国”几乎成了同义词。罗宋汤、沙拉，离开了马铃薯做不成，更不用说奶油烤土豆、炸土豆条了。

马铃薯传入中国，不知始于何时。我总觉得大概是明代，和郑和下西洋有点缘分。现在可以说遍及全国了。沽源马铃薯研究站不少品种是从青藏高原、大小凉山移来的。马铃薯是山西、内蒙、张家口的主要蔬菜。这些地方的农村几乎家家都有山药窖，民歌里都唱：“想哥哥想得迷了窍，抱柴火跌进了山药窖。”“交城的山里没有好茶饭，只有莜面考老老，和那山药蛋。”山西的作者群被称为：“山药蛋派”。呼和浩特的干部有一点办法的，都能到武川县拉一车山药回来过冬。大笼屉蒸新山药，是待客的美餐。张家口坝上、坝下，山药、西葫芦加几块羊肉燍一锅烩菜，就是过年。

中国的农民不知有没有一天也吃上罗宋汤和沙拉。也许即使他们的生活提高了，也不吃罗宋汤和沙拉，宁可在大烩菜里多加几块肥羊肉。不过也说不定。中国人过去是不喝啤酒的，现在北京郊区的农民喝啤酒已经习惯了。我希望中国农民也会爱吃罗宋汤和沙拉。因为罗宋汤和沙拉是很好吃的。

菏泽牡丹

菏泽的出名，一是因为历史上出过一个黄巢（今菏泽城西有冤句故城，为黄巢故里，京剧《珠帘寨》说他“家住曹州并曹县”，曹州是对的，曹县不确）。一是因为出牡丹花。菏泽牡丹种植面积大，最多时曾达五千亩，1976年调查还有三千多亩，单是城东“曹州牡丹园”就占地一千亩；品种多，约有四百种。

牡丹花期短，至谷雨而花事始盛，越七八日，即阑珊欲尽，只剩一大片绿叶了。谚云：“谷雨三日看牡丹。”今年的谷雨是阳历四月二十。我们二十二日到菏泽，第二天清晨去看牡丹，正是好时候。

初日照临，杨柳春风，一千亩盛开的牡丹，这真是一场花的盛宴，蜜的海洋，一次官能上的过度的饱饫。漫步园中，恍恍惚惚，有如梦回酒醒。

牡丹的特点是花大，型多，颜色丰富。我们在李集参观了一丛浅白色的牡丹，花头之大，花瓣之多，令人骇异。大队的支部书记指着一朵花说：“昨天量了量，直径六十五公分。”古人云牡丹“花大盈尺”，不为过分。他叫我们用手掂掂这朵花。掂了掂，够一斤重！苏东坡诗云“头重欲人扶”，得其神理。牡丹花分三大类：单瓣类、重瓣类、千瓣类；六型：葵花型、荷花型、玫瑰花型、平头型、皇冠型、绣球型；八大色：黄、红、蓝、白、黑、绿、紫、粉。通称“三类、六型、八大色”。姚黄、魏紫，这里都有。紫花甚多，却不甚贵重。古人特重姚黄，菏泽的姚黄色浅而花小，并不突出，据说是退化了。园中最出色的是绿牡丹、黑牡丹。绿牡丹品名豆绿，盛开时恰如新剥的蚕豆。挪威的别伦·别尔生说花里只有菊花有绿色的，他大概没有看到过中国的绿牡丹。黑牡丹正如墨菊一样，当然不是纯黑色的，而是紫红得发黑。菏泽用“黑花魁”与“烟笼紫玉盘”杂交而得的“冠世墨玉”，近花萼处真如墨染。堪称菏泽牡丹的“代表作”的，大概还要算清代赵花园园主赵玉田培育出来的“赵粉”。粉色的牡丹不难见，但“赵粉”极娇嫩，为粉花上品。传至洛阳，称“童子面”，传至西安，称“娃儿面”，以婴儿笑靥状之，差能得其仿佛。

菏泽种牡丹，始于何时，难于查考。至明嘉靖年间，栽培已盛。《曹南牡丹谱》载：“至明曹南牡丹甲于海内。”牡丹，在菏泽，是一种经济作物。《菏泽县志》载：“牡丹、芍药多至百余种，土人植之，动辄数十百亩，利厚于五谷。”每年秋后，“土人捆载之，南浮闽粤，北走京师，至则厚值以归”。现在全国各地名园所种牡丹，大部分都是由菏泽运去的。清代即有“菏泽牡丹甲天下”之说。凡称某处某物甲天下者，每为天下人所不服。而称“菏泽牡丹甲天下”，则天下人皆无异议。

牡丹的根，经过加工，为“丹皮”，为重要的药材，这是大家都知道的。菏泽丹皮，称为“曹丹”，行市很俏。

菏泽盛产牡丹，大概跟气候水土有些关系。牡丹耐干旱，不能浇“明水”，而菏泽春天少雨。牡丹喜轻碱性沙土，菏泽的土正是这种土。菏泽水咸涩，绿茶泡了一会儿就成了铁观音那样的褐红色，这样的水却偏宜浇溉牡丹。

牡丹是长寿的。菏泽赵楼村南曾有两棵树龄二百多年的脂红牡丹，主干粗如碗口，儿童常爬上去玩耍，被称为“牡丹王”。袁世凯称帝后，曹州镇守使陆朗斋把牡丹王强行买去，栽在河南彰德府袁世凯的公馆里，不久枯死。今年在菏泽开牡丹学术讨论会，安徽的代表说在山里发现一棵牡丹，已经三百多年，每年开花二百余朵，犹无衰老态。但是牡丹的栽培却是不易的。牡丹的繁殖，或分根，或播种，皆可。一棵牡丹，每五年才能分根，结籽常需七年。一个杂交的新品种的栽培需要十五年，成种率为千分之四。看花才十日，栽花十五年，亦云劳矣。

告别的时候，支书叫我们等一等，说是要送我们一些花，一个小伙子抱来了一抱。带到招待所，养在茶缸里，每间屋里都有几缸花。菏泽的同志说，未开的骨朵儿可以带到北京，我们便带在吉普车上。不想到了梁山，住了一夜，全都开了，于是一齐捧着送给了梁山招待所的女服务员。正是：菏泽牡丹携不去，且留春色在梁山。

草木虫鱼鸟兽

雁

“爬山调”:“大雁南飞头朝西……”

诗人韩燕如告诉我，他曾经用心观察过，确实是这样。他惊叹草原人民对生活的观察的准确而细致。他说:“生活！生活！……”

为什么大雁南飞要头朝着西呢？草原上的人说这是依恋故土。“爬山调”是用这样的意思做比喻和起兴的。

“大雁南飞头朝西……”

河北民歌:“八月十五雁门开，孤雁头上带霜来……”“孤雁头上带霜来”，这写得多美呀！

琥珀

我在祖母的首饰盒子里找到一个琥珀扇坠。一滴琥珀里有一只小黄蜂。琥珀是透明的，从外面可以清清楚楚地看到黄蜂。触须、翅膀、腿脚，清清楚楚，形态如生，好像它还活着。祖母说，黄蜂正在飞动，一滴松脂滴下来，恰巧把它裹住。松脂埋在地下好多年，就成了琥珀。祖母告诉我，这样的琥珀并非罕见，值不了多少钱。

后来我在一个宾馆的小卖部看到好些人造琥珀的首饰。各种形状的都有，都琢治得很规整，里面也都压着一只昆虫。有一个项链上的淡黄色的琥珀片里竟压着一只蜻蜓。这些昆虫都很完整，不缺腿脚，不缺翅膀，但都是僵直的，缺少生气。显然这些昆虫是弄死了以后，精心地、端端正正地压在里面的。

我不喜欢这种里面压着昆虫的人造琥珀。

我的祖母的那个琥珀扇坠之所以美，是因为它是偶然形成的。

美，多少要包含一点偶然。

瓢虫

瓢虫有好几种,外形上的区别在鞘翅上有多少黑点。这种黑点，昆虫学家谓之“星”。有七星瓢虫、十四星瓢虫、二十星瓢虫……有的瓢虫是益虫，它吃蚜虫，是蚜虫的天敌；有的瓢虫是害虫，吃马铃薯的嫩芽。

瓢虫的样子是差不多的。

中国画里很早就有画瓢虫的了。通红的一个圆点，在绿叶上，很显眼，使画面增加了生趣。

齐白石爱画瓢虫。他用藤黄涂成一个葫芦，上面栖息了一只瓢虫，对比非常鲜明。王雪涛、许麟庐都画过瓢虫。

谁也没有数过画里的瓢虫身上有几个黑点，指出这只瓢虫是害虫还是益虫。

科学和艺术有时是两回事。

瓢虫像一粒用朱漆制成的小玩意儿。

北京的孩子（包括大人）叫瓢虫为“花大姐”，这个名字很美。

螃蟹

螃蟹的样子很怪。

《梦溪笔谈》载：关中人不识螃蟹。有人收得一只干蟹，人家病虐，就借去挂在门上——中国过去相信生虐疾是由于虐鬼作祟。门上挂了一只螃蟹，虐鬼不知道这是什么玩意儿，就不敢进门了。沈括说：不但人不识，鬼亦不识也。“不但人不识，鬼亦不识也”，这说得很幽默！

在拉萨八角街一家卖藏药的铺子里看到一只小螃蟹，蟹身只有拇指大，金红色的，已经干透了，放在一只盘子里。大概西藏人也相信这只奇形怪状的虫子有某种魔力，是能治病的。

螃蟹为什么要横着走呢？

螃蟹的样子很凶恶，很奇怪，也很滑稽。

凶恶和滑稽往往近似。

豆芽

朱小山去点豆子。地埂上都点了，还剩一把，他懒得带回去，就搬起一块石头，把剩下的豆子都塞到石头下面。过了些日子，朱小山发现：石头离开地面了。豆子发了芽，豆芽把石头顶起来了。朱小山非常惊奇。

朱小山为这件事惊奇了好多年。他跟好些人讲起过这件事。

有人问朱小山："你老说这件事是什么意思？是要说明一种什么哲学吗？"

朱小山说："不，我只是想说说我的惊奇。"

过了好些年，朱小山成了一个知名的学者，他回他的家乡去看看。他想找到那块石头。

他没有找到。

落叶

漠漠春阴柳未青，
冻云欲湿上元灯。
行过玉渊潭畔路，
去年残叶太分明。
汽车开过湖边，
带起一群落叶。
落叶追着汽车，
一直追得很远。
终于没有力气了，
又纷纷地停下了。
"你神气什么？
还滴滴地叫！"
"甭理它。
咱们讲故事。"
"秋天，

早晨的露水……”

啄木鸟

啄木鸟追逐着雌鸟，
红胸脯发出无声的喊叫，
它们一翅飞出树林，
落在湖边的柳梢。
不知从哪里钻出一个孩子，
一声大叫。
啄木鸟吃了一惊，
他身边已经没有雌鸟。
不一会树林里传出啄木的声音，
他已经忘记了刚才的烦恼。

叁 随遇而安

我的父亲

我父亲行三。我的祖母有时叫他的小名“三子”。他是阴历九月初九重阳节那天生的，故名菊生（我父亲那一辈生字排行，大伯父名广生，二伯父名常生）。字淡如。他作画时有时也题别号：亚痴、灌园生……他在南京读过旧制中学。所谓旧制中学大概是十年一贯制的学堂。我见过他在学堂时用过的教科书，英文是纳氏文法，代数几何是线装的有光纸印的，还有“修身”什么的。他为什么没有升学，我不知道。“旧制中学生”也算是功名。他的这个“功名”我在我的继母的“铭旌”上见过，写的是扁宋体的泥金字，所以记得。什么是“铭旌”。看《红楼梦》贾府办秦可卿丧事那回就知道，我就不啰唆了。

我父亲年轻时是运动员。他在足球校队踢后卫。他是撑杆跳选手，曾在江苏全省运动会上拿过第一。他又是单杠选手。我还见过他在天王寺外边驻军所设置的单杠上表演过空中大回环两周，这在当时是少见的。他练过武术，腿上带过铁砂袋。练过拳，练过刀、枪。我见他施展过一次武功，我初中毕业后，他陪我到外地去投考高中，在小轮船上，一个初来的侦缉队以检查为名勒索乘客的钱财。我父亲一掌，把他打得一溜跟头，从船上退过跳板，一屁股坐在码头上。我父亲平常温文尔雅，我还没见过他动手打人，而且，真有两下子！我父亲会骑马。南京马场有一匹劣马，咬人，没人敢碰它，平常都用一截粗竹筒套住他的嘴。我父亲偷偷解开缰绳，一蹁腿骑了上去。一趟马道子跑下来，这马老实了。父亲还会游泳，水性很好。这些，我都不知道他是什么时候学的。

从南京回来后，他玩过一个时期乐器。他到苏州去了一趟，买回来好些乐器，笙箫管笛、琵琶、月琴、拉秦腔的胡琴、扬琴，甚至还有大小唢呐。唢呐我从未见他吹过。这东西吵人，除了吹鼓手、戏班子，一般玩乐器人都不在家里吹。一把大唢呐，一把小唢呐（海笛）一直放在他的画室柜橱的抽屉里。我们孩子们有时翻出来玩。没有哨子，吹不响，只好把铜嘴含在嘴里，自己呜呜作声，不好玩！他的一支洞箫、一支笛子，都是少见的上品。洞箫箫管很细，外皮作殷红色，很有年头了。笛子不是缠丝涂了一节一节黑漆的，是整个笛管擦了荸荠紫漆的，比常见的笛子管粗。箫声幽远，笛声圆润。我这辈子吹过的箫笛无出其右者。这两支箫笛不是从乐器店里买的，是花了大价钱从私人手里买的。他的琵琶是很好的，但是拿去和一个理发店里换了。他拿回理发店的那面琵琶又脏又旧、油里咕叽的。我问他为什么要换了这么一面脏琵琶回来，他说："这面琵琶声音好！"理发店用一面旧琵琶换了他的几乎是全新的琵琶，当然乐意。不论什么乐器，他听听别人演奏，看看指法，就能学会，他弹过一阵古琴，说："都说古琴很难，其实没有什么。"我的一个远房舅舅，有一把一个法国神父送他的小提琴，我父亲跟他借回来，鼓揪鼓揪，几天工夫，就能拉出曲子来，据我父亲说：乐器里最难、最要功夫的，是胡琴。别看它只有两根弦，很简单，越是简单的东西越不好弄。他拉的胡琴我拉不了，弓子硬，马尾多，滴的松香很厚，松香拉出一道很窄的深槽，我一拉，马尾就跑到深槽的外面来了。父亲不在家的时候我有时使劲拉一小段，我父亲一看松香就知道我动过他的胡琴了。他后来不大摆弄别的乐器了，只有胡琴是一直拉着的。

摒挡丝竹以后，父亲大部分时间用于画画和刻图章，他画画并无真正的师承，只有几个画友。画友中过从较密的是铁桥，是一个和尚，善因寺的方丈。我写的小说《受戒》里的石桥，就是以他为原型的。铁桥曾在苏州邓尉山一个庙里住过，他作画有时下款题为“邓尉山僧”。我父亲第二次结婚，娶我的第一个继母，新房里就挂了铁桥的一个条幅，泥金纸，上角画了几枝桃花，两只燕子，款题“淡如仁兄嘉礼弟铁桥写贺”。在新房里挂一幅和尚的画，我的父亲可谓全无禁忌;这位和尚和俗人称兄道弟，也真是不拘礼法。我上小学的时候，就觉得他们有点“胡来”。这幅画的两边还配了我的一个舅舅写的一副虎皮宣的对子：“蝶欲试花犹护粉；莺初学啭尚羞簧。”我后来懂得对联的意思了，觉得实在很不像话！铁桥能画，也能写。他的字写石鼓，画法任伯年。根据我的印象，都是相当有功力的。我父亲和铁桥常来往，画风却没有怎么受他的影响。也画过一阵工笔花卉。我们那里的画家有一种理论，画画要从工笔入手，也许是有道理的。扬州有一位专画菊花的画家，这位画家画菊按朵论价，每朵大洋一元。父亲求他画了一套菊谱，二尺见方的大册页。我有个姑太爷，也是画画的，说：“像他那样的玩法，我们玩不起！”兴化有一位画家徐子兼，画猴子，也画工笔花卉。我父亲也请他画了一套册页。有一开画的是罂粟花，薄瓣透明，十分绚丽。一开是月季，题了两行字，“春水蜜波为花写照”。“春水”“蜜波”是月季的两个品种，我觉得这名字起得很美，一直不忘。我见过父亲画工笔菊花，原来花头的颜色不是一次敷染，要“加”几道。扬州有菊花名种“晓色”，父亲说这种颜色最不好画。“晓色”，很空灵，不好捉摸。他画成了，我一看，是晓色！他后来改了画写意，用笔略似吴昌硕，照我看，我父亲的画是有功力的，但是“见”得少，没有行万里路，多识大家真迹。受了限制。他又不会作诗，题画多用前人陈句，故布局平稳，缺少创意。

父亲刻图章，初宗浙派，清秀规矩。他年轻时刻过一套《陋室铭》印谱，有几方刻得不错，但是过于着意，很拘谨。有“兰带”“折钉”，都是“做”出来的。有一方“草色入帘青”是双钩，我小时觉得很好看，稍大，即觉得纤巧小气。《陋室铭》印谱只是他初学刻印的成绩。三十多岁后，渐渐豪放，以治汉印为主。他有一套端方的《匋斋印存》，经常放在案头。有时也刻浙派少印。我记得他给一个朋友张仲陶刻过一块青田涑石小长方印，文曰“中匋”，实在漂亮。“中匋”两字也很好安排。

刻印的人多喜藏石。父亲的石头是相当多的，他最心爱的是三块田黄，我在小说《岁寒三友》中写的靳彝甫的三块田黄，实际上写的是我父亲的三块图章。

他盖章用的印泥是自己做的。用的是“大劈砂”，这是朱砂里最贵重的。大劈砂深紫色的，片状，制成印泥，鲜红夺目。他说见过一些明朝画，纸色已经灰暗，而印色鲜明不变。大劈砂盖的图章可以“隐指”，即用手指摸摸，印文是鼓出的。他的画室的书橱里摆了一列装在玻璃瓶里的大劈砂和陈年的蓖麻子油，蓖麻油是调印色用的。

我父亲手很巧，而且总是活得很有兴致。他会做各种玩意儿。元宵节，他用通草（我们家开药店，可以选出很大片的通草）为瓣，用画牡丹的西洋红（西洋红很贵，齐白石作画，有一个时期，如用西洋红，是要加价的）染出深浅，做成一盏荷花灯，点了蜡烛，比真花还美。他用蝉翼笺染成浅绿，以铁丝为骨，做了一盏纺织娘灯，下安细竹棍。我和姐姐提了，举着这两盏灯上街，到邻居家串门，好多人围着看。清明节前，他糊风筝。有一年糊了一只蜈蚣（我们那里叫“百脚”），是绢糊的，他用药店里称麝香用的小戥子约蜈蚣两边的鸡毛——鸡毛必须一样重，否则上天就会打滚。他放这只蜈蚣不是用的一般线，是胡琴的老弦。我们那里用老弦放风筝的，家父实为第一人（用老弦放风筝，风筝可以笔直地飞上去，没有“肚子”。）他带了几个孩子在傅公桥麦田里放风筝。这时麦子尚未“起身”，是不怕踩的，越踩越旺。春服既成，惠风和畅，我父亲这个孩子头带着几个孩子，在碧绿的麦垄间奔跑呼叫，为乐如何？我想念我的父亲（我现在还常常梦见他），想念我的童年，虽然我现在是七十二岁，皤然一老了。夏天，他给我们糊养金蛉子的盒子。他用钻石刀把玻璃裁成一小块一小块，再合拢，接缝处用皮纸糨糊固定，再加两道细蜡笺条，成了一只船、一座小亭子、一个八角玲珑玻璃球，里面养着金蛉子。隔着玻璃，可以看到金蛉子在里面爬，吃切成小块的梨，张开翅膀“叫”。秋天，买来拉秧的小西瓜，把瓜瓤掏空，在瓜皮上镂刻出很细致的图案，做成几盏西瓜灯，西瓜灯里点了蜡烛，撒下一片绿光，父亲鼓捣半天，就为让孩子高兴一晚上。我的童年是很美的。

我母亲死后，父亲给她糊了几箱子衣裳，单夹皮棉，四时不缺。他不知从哪里搜罗来各种颜色，砑出各种花样的纸。听我的大姑妈说，他糊的皮衣跟真的一样，能分出滩羊、灰鼠。这些衣服我没看见过，但他用剩的色纸，我见过。我们用来折“手工”。有一种纸，银灰色，正像当时时兴的“慕本缎子”。

我父亲为人很随和，没架子。他时常周济穷人，参与一些有关公益的事情。因此在地方上人缘很好。民国二十年发大水，大街成了河。我每天看见他蹚着齐胸的水出去，手里横执了一根很粗的竹篙，穿一身直罗褂，他出去，主要是办赈济。我在小说《钓鱼的医生》里写王淡人有一次乘了船，在腰里系了铁链，让几个水性很好的船工也在腰里系了铁链，一头拴在王淡人的腰里，冒着生命危险，渡过激流，到一个被大水围困的孤村去为人治病，这写的实际是我父亲的事。不过他不是去为人治病，而是去送“华洋义赈会”发来的面饼（一种很厚的面饼，山东人叫“锅盔”）。这件事写进了地方上人送给我祖父的六十寿序里，我记得很清楚。

父亲后来以为人医眼为职业。眼科是汪家祖传。我的祖父、大伯父都会看眼科。我不知道父亲懂眼科医道。我十九岁离开家乡，离乡之前，我没见过他给人看眼睛。去年回乡，我的妹婿给我看了一册父亲手抄的眼科医书，字很工整，是他年轻时抄的。那么，他是在眼科上下过功夫的。听说他的医术还挺不错。有一邻居的孩子得了眼疾，双眼肿得像桃子，眼球红得像大红缎子。父亲看过，说不要紧。他叫孩子的父亲到阴城（一片乱葬坟场，很大，很野，据说韩世忠在这里打过仗）去捉两个大田螺来。父亲在田螺里倒进两管鹅翎眼药，两撮冰片，把田螺扣在孩子的眼睛上，过了一会儿田螺壳裂了。据那个孩子说，他睁开眼，看见天是绿的。孩子的眼好了，一生没有再犯过眼病。田螺治眼，我在任何医书上没看见过，也没听说过。这个“孩子”现在还在，已经五十几岁了，是个理发师傅。去年我回家乡，从他的理发店门前经过，那天，他又把我父亲给他治眼的经过，向我的妹婿详细地叙述了一次。这位理发师傅希望我给他的理发店写一块招牌。当时我很忙，没有来得及给他写。我会给他写的。一两天就写了托人带去。

我父亲配制过一次眼药。这个配方现在还在，但是没有人配得起，要几十种贵重的药，包括冰片、麝香、熊胆、珍珠……珍珠是要人戴过的。父亲把祖母帽子上的几颗大珠子要了去。听我的第二个继母说，他制药极其虔诚，三天前就洗了澡（“斋戒沐浴”），一个人住在花园里，把三道门都关了，谁也不让去。

父亲很喜欢我。我母亲死后，他带着我睡。他说我半夜醒来就笑。那时我三岁（实年）。我到江阴去投考南菁中学，是他带着我去的。住在一个市庄的栈房里，臭虫很多。他就点了一支蜡烛，见有臭虫，就用蜡烛油滴在它身上。第二天我醒来，看见席子上好多好多蜡烛油点子。我美美地睡了一夜，父亲一夜未睡。我在昆明时，他还在信封里用玻璃纸包了一小包“虾松”寄给我过。我父亲很会做菜，而且能别出心裁。我的祖父春天忽然想吃螃蟹。这时候哪里去找螃蟹？父亲就用瓜鱼（即水仙鱼），给他伪造了一盘螃蟹，据说吃起来跟真螃蟹一样。“虾松”是河虾剁成米粒大小，掺以小酱瓜丁，入温油炸透。我也吃过别人做的“虾松”，都比不上我父亲的手艺。

我很想念我的父亲，现在还常常做梦梦见他。我的那些梦本和他不相干，我梦里的那些事，他不可能在场，不知道怎么会掺和进来了。

一九九二年五月二十八日

原载一九九二年第八期《作家》

老舍先生

北京东城乃兹府丰盛胡同（即今丰盛胡同）有一座小院。走进这座小院，就觉得特别安静，异常豁亮。这院子似乎经常布满阳光。院里有两棵不大的柿子树（现在大概已经很大了），到处是花，院里、廊下、屋里，摆得满满的。按季更换，都长得很精神，很滋润，叶子很绿，花开得很旺。这些花都是老舍先生和夫人胡絜青亲自莳弄的。天气晴和，他们把这些花一盆一盆抬到院子里，一身热汗。刮风下雨，又一盆一盆抬进屋，又是一身热汗。老舍先生曾说："花在人养。"老舍先生爱花，真是到了爱花成性的地步，不是可有可无的了。汤显祖曾说他的词曲"俊得江山助"。老舍先生的文章也可以说是"俊得花枝助"。叶浅予曾用白描为老舍先生画像，四面都是花，老舍先生坐在百花丛中的藤椅里，微仰着头，意态悠远。这张画不是写实，意思恰好。

客人被让进了北屋当中的客厅，老舍先生就从西边的一间屋子走出来。这是老舍先生的书房兼卧室。里面陈设很简单，一桌、一椅、一榻。老舍先生腰不好，习惯睡硬床。老舍先生是文雅的、彬彬有礼的。他的握手是轻轻的，但是很亲切。茶已经沏出色了，老舍先生执壶为客人倒茶。据我的印象，老舍先生总是自己给客人倒茶的。

老舍先生爱喝茶，喝得很勤，而且很酽。他曾告诉我，到莫斯科去开会，旅馆里倒是为他特备了一只暖壶。可是他沏了茶，刚喝了几口，一转眼，服务员就给倒了。“他们不知道，中国人是一天到晚喝茶的！”

有时候，老舍先生正在工作，请客人稍候，你也不会觉得闷得慌。你可以看看花。如果是夏天，就可以闻到一阵一阵香白杏的甜香味儿。一大盘香白杏放在条案上，那是专门为了闻香而摆设的。你还可以站起来看看西壁上挂的画。

老舍先生藏画甚富，大都是精品。所藏齐白石的画可谓“绝品”。壁上所挂的画是时常更换的。挂的时间较久的，是白石老人应老舍点题而画的四幅屏。其中一幅是很多人在文章里提到过的《蛙声十里出山泉》。“蛙声”如何画？白石老人只画了一脉活泼的流泉，两旁是乌黑的石崖，画的下端画了几只摆尾的蝌蚪。画刚刚裱起来时，我上老舍先生家去，老舍先生对白石老人的设想赞叹不止。

老舍先生极其爱重齐白石，谈起来时总是充满感情。我所知道的一点白石老人的逸事，大都是从老舍先生那里听来的。老舍先生谈这四幅里原来点的题有一句是苏曼殊的诗（是哪一句我忘记了），要求画卷心的芭蕉。老人踌躇了很久，终于没有应命，因为他想不起芭蕉的心是左旋还是右旋的了，不能胡画。老舍先生说：“老人是认真的。”老舍先生谈起过，有一次要拍齐白石的画的电影，想要他拿出几张得意的画来，老人说：“没有！”后来由他的学生再三说服动员，他才从画案的缝隙中取出一卷（他是木匠出身，他的画案有他自制的“消息”)，外面裹着好几层报纸，写着四个大字：“此是废纸。”打开一看，都是惊人的杰作——就是后来纪录片里所拍摄的。白石老人家里人口很多，每天煮饭的米都是老人亲自量，用一个香烟罐头。“一下、两下、三下……行了！”——“再添一点，再添一点！”——“吃那么多呀！”有人曾提出把老人接出来住，这么大岁数了，不要再操心这样的家庭琐事了。老舍先生知道了，给拦了，说：“别！他这么着惯了。不叫他干这些，他就活不成了。”老舍先生的意见表现了他对人的理解，对一个人生活习惯的尊重，同时也表现了对白石老人真正的关怀。

老舍先生很好客，每天下午，来访的客人不断。作家、画家、戏曲、曲艺演员……老舍先生都是以礼相待，谈得很投机。

每年，老舍先生要把市文联的同人约到家里聚两次。一次是菊花开的时候，赏菊。一次是他的生日——我记得是腊月二十三。酒菜丰盛，而有特点。酒是“敞开供应”，汾酒、竹叶青、伏特加，愿意喝什么喝什么，能喝多少喝多少。有一次很郑重地拿出一瓶葡萄酒，说是毛主席送来的，让大家都喝一点。菜是老舍先生亲自掂配的。老舍先生有意叫大家尝尝地道的北京风味。我记得有次有一瓷钵芝麻酱炖黄花鱼。这道菜我从未吃过，以后也再没有吃过。老舍家的芥末墩是我吃过的最好的芥末墩！有一年，他特意订了两大盒“盒子菜”。直径三尺许的朱红扁圆漆盒，里面分开若干格，装的不过是火腿、腊鸭、小肚、口条之类的切片，但都很精致。熬白菜端上来了，老舍先生举起筷子：“来来来！这才是真正的好东西！”

老舍先生对他下面的干部很了解，也很爱护。当时市文联的干部不多，老舍先生对每个人都相当清楚。他不看干部的档案，也从不找人“个别谈话”，只是从平常的谈吐中就了解一个人的水平和才气，那是比看档案要准确得多的。老舍先生爱才，对有才华的青年，常常在各种场合称道，“平生不解藏人善，到处逢人说项斯”。而且所用的语言在有些人听起来是有点过甚其词，不留余地的。老舍先生不是那种惯说模棱两可、含糊其词、温吞水一样的官话的人。我在市文联几年，始终感到领导我们的是一位作家。他和我们的关系是前辈与后辈的关系，不是上下级关系。老舍先生这样“作家领导”的作风在市文联留下很好的影响，大家都平等相处，开诚布公，说话很少顾虑，都有点书生气、书卷气。他的这种领导风格，正是我们今天很多文化单位的领导所缺少的。

老舍先生是市文联的主席，自然也要处理一些“公务”，看文件，开会，作报告（也是由别人起草的）……但是作为一个北京市的文化工作的负责人，他常常想着一些别人没有想到或想不到的问题。

北京解放前有一些盲艺人，他们沿街卖艺，有的还兼带算命，生活很苦。他们的“玩意儿”和睁眼的艺人不全一样。老舍先生和一些盲艺人熟识，提议把这些盲艺人组织起来，使他们的生活有出路，别让他们的“玩意儿”绝了。为了引起各方面的重视，他把盲艺人请到市文联演唱了一次。老舍先生亲自主持，做了介绍，还特烦两位老艺人翟少平、王秀卿唱了一段《当皮箱》。这是一个喜剧性的牌子曲，里面有一个人物是当铺的掌柜，说山西话；

有一个牌子叫“鹦哥调”，句尾和声用喉舌做出有点像母猪拱食的声音，很特别，很逗。这个段子和这个牌子，是睁眼艺人没有的。老舍先生那天显得很兴奋。

北京有一座智化寺，寺里的和尚做法事和别的庙里的不一样，演奏音乐。他们演奏的乐调不同凡响，很古。所用乐谱别人不能识，记谱的符号不是工尺，而是一些奇奇怪怪的笔道。乐器倒也和现在常见的差不多，但主要的乐器却是管。据说这是唐代的“燕乐”。解放后，寺里的和尚多半已经各谋生计了，但还能集拢在一起。老舍先生把他们请来，演奏了一次。音乐界的同志对这堂活着的古乐都很感兴趣。老舍先生为此也感到很兴奋。

《当皮箱》和“燕乐”的下文如何，我就不知道了。

老舍先生是历届北京市人民代表。当人民代表就要替人民说话。以前人民代表大会的文件汇编是把代表提案都印出来的。有一年老舍先生的提案是：希望政府解决芝麻酱的供应问题。那一年北京芝麻酱缺货。老舍先生说：“北京人夏天离不开芝麻酱！”不久，北京的油盐店里有芝麻酱卖了，北京人又吃上了香喷喷的麻酱面。

老舍是属于全国人民的，首先是属于北京人的。

1954 年，我调离北京市文联，以后就很少上老舍先生家里去了。听说他有时还提到我。

多年父子成兄弟

这是我父亲的一句名言。

父亲是个绝顶聪明的人。他是画家，会刻图章，画写意花卉。图章初宗浙派，中年后治汉印。他会摆弄各种乐器，弹琵琶，拉胡琴，笙箫管笛，无一不通。他认为乐器中最难的其实是胡琴，看起来简单，只有两根弦，但是变化很多，两手都要有功夫。他拉的是老派胡琴，弓子硬，松香滴得很厚——现在拉胡琴的松香都只滴了薄薄的一层。他的胡琴音色刚亮。胡琴码子都是他自己刻的，他认为买来的不中使。他养蟋蟀，养金铃子。他养过花，他养的一盆素心兰在我母亲病故那年死了，从此他就不再养花。我母亲死后，他亲手给她做了几箱子冥衣——我们那里有烧冥衣的风俗。按照母亲生前的喜好，选购了各种花素色纸做衣料，单夹皮棉，四时不缺。他做的皮衣能分得出小麦穗、羊羔、灰鼠、狐肷。

父亲是个很随和的人，我很少见他发过脾气，对待子女，从无疾言厉色。他爱孩子，喜欢孩子，爱跟孩子玩，带着孩子玩。我的姑妈称他为“孩子头”。春天，不到清明，他领一群孩子到麦田里放风筝。放的是他自己糊的蜈蚣（我们那里叫“百脚”），是用染了色的绢糊的。放风筝的线是胡琴的老弦。老弦结实而轻，这样风筝可笔直地飞上去，没有“肚儿”。用胡琴弦放风筝，我还未见过第二人。清明节前，小麦还没有“起身”，是不怕践踏的，而且越踏会长得越旺。孩子们在屋里闷了一冬天，在春天的田野里奔跑跳跃，身心都极其畅快。他用钻石刀把玻璃裁成不同形状的小块，再一块一块斗拢，接缝处用胶水粘牢，做成小桥、小亭子、八角玲珑的水晶球。桥、亭、球是中空的，里面养了金铃子。从外面可以看到金蛉子在里面自在爬行，振翅鸣叫。他会做各种灯。用浅绿透明的“鱼鳞纸”扎了一只纺织娘，栩栩如生。用西洋红染了色，上深下浅，通草做花瓣，做了一个重瓣荷花灯，真是美极了。用小西瓜（这是拉秧的小瓜，因其小，不中吃，叫作“打瓜”或“笃瓜”）上开小口挖净瓜瓤，在瓜皮上雕镂出极细的花纹，做成西瓜灯。我们在这些灯里点了蜡烛，穿街过巷，邻居的孩子都跟过来看，非常羡慕。

父亲对我的学业是关心的，但不强求。我小时候，国文成绩一直是全班第一。我的作文，时得佳评，他就拿出去到处给人看。我的数学不好，他也不责怪，只要能及格，就行了。他画画，我小时也喜欢画画，但他从不指点我。他画画时，我在旁边看，其余时间由我自己乱翻画谱，瞎抹。我对写意花卉那时还不太会欣赏，只是画一些鲜艳的大桃子，或者我从来没有见过的瀑布。我小时字写得不错，他倒是给我出过一点主意。在我写过一阵“圭峰碑”和“多宝塔”以后，他建议我写写“张猛龙”。这建议是很好的，到现在我写的字还有“张猛龙”的影响。我初中时爱唱戏，唱青衣，我的嗓子很好，高亮甜润。在家里，他拉胡琴，我唱。我的同学有几个能唱戏的。学校开园乐会，他应我的邀请，到学校去伴奏。几个同学都只是清唱。有一个姓费的同学借到一顶纱帽，一件蓝官衣，扮起来唱“砂井”，但是没有配角，没有衙役，没有犯人，只是一个赵廉，摇着马鞭在台上走了两圈，唱了一段“郡坞县在马上心神不定”便完事下场。父亲那么大的人陪着几个孩子玩了一下午，还挺高兴。我十七岁初恋，暑假里，在家写情书，他在一旁瞎出主意。我十几岁就学会了抽烟喝酒，他喝酒，给我也倒一杯。抽烟，一次抽出两根，他一根我一根。他还总是先给我点上火。我们的这种关系，他人或以为怪。父亲说：“我们是多年父子成兄弟。”

我和儿子的关系也是不错的。我戴了“右派分子”的帽子下放张家口农村劳动，他那时才从幼稚园刚毕业，刚刚学会汉语拼音，用汉语拼音给我写了第一封信。我也只好赶紧学会汉语拼音，好给他写回信。“文化大革命”期间，我被打成“黑帮”，送进“牛棚”。偶尔回家，孩子们对我还是很亲热。我的老伴告诫他们：“你们要和爸爸‘划清界限’。”儿子反问母亲：“那你怎么还给他打酒？”只有一件事，两代之间，曾有分歧。儿子下放山西忻县“插队落户”。按规定，春节可以回京探亲。我们等着他回来。不料他同时带回了一个同学。他这个同学的父亲是一位正受林彪迫害，搞得人囚家破的空军将领。这个同学在北京已经没有家，按照大队的规定是不能回北京的，但是这孩子很想回北京，在一伙同学的秘密帮助下，我的儿子就偷偷地把他带回来了。他连“临时户口”也不能上，是个“黑人”，我们留他在家住，等于“窝藏”了他。公安局随时可以来查户口，街道办事处的大妈也可能举报。当时人人自危，自顾不暇，儿子惹了这么一个麻烦，使我们非常为难。我和老伴把他叫到我们的卧室，对他的冒失行为表示很不满，我责备他：“怎么事前也不和我们商量一下！”我的儿子哭了，哭得很委屈，很伤心。我们当时立刻明白了：他是对的，我们是错的。我们这种怕担干系的思想是庸俗的。我们对儿子和同学之间的义气缺乏理解，对他的感情不够尊重。他的同学在我们家一直住了四十多天，才离去。

对儿子的几次恋爱，我采取的态度是“闻而不问”。了解，但不干涉。我们相信他自己的选择，他的决定。最后，他悄悄和一个小学时期的女同学好上了，结了婚。有了一个女儿，已近七岁。

我的孩子有时叫我“爸”，有时叫我“老头子”！连我的孙女也跟着叫。我的亲家母说这孩子“没大没小”。我觉得一个现代化的、充满人情味的家庭，首先必须做到“没大没小”。父母叫人敬畏，儿女“笔管条直”最没有意思。

儿女是属于他们自己的。他们的现在和他们的未来，都应由他们自己来设计。一个想用自己理想的模式塑造自己的孩子的父亲是愚蠢的，而且，可恶！另外作为一个父亲，应该尽量保持一点童心。

一九九〇年九月一日

沈从文先生的作文课

沈先生是不赞成命题作文的，学生想写什么就写什么。但有时在课堂上也出两个题目。沈先生出的题目都非常具体。我记得他曾给我的上一班同学出过一个题目："我们的小庭院有什么"，有几个同学就这个题目写了相当不错的散文，都发表了。他给比我低一班的同学曾出过一个题目："记一间屋子里的空气！"我的那一班出过些什么题目，我倒不记得了。沈先生为什么出这样的题目？他认为：先得学会车零件，然后才能学组装。我觉得先做一些这样的片段的习作，是有好处的，这可以锻炼基本功。

沈先生的讲课，可以说是毫无系统。前已说过，他大都是看了学生的作业，就这些作业讲一些问题。他是经过一番思考的，但并不去翻阅很多参考书。沈先生读很多书，但从不引经据典，他总是凭自己的直觉说话，从来不说亚里士多德怎么说、福楼拜怎么说、托尔斯泰怎么说、高尔基怎么说。他的湘西口音很重，声音又低，有些学生听了一堂课，往往觉得不知道听了一些什么。沈先生的讲课是非常谦抑、非常自制的。他不用手势，没有任何舞台道白式的腔调，没有一点哗众取宠的江湖气。他讲得很诚恳，甚至很天真。

但是你要是真正听“懂”了他的话——听“懂”了他的话里并未发挥罄尽的余意，你是会受益匪浅，而且会终身受用的。听沈先生的课，要像孔子的学生听孔子讲话一样：“举一隅而三隅反。”

沈先生讲课时所说的话我几乎全都忘了。沈先生关于我的习作讲过的话我只记得一点了，是关于人物对话的。我写了一篇小说（内容早已忘记干净），有许多对话。我竭力把对话写得美一点，有诗意，有哲理。沈先生说：“你这不是对话，是两个聪明脑壳打架！”从此我知道对话就是人物所说的普普通通的话，要尽量写得朴素。不要哲理，不要诗意。这样才真实。

沈先生经常说的一句话是：“要贴到人物来写。”很多同学不懂他的这句话是什么意思。我以为这是小说学的精髓。据我的理解，沈先生这句极其简略的话包含这样几层意思：小说里，人物是主要的，主导的；其余部分都是派生的，次要的。环境描写、作者的主观抒情、议论，都只能附着于人物，不能和人物游离，作者要和人物同呼吸、共哀乐。作者的心要随时紧贴着人物。什么时候作者的心“贴”不住人物，笔下就会浮、泛、飘、滑，花里胡哨，故弄玄虚，失去了诚意。而且，作者的叙述语言要和人物相协调。写农民，叙述语言要接近农民；写市民，叙述语言要近似市民。小说要避免“学生腔”。

沈先生教写作，写的比说的多，他常常在学生的作业后面写很长的读后感，有时会比原作还长。这些读后感有时评析本文得失，也有时从这篇习作说开去，谈及有关创作的问题，见解精到，文笔讲究——一个作家应该不论写什么都写得讲究。这些读后感也都没有保存下来，否则是会比《废邮存底》还有看头的。可惜！

沈先生教创作还有一种方法，我以为是行之有效的，学生写了一个作品，他除了写很长的读后感之外，还会介绍你看一些与你这个作品写法相近似的中外名家的作品看。记得我写过一篇不成熟的小说《灯下》，记一个店铺里上灯以后各色人的活动，无主要人物、主要情节，散散漫漫。沈先生就介绍我看了几篇这样的作品，包括他自己写的《腐烂》。学生看看别人是怎样写的，自己是怎样写的，对比借鉴，是会有长进的。这些书都是沈先生找来，带给学生的。因此他每次上课，走进教室里时总要夹着一大摞书。

沈先生就是这样教创作的。我不知道还有没有别的更好的方法教创作。我希望现在的大学里教创作的老师能用沈先生的方法试一试。

节选自《汪曾祺全集卷三・沈从文先生在西南联大》

金岳霖先生

西南联大有许多很有趣的教授，金岳霖先生是其中的一位。金先生是我的老师沈从文先生的好朋友。沈先生当面和背后都称他为“老金”。大概时常来往的熟朋友都这样称呼他。关于金先生的事，有一些是沈先生告诉我的。我在《沈从文先生在西南联大》一文中提到过金先生。有些事情在那篇文章里没有写进，觉得还应该写一写。

金先生的样子有点怪。他常年戴着一顶呢帽，进教室也不脱下。每一学年开始，给新的一班学生上课，他的第一句话总是：“我的眼睛有毛病，不能摘帽子，并不是对你们不尊重，请原谅。”他的眼睛有什么病，我不知道，只知道怕阳光。因此他的呢帽的前檐压得比较低，脑袋总是微微地仰着。他后来配了一副眼镜，这副眼镜一只的镜片是白的，一只是黑的。这就更怪了。后来在美国讲学期间把眼睛治好了——好一些，眼镜也换了，但那微微仰着脑袋的姿态一直还没有改变。他身材相当高大，经常穿一件烟草黄色的麂皮夹克，天冷了就在里面围一条很长的驼色的羊绒围巾。联大的教授穿衣服是各色各样的。闻一多先生有一阵穿一件式样过时的灰色旧夹袍，是一个亲戚送给他的，领子很高，袖口极窄。联大有一次在龙云的长子、蒋介石的干儿子龙绳武家里开校友会——龙云的长媳是清华校友，闻先生在会上大骂“蒋介石，王八蛋！浑蛋”！那天穿的就是这件高领窄袖的旧夹袍。朱自清先生有一阵披着一件云南赶马人穿的蓝色毡子的一口钟。除了体育教员，教授里穿夹袍的，好像只有金先生一个人。他的眼神即使是到美国治了后也还是不大好，走起路来有点深一脚浅一脚。他就这样穿着黄夹袍，微仰着脑袋，深一脚浅一脚地在联大新校舍的一条土路上走着。

金先生教逻辑。逻辑是西南联大规定文学院一年级学生的必修课，班上学生很多，上课在大教室，坐得满满的。在中学里没有听说有逻辑这门学问，大一的学生对这课很有兴趣。金先生上课有时要提问，那么多的学生，他不能都叫得上名字来——联大是没有点名册的，他有时一上课就宣布：“今天，穿红毛衣的女同学回答问题。”于是所有穿红衣的女同学就都有点紧张，又有点兴奋。那时联大女生在蓝阴丹士林旗袍外面套一件红毛衣成了一种风气——穿蓝毛衣、黄毛衣的极少。问题回答得流利清楚，也是件出风头的事。金先生很注意地听着，完了，说：“Yes！请坐！”

学生也可以提出问题，请金先生解答。学生提的问题深浅不一，金先生有问必答，很耐心。有一个华侨同学叫林国达，操广东普通话，最爱提问题，问题大都奇奇怪怪。他大概觉得逻辑这门学问是挺“玄”的，应该提点怪问题。有一次他又站起来提了一个怪问题，金先生想了一想，说：“林国达同学，我问你一个问题：Mr. 林国达 is perpenticular to the blackboard（林国达君垂直于黑板），这什么意思？”林国达傻了。林国达当然无法垂直于黑板，但这句话在逻辑上没有错误。

林国达游泳淹死了。金先生上课，说:“林国达死了，很不幸。”这一堂课，金先生一直没有笑容。

有一个同学，大概是陈蕴珍，即萧珊，曾问过金先生：“您为什么要搞逻辑？”逻辑课的前一半讲三段论，大前提、小前提、结论、周延、不周延、归纳、演绎……还比较有意思。后半部全是符号，简直像高等数学。她的意思是：这种学问多么枯燥！金先生的回答是：“我觉得它很好玩。”

除了文学院大一学生必修逻辑，金先生还开了一门《符号逻辑》，是选修课。这门学问对我来说简直是天书。选这门课的人很少，教室里只有几个人。学生里最突出的是王浩。金先生讲着讲着，有时会停下来，问：“王浩，你以为如何？”这堂课就成了他们师生二人的对话。王浩现在在美国。前些年写了一篇关于金先生的较长的文章，大概是论金先生治学的，我没有见到。

王浩和我是相当熟的。他有个要好的朋友王景鹤，和我同在昆明黄土坡一个中学教书，王浩常来玩。来了，常打篮球。大都是吃了午饭就打。王浩管吃了饭就打球叫“练盲肠”。王浩的相貌颇“土”，脑袋很大，剪了一个光头——联大同学剪光头的很少，说话带山东口音。他现在成了洋人——美籍华人，国际知名的学者，我实在想象不出他现在是什么样子。前年他回国讲学，托一个同学要我给他画一张画。我给他画了几个青头菌、牛肝菌，一根大葱、两头蒜，还有一块很大的宣威火腿——火腿是很少入画的。我在画上题了几句话，有一句是“以慰王浩异国乡情”。王浩的学问，原来是师承金先生的。一个人一生哪怕只教出一个好学生，也值得了。当然，金先生的好学生不止一个人。

金先生是研究哲学的，但是他看了很多小说。从普鲁斯特到福尔摩斯，都看。听说他很爱看平江不肖生的《江湖奇侠传》。有几个联大同学住在金鸡巷，陈蕴珍、王树藏、刘北汜、施载宣（萧荻）。楼上有一间小客厅。沈先生有时拉一个熟人去给少数爱好文学、写写东西的同学讲一点什么。金先生有一次也被拉了去。他讲的题目是《小说和哲学》。题目是沈先生给他出的。大家以为金先生一定会讲出一番道理。不料金先生讲了半天，结论却是：小说和哲学没有关系。有人问：那么《红楼梦》呢？金先生说：“红楼梦里的哲学不是哲学。”他讲着讲着，忽然停下来：“对不起，我这里有个小动物。”他把右手伸进后脖颈，捉出了一个跳蚤，捏在手指里看看，甚为得意。

金先生是个单身汉（联大教授里不少光棍，杨振声先生曾写过一篇游戏文章《释鳏》，在教授间传阅），无儿无女，但是过得自得其乐。他养了一只很大的斗鸡（云南出斗鸡）。这只斗鸡能把脖子伸上来，和金先生一个桌子吃饭。他到处搜罗大梨、大石榴，拿去和别的教授的孩子比赛。比输了，就把梨或石榴送给他的小朋友，他再去买。

金先生朋友很多，除了哲学家的教授外，时常来往的，据我所知，有梁思成、林徽因夫妇，沈从文，张奚若……君子之交淡如水，坐定之后，清茶一杯，闲话片刻而已。金先生对林徽因的谈吐才华，十分欣赏。现在的年轻人多不知道林徽因。她是学建筑的，但是对文学的趣味极高，精于鉴赏，所写的诗和小说如《窗子以外》《九十九度中》风格清新，一时无二，林徽因死后，有一年，金先生在北京饭店请了一次客，老朋友收到通知，都纳闷：老金为什么请客？到了之后，金先生才宣布："今天是徽因的生日。"

金先生晚年深居简出。毛主席曾经对他说："你要接触接触社会。"金先生已经八十岁了，怎么接触社会呢？他就和一个蹬平板三轮车的约好，每天拉着他到王府井一带转一大圈。我想象金先生坐在平板三轮上东张西望，那情景一定非常有趣。王府井人挤人，熙熙攘攘，谁也不会知道这位东张西望的老人是一位一肚子学问、为人天真、热爱生活的大哲学家。

金先生治学精深，而著作不多。除了一本大学丛书里的《逻辑》，我所知道的，还有一本《论道》。其余还有什么，我不清楚，须问王浩。

我对金先生所知甚少。希望熟知金先生的人把金先生好好写一写。

联大的许多教授都应该有人好好地写一写。

一九八七年二月二十三日

原载一九八七年第五期《读书》

张大千和毕加索

畅继仁同志写的《张大千传》是一本有意思的书。如果能挤去一点水分，控制笔下的感情，使人相信所写的多是真实的，那就更好了。书分上下册。下册更能吸引人，因为写得更平实而紧凑。记张大千与毕加索见面的一章（《高峰会晤》）写得颇精彩，使人激动。

……毕加索抱出五册画来，每册有三四十幅。张大千打开画册，全是毕加索用毛笔水墨画的中国画，花鸟鱼虫，仿齐白石。张大千有点纳闷。毕加索笑了："这是我仿贵国齐白石先生的作品，请张先生指正。"

张大千恭维了一番，后来就有点不客气了，侃侃而谈起来："毕加索先生所习的中国画，笔力沉劲而有拙趣，构图新颖，但是有一个很大的问题，就是不会使用中国的毛笔，墨色浓淡难分。"

毕加索用脚将椅子一钩，搬到张大千对面，坐下来专注地听。

"中国毛笔与西方画笔完全不同。它刚柔互济，含水量丰，曲折如意。善使用者'运墨而五色具'。墨之五色，乃焦、浓、重、淡、清。中国画，黑白一分，自现阴阳明暗；干湿皆备，就显苍翠秀润；

浓淡明辨，凹凸远近，高低上下，历历皆入人眼。可见要画好中国画，首要者要运好笔，以笔为主导，发挥墨法的作用，才能如兼五彩。”

这一番运笔用墨的道理，对略懂一点国画的人，并没有什么新奇。然在毕加索，却是闻所未闻。沉默了一会儿，毕加索提出：

“张先生，请你写几个中国字看看，好吗？”

张大千提起桌上一支日本制的毛笔，蘸了碳素墨水，写了三个字：张大千。

（张大千发现毕加索用的是劣质毛笔，后来他在巴西牧场从五千只牛耳朵里取了一公斤牛耳毛，送到日本，做成八支笔，送了毕加索两支。他回赠毕加索的画画的是两株墨竹——毕加索送张大千的是一张西班牙牧神，两株墨竹一浓一淡，一远一近，目的就是在告诉毕加索中国画阴阳向背的道理）

毕加索见了张大千的字，忽然激动起来：

“我最不懂的，你们中国人为什么跑到巴黎来学艺术！”

“……在这个世界谈艺术，第一是你们中国人有艺术；其次为日本，日本的艺术又源自你们中国；第三是非洲人有艺术。除此之外，白种人根本无艺术，不懂艺术！”

毕加索用手指指张大千写的字和那五本画册，说：“中国画真神奇。齐先生画水中的鱼，没一点色，一根线画水，却使人看到了江河，嗅到水的清香。真是了不起的奇迹……有些画看上去一无所有，却包含着一切。连中国的字，都是艺术。”这话说得很一般化，但这是毕加索说的，故值得注意。毕加索感伤地说：“中国的兰花墨竹，是我永远不能画的。”这话说得很有自知之明。

“张先生，我感到，你是一个真正的艺术家。”

毕加索的话也许有点偏激，但不能说是毫无道理。

毕加索说的是艺术，但是搞文学的人是不是也可以想想他的话？

有些外国人说中国没有文学，只能说他无知。有些中国人也跟着说，叫人该说他什么好呢？

一九八六年十二月三日

原载一九八七年第二期《北京文学》

三圣庵

祖父带我到三圣庵去，去看一个老和尚指南。

很少人知道三圣庵。

三圣庵在大淖西边。这是一片很荒凉的地方，长了一些野树和稀稀拉拉的芦苇，有一条似有若无的小路。

三圣庵是一个小庵，几间矮矮的砖房。没有大殿，只有一个佛堂。也没有装金的佛像。供案上有一尊不大的铜佛。一个青花香炉，清清爽爽，干干净净。

指南是个戒行严苦的高僧。他曾在香炉里烧掉两个食指，自号八指头陀。

他原来是善因寺的方丈。善因寺是全城最大的佛寺，殿宇庄严，佛像高大，善因寺有很多庙产。指南早就退居——“退居”是佛教的说法，即离开方丈的位置，不再管事。接替他当善因寺的方丈的，是他的徒弟铁桥。指南退居后就住进三圣庵，和尘世完全隔绝了。

指南相貌清癯，神色恬静。

祖父和他说了一会儿话——他们谈了一些什么，我已经没有印象，就告辞出庵了。

他的徒弟铁桥和指南可是完全不一样。他是一个风流和尚，相貌堂堂，双目有光。他会写字，会画画，字写石鼓文，画法吴昌硕，兼学任伯年，在我们县里可以说是数一数二。他曾在苏州一个庙里当过住持，作画题铁桥，有时题邓尉山僧。他所来往的都是高门名士。善因寺有素菜名厨，铁桥时常办斋宴客，所用的都是猴头、竹荪之类的名贵材料。很多人都知道，他有一个相好的女人。这个女人我见过，是个美人，岁数不大。铁桥和我的父亲是朋友。父亲年轻时刻过一套《陋室铭》印谱，就是铁桥题的签。父亲续娶，新房里挂的是一幅铁桥的画，泥金地，画的是桃花双燕，设色鲜艳，题的字是“淡如仁兄嘉礼弟铁桥敬贺”。父亲在新房里挂一幅和尚画的画，铁桥和俗家人称兄道弟，他们都真是不拘礼法。我有时到善因寺去玩，铁桥知道我是汪淡如的儿子，就领我到他的方丈里吃枣子栗子之类的东西。我的小说里所写的石桥，就是以铁桥作原型的。

高邮解放，铁桥被枪毙了，什么罪行，没有什么人知道。

前几年我回家乡，翻看旧县志，发现志载东乡有一条灌溉长渠，是铁桥出头修的。那么铁桥也还做过一点对家乡有益的事。

我不想对铁桥这个人作出评价。不过我倒觉得铁桥的字画如果能搜集得到，可以保存在县博物馆里。

由三圣庵想到善因寺，又由指南想到铁桥，我这篇文章真是信马由缰了。为什么要写这篇文章呢？我只是想说：和尚和和尚不一样，和尚有各式各样的和尚，正如人有各式各样的人。

我直到现在还不明白我的祖父为什么要带我到三圣庵，去看指南和尚。我想他只是想要一个孙子陪陪他，而我是他喜欢的孙子。

原载一九九八年第一期《收获》

罗汉

家乡的几座大寺里都有罗汉。我的小学的隔壁是承天寺，就有一个罗汉堂。我们三天两头于放学之后去看罗汉。印象最深的是降龙罗汉——他睁目凝视着云端里的一条小龙；伏虎罗汉——罗汉和老虎都在闭目养神；和长眉罗汉。大概很多人都对这三尊罗汉印象较深。昆曲（时调）《思凡》有一段“数罗汉”,小尼姑唱道：

降龙的恼着我，
伏虎的恨着我，
那长眉大仙愁着我：
说我老来时，有什么结果！

她在众多的罗汉中单举出来的，也只是这三位——她要是挨着个儿数下去，那得数多长时间！

罗汉原来是十六个，傅贯休所画“十六应真”即是十六人，后来加上布袋和尚和一个什么什么尊者——罗汉的名字都很难念，大概是古梵文音译，这就成了通常说的“十八罗汉”。李龙眠画“罗汉渡江”就已经是十八人了。不知道从什么时候起这队伍扩大了，变成了五百罗汉。有些寺里在五百塑像前各竖了一个木牌，墨书某某某某尊者，也不知从哪里查考出来的。除了写牌子的老和尚，谁也弄不清此位是谁。有的寺里，比如，杭州的灵隐寺竟把济公活佛也算在里头，这实在有点胡来了。

罗汉本是印度人，贯休的“十六应真”就多半是深目高鼻且长了大胡子，后来就逐渐汉化。许多罗汉都是个中国和尚。

罗汉大致有两种。一种是装金的，多半是木胎。“五百罗汉”都是装金的。杭州灵隐寺、苏州 ×× 寺（忘寺名）、汉阳归元寺，都是。装金罗汉以多为胜，但实在没有什么看头，都很呆板，都差不多，其差别只在或稍肥，或精瘦。谁也没有精力把五百个罗汉一个一个看完。看了，也记不得有什么特点。一种是彩塑。精彩的罗汉像都是彩塑。

我所见过的中国精彩的彩塑罗汉有这样几处：一是昆明筇竹寺。筇竹寺的罗汉与其说是现实主义的，不如说是一组浪漫主义的作品。它的设计很奇特。不是把罗汉一尊一尊放在高出地面的台子上，而是于两壁的半空支出很结实的木板，罗汉塑在板上。罗汉都塑得极精细。有一个罗汉赤足穿草鞋，草鞋上的一根一根的草茎都看得清清楚楚，跟真草鞋一样。但又不流于琐细，整堂（两壁）有一个通盘的，完整的构思。这是一个群体，不是各自为政，十八人或坐或卧，或支颐，或抱膝，或垂眉，或凝视，或欲语，或谛听，情绪交流，彼此感应，增一人则太多，减一人则太少，气足神完，自成首尾。另一处是苏州紫金庵。像比常人小，身材比例稍长，面目清秀。这些罗汉好像都是苏州人。他们都在安静沉思，神情肃穆。如果说筇竹寺罗汉注意外部筋骨，颇有点流浪汉气，紫金庵的罗汉则富书生气，性格内向。再一处是泰山后山的宝善寺（寺名可能记得不准确）。这十八尊是立像，比常人高大，面形浑朴，是一些山东大汉，但塑造得很精美。为了防止参观的人用手扪触，用玻璃龛罩了起来，但隔着玻璃，仍可清楚地看到肌肉的纹理，衣饰的刺绣针脚。前三年在苏州甪直看到几尊较古的罗汉。原来有三壁。东西两壁都塌圮了，只剩下正面一壁。这一组罗汉构思很有特点，背景是悬崖，罗汉都分散地趺坐在岩头或洞穴里（彼此距离很远）。据说这是梁代的作品，正中高处坐着的戴风帽着赭黄袍子的便是梁武帝，不知可靠否，但从衣纹的简练和色调的单纯来看，显然时代是较早的。据传紫金庵罗汉是唐塑，宝善寺、筇竹寺的恐怕是宋以后的了。

罗汉的塑工多是高手，但都没有留下名字来，只有北京香山碧云寺的几尊，据说是刘銮塑的。刘銮是元朝人，现在北京西四牌楼东还有一条很小的胡同叫作“刘銮塑”，据说刘銮原来就住在这里，但是许多老北京都不知道有这样一条名字奇怪的胡同，更不知道刘銮是何许人了。像传于世，人不留名，亦可嗟叹。

中国的雕塑艺术主要是佛像，罗汉尤为杰出的代表。罗汉表现了较多的生活气息，较多的人性，不像三世佛那样超越了人性，只有佛性。我们看彩塑罗汉，不大感觉他们是上座佛教所理想的最高果位，只觉得他们是一些人，至少比较接近人，他们是介乎佛、菩萨和人之间的那么一种理想的化身，当然，他们也是会引起善男子、善女人顶礼皈依的虔敬感的。这是一宗非常重要的文化遗产，不论是从宗教史角度、美术史角度乃至工艺史角度、民俗学角度来看。我们对于罗汉的重视程度是很不够的。紫金庵、筇竹寺的罗汉曾有画报介绍过，但是零零碎碎，不成个样子。我希望能有人把几处著名的罗汉好好地照一照相，要全，不要遗漏，并且要从不同角度来拍，希望印一本厚厚的画册：《罗汉》；希望有专家能写一篇长文作序，当中还要就不同寺院的塑像，不同问题写一些分论；我希望能把这些罗汉制成幻灯片，供研究用、供雕塑系学生学习用，供一般文化爱好者欣赏用。

六月十三日

原载一九九八年第一期《收获》

字的灾难

北京人遭到一场字的灾难。

从前在北京上街，遇不到这样多的字。看到一些字，是很愉快的。到琉璃厂一带看看“青藜阁”之类的旧书店、各家南纸店的招牌，是一种享受。这些匾大小合适，制作讲究而朴素，字体清雅无火气。经过卖藤萝饼的“正明斋”，卖帽子的“同陞和”，招牌上骨力强劲而并不霸悍的大字会使人放慢脚步多看两眼。许多不大的铺子门前，还能看到“有匾皆书塀”的王塀的稍带行书笔意的欧体字，虽多，但不俗。东单牌楼香烛店的“细心坚烛、诚意高香”，西单牌楼桂香村的“味珍鸡蹠、香渍豚蹄”，那字也看得过去。就是煤铺门外粉壁上的“乌金墨玉、石火光恒”，写的也并非“酱肘子字”，北京牌匾的字多可看，让人觉得北京真是“文化城”，有文化。

现在可不然了。满街都是字。许多店铺把所卖的货物用红漆写在门前的白墙上，更多的是用塑料刻的字反贴在橱窗的大玻璃上。一个五金交电公司，可以把阀门、导管、扁线、圆线、开关、变压器……一塌刮子都标明在橱窗上，写得满满的。这是干什么？如果是中药店呢？是不是要把人参、鹿茸、甘草、黄芪、防风、连翘、肉桂、厚朴、槟榔、通草、福橘络、菟丝子……都写在橱窗上？再加上到处的菜摊都用竖立的黑板，白粉大书："艽芽"；所有的小饭馆都在门外矗着一个红漆的牌子，用黄色的广告色写道："涮羊肉"，于是北京到处是字，喧嚣哄闹，一塌糊涂。

"文化大革命"以后，逐渐恢复了请人写招牌的风气，这本是好事。我很欣赏天桥实惠餐馆的一块很小的匾，黑地绿字，写的是繁体字，笔画如兰叶，稍带分书笔意，却不作蚕头燕尾，字体微长，横平竖直，很雅致。大字里最好的我以为是"懋隆"，只有两个字。这两个字笔画都多，本不好摆，但是位置摆得恰好，很稳，而且笔到墨到，流畅饱满。我最初怀疑这是集的郑孝胥的字，后来看落款，是赵朴初写的（落款有损"画面"的完整，没有原来的好看了）。赵朴老的匾还有一块写得很好的是"功德林"（这是一个素菜馆）。启功写的匾，我以为最好看的是"洞庭春酒家"，不大，黑地金字，放在一个垂花门里，真是美极了。启功老的字书生气重，放得太大，易显得单薄，这样大小正合适。陈叔老（亮）的字功力深厚。虽枯实腴，但笔稍瘦，又喜作行草，于牌匾不甚相宜。如为"鸿霞"写的一块，字很好，但那"霞"字写得很草，恐怕很多人不认得。近二三年，写的字在商店、公司、餐厅间最时行的，似是刘炳森和李铎。他们是中年书法家。刘炳森的字我在京西宾馆看过两个条幅，隶书，规规矩矩，笔也提得起，是汉隶，很不错。但是他写的招牌笔却是扁的，完全如包世臣所说："毫铺纸上"，不知是写时即是这样，还是做招牌做成了这样？他的字常被用氧化铝这类的金属贴面，表面平滑，锃光瓦亮，越发显得笔很扁。隶书是不宜用这样的“工艺”处理的。李铎的字我在卧龙岗武侯祠看到过一副对联，字很潇洒，用笔犹有晋人意（不知我有没有记错）。但他近年的字变了，用笔捩转，结体险怪，字有怒气。这种字写八尺甚至丈二匹的大横幅，很有气势，但作商店的招牌不甚相宜。抬头看见几个愤愤不平的大字，也许会使顾客望而却步。刘炳森和李铎的字在商业界似乎已经产生一种迷信，似乎有了这样的字的招牌，这个买卖才算个像样的买卖，有如过去上海的银楼、绸缎庄都得请武进唐驼写一块匾，天津则粮食店、南货店都得请华世奎写一样。刘炳森和李铎应该意识到自己的社会责任，除了照顾老板、经理的商业心理（他们的字写成某种样子可能受了买主的怂恿），也照顾一下市民的审美心理。你们有没有意识到，你们的字对北京的市容是有影响的？

北京街上字多，而且越来越大，五颜六色，金光闪闪，这反映了北京人的一种浮躁的文化心理。希望北京的字少一点，小一点，写得好一点，使人有安定感，从容感。这问题的重要性不下于加强绿化。

原载一九八八年六月五日《光明日报》

谈谈风俗画

有几位评论家都说我的小说里有风俗画。这一点是我原来没有意识到的。经他们一说，我想想倒是有的。有一位文学界的前辈曾对我说："你那种写法是风俗画的写法。"并说这种写法很难。风俗画的写法是怎样一种写法？这种写法难吗？我不知道。有人干脆说我是一个风俗画作家……

我是很爱看风俗画的。十七世纪荷兰学派的画，日本的浮世绘，我都爱看。中国风俗画的传统很久远了。汉代很多画像石刻、画像砖都画（刻）了迎宾、饮宴、耍杂技——倒立、弄丸、弄飞刀……有名的说书俑，滑稽中带点愚蠢，憨态可掬，看了使人不忘。晋唐的画以宗教画、宫廷画为大宗。但这当中也不是没有风俗画，敦煌壁画中的杰作《张议潮出巡图》就是。墓葬中的笔致粗率天真的壁画，也多涉及当时的风俗。宋代风俗画似乎特别地流行，《清明上河图》是一个突出的例子。我看这幅画，能够一看看半天。我很想在清明那天到汴河上去玩玩，那一定是非常好玩的。南宋的画家也多画风俗。我从马远的《踏歌图》知道"踏歌"是怎么回事，从而增加了对“桃花潭水深千尺,不及汪伦送我情”的理解。这种“踏歌”的遗风,似乎现在朝鲜还有。我也很爱李嵩、苏汉臣的《货郎图》,它让我知道南宋的货郎担上有那么多卖给小孩子们的玩意儿，真是琳琅满目，都蛮有意思。元明的风俗画我所知甚少。清朝罗两峰的《鬼趣图》可以算是风俗画。幸好这时兴起了年画。杨柳青、桃花坞的年画大部分都是风俗画，连不画人物只画动物的也都是，如《老鼠嫁女》。我很喜欢这张画，如鲁迅先生所说，所有俨然穿着人的衣冠的鼠类，都尖头尖脑的非常有趣。陈师曾等人都画过北京市井的生活。风俗画的雕塑大师是泥人张。他的《钟馗嫁妹》《大出丧》，是近代风俗画的不朽名作。

我也爱看讲风俗的书。从《荆楚岁时记》直到清朝人写的《一岁货声》之类的书都爱翻翻。还是上初中的时候，一年暑假，我在祖父的尘封的书架上发现了一套巾箱本木活字聚珍版的丛书，里面有一册《岭表录异》，我就很有兴趣地看起来。后来又看了《岭外代答》。从此就对讲地理的书、游记，产生了一种嗜好。不过我最有兴趣的是讲风俗民情的部分，其次是物产，尤其是吃食。对山川疆域，我看不进去，也记不住。宋元人笔记中有许多是记风俗的，《梦溪笔谈》《容斋随笔》里有不少条记各地民俗，都写得很有趣。明末的张岱特长于记述风物节令，如记西湖七月半、泰山进香、以及为祈雨而赛水浒人物，都极生动。虽然难免有鲁迅先生所说的夸张之处，但是绘形绘声，详细而不琐碎，实在很教人向往。我也很爱读各地的竹枝词，尤其爱读作者自己在题目下面或句间所加的注解。这些注解常比本文更有情致。我放在手边经常看看的一本书是古典文学出版社出的《东京梦华录》(外四种——《都城纪胜》《西湖老人繁胜录》《梦粱录》《武林旧事》)。这样把记两宋风俗的书汇为一册，于翻检上极便，是值得感谢的，只是断句断错的地方太多。这也难怪。有一位历史学家就说过《东京梦华录》是一本难读的书。因为对当时的情形和语言不明白,所以不好断句。

我对风俗有兴趣，是因为我觉得它很美。我曾经在一篇文章里说过："我以为风俗是一个民族集体创作的生活的抒情诗。"(《〈大淖记事〉是怎样写出来的》) 这是一句随便说说的话，没有任何学术意义。但也不是一点道理没有。我以为,风俗,不论是自然形成的，还是包含一定的人为的成分(如自上而下的推行)，都反映了一个民族对生活的挚爱，对"活着"所感到的欢悦。他们把生活中的诗情用一定的外部的形式固定下来，并且相互交流，融为一体。风俗中保留一个民族的常绿的童心，并对这种童心加以圣化。风俗使一个民族永不衰老。风俗是民族感情的重要的组成部分。斯大林把民族感情列为民族的要素之一。民族感情是抽象的,看不见摸不着，但它确实存在着。民族感情常常体现在风俗中。风俗，是具体的。一种风俗对维系民族感情的作用是不可估量的，如那达慕、叼羊、麦西来甫、三月街……

所谓风俗，主要指仪式和节日。仪式即"礼"。礼这个东西，未可厚非。据说辜鸿铭把中国的"礼"翻译成英语时，译为"生活的艺术"。这传闻不知是否可靠,但却很有意思。礼是具有艺术性的，很好玩的，假如我们抛开其中迷信和封建的内核，单看它的形式。礼，包括婚礼和丧礼。很多外国的和中国少数民族的民间舞蹈常常以“××人的婚礼”作题目,那是在真实婚礼的基础上加工而成的。结婚，对一个少女来说，意味着迈进新的生活，同时也意味着向过去的一切告别了。因此,这一类的舞蹈大都既有喜悦,又有悲哀,混合着复杂的感情,其动人处,也在此。中国西南几个民族都有“哭嫁”的习俗。临嫁的姑娘要把要好的姊妹约来哭（唱）一夜甚至几夜。那歌词大都是充满了真情，很美的。我小时候最爱参加丧礼,不管是亲戚家还是自己家的。我喜欢那种平常没有的“当大事”的肃穆的气氛，所有的人好像一下子都变得雅起来，多情起来了，大家都像在演戏，扮演一种角色，很认真地扮演着。我喜欢“六七开吊”，那是戏的顶点。我们那里开吊都要“点主”。点主，就是在亡人的牌位上加点。白木的牌位上事先写好了某某人之“神王”，要在“王”字上加一点,这才成了“神主”,点主不是随随便便点的，很隆重。要请一位有功名的老辈人来点。点主的人就位后，礼生喝道：“凝神——想象，请加墨主！”点主人用一支新墨笔在“王”字上点一点；然后再：“凝神——想象，请加朱主！”点主人再用朱笔点一点，把原来的墨点盖住。这样，那个人的魂灵就进了这块牌位了。“凝神——想象”，这实在很有点抒情的意味，也很有戏剧性。我小时看点主，很受感动，至今印象很深。

至于节日，那更不用说了。试想一下，如果没有那样多的节，我们的童年将是多么贫乏，多么缺乏光彩呀。日本人对传统的节日非常重视。多么现代化的大企业，到了盂兰盆节这一天，也要停产放假，举行集体的娱乐活动。这对于培养和增强民族的自信，无疑是会有好处的。

风俗，仪式和节日，是历史的产物，它必然是要消亡的。谁也不会提出恢复所有的传统的风俗，但是把它们记录下来，给现在的和将来的人看看，是有着各方面的意义的。我很希望中国民俗学会能编出两本书，一本《中国婚丧礼俗》，一本《中国的节日》。现在着手，还来得及。否则，到了“礼失而求于野”，要到穷乡僻壤去访问搜集，就费事了。

为什么要在小说里写进风俗画？前已说过，我这样做原是无意的。只是因为我的相当一部分小说是写我的家乡的，写小城的生活，平常的人事，每天都在发生，举目可见的小小悲欢，这样，写进一点风俗，便是很自然的事了。“人情”和“风土”原是紧密关联的。写一点风俗画，对增加作品的生活气息、乡土气息，是有帮助的。风俗画和乡土文学有着血缘关系，虽然二者不是一回事。很难设想一部富于民族色彩的作品而一点不涉及风俗。鲁迅的《故乡》《社戏》，包括《祝福》，是风俗画的典范；《朝花夕拾》每篇都洋溢着罗汉豆的清香。沈从文的《边城》如果不是几次写到端午节赛龙船，便不会有那样浓郁的色彩。“风俗画小说”，在一般人的概念里，不是一个贬词。

风俗画小说的文体几乎都是朴素的。风俗本身是自自然然的。记述风俗的书原来不过是聊资谈助，大都是随笔记之，不事雕饰。幽兰居士孟元老《东京梦华录序》云：“此录语言鄙俚，不以文饰者，盖欲上下通晓耳，观者幸详焉。”用华丽的文笔记风俗的人好像还很少。同样，风俗画小说所记述的生活也多是比较平实的，一般不太注重强烈的戏剧化的情节。写风俗而又富于浪漫主义的戏剧性的情节的，似乎只有梅里美一人。但他所写的往往是异乡的奇俗（如世代复仇)，而且通常是不把梅里美列在风俗画作家范围内的。风俗画小说，在本质上是现实主义的。

记风俗多少有点怀旧，但那是故国神游，带抒情性，并不流于伤感。风俗画给予人的是慰藉，不是悲苦。就我所见过的风俗画作品来看，调子一般不是低沉的。

小说里写风俗，目的还是写人。不是为写风俗而写风俗，那样就不是小说，而是风俗志了。风俗和人的关系，大体有这样三种：

一种是以风俗作为人的背景。

一种是把风俗和人结合在一起，风俗成为人的活动和心理的契机。比如：

> 去年元夜时，
> 花市灯如昼，
> 月上柳梢头，
> 人约黄昏后。

又如苏北民歌《探妹》：

> 正月里探妹正月正，
> 我带小妹子看花灯，
> 看灯是假的，
> 妹子呀，试试你的心。

《边城》几次写端午节赛龙船，和翠翠情绪的发育和感情的变化是紧紧扣在一起的，并且是情节发展不可缺少的纽带。

有时，看起来也是写风俗，实际上是在写人。我的小说里写风俗占篇幅最长的大概是《岁寒三友》里描写放焰火的一段。因为这篇小说见到的人不是很多，我把这一段抄录在下面：

这天天气特别好。万里无云，一天皓月。阴城的正中，立起一个四丈多高的架子。有人早早吃了晚饭，就扛了板凳来等着了。各种卖小吃的都来了。卖牛肉高粱酒的，卖回卤豆腐干的，卖五香花生米的、芝麻灌香糖的，卖豆腐脑的，卖煮荸荠的，还有卖河鲜——卖紫皮鲜菱角和新剥鸡头米的……到处是“气死风”的四角玻璃灯，到处是白蒙蒙的热气、香喷喷的茴香八角气味。人们寻亲访友，说短道长，来来往往，亲亲热热。阴城的草都被踏倒了。人们的鞋底也叫秋草的浓汁磨得滑溜溜的。

忽然，上万双眼睛一齐朝着一个方向看。人们的眼睛一会儿睁大，一会儿眯细；人们的嘴一会儿张开，一会儿又合上；一阵阵叫喊，一阵阵欢笑，一阵阵掌声——陶虎臣点着了焰火了。

中间还有一段具体描写几种焰火，文长不录。

……火光炎炎，逐渐消隐，这时才听到人们呼唤：

“二丫头，回家咧！”

“四儿，你在哪儿哪？”

“奶奶，等等我，我鞋掉了！”

人们摸摸板凳，才知道：呀，露水下来了。

这里写的是风俗，没有一笔写人物。但是我自己知道笔笔都着意写人，写的是焰火的制造者陶虎臣。我是有意在表现人们看焰火时的欢乐热闹气氛中表现生活一度上升时期陶虎臣的愉快心情，表现用自己的劳作为人们提供欢乐，并于别人的欢乐中感到欣慰的一个善良人的品格的。这一点，在小说里明写出来，也是可以的，但是我故意不写，我把陶虎臣隐去了，让他消融在欢乐的人群之中。我想读者如果感觉到看焰火的热闹和欢乐，也就会感觉到陶虎臣这个人。人在其中，却无觅处。

写风俗，不能离开人，不能和人物脱节，不能和故事情节游离。写风俗不能流连忘返，收不到人物的身上。

风俗画小说是有局限性的。一是风俗画小说往往只就人事的外部加以描写，较少刻画人物的内心世界，不大作心理描写，因此人物的典型性较差。二是风俗画一般是清新浅易的，不大能够概括十分深刻的社会生活内容，缺乏历史的厚度，也达不到史诗一样的恢宏的气魄。因此，风俗画小说常常不能代表一个时代的文学创作的主流。这一点，风俗画小说作者应该有自知之明，不要因为自己的作品没有受到重视而气愤。

因此，我希望自己，也希望别人，不要只是写风俗画。并且，在写风俗画小说时也要有所突破，向生活的深度和广度掘进和开拓。

原载一九八四年第三期《钟山》

随遇而安

我当了一回右派，真是三生有幸。要不然我这一生就更加平淡了。

我不是1957年打成右派的，是1958年“补课”补上的，因为本系统指标不够。划右派还要有“指标”，这也有点奇怪。这指标不知是一个什么人所规定的。

1957年我曾经因为一些言论而受到批判，那是作为思想问题来批判的。在小范围内开了几次会，发言都比较温和，有的甚至可以说很亲切。事后我还是照样编刊物，主持编辑部的日常工作，还随单位的领导和几个同志到河南林县调查过一次民歌。那次出差，给我买了一张软席卧铺车票，我才知道我已经享受“高干”待遇了。第一次坐软卧，心里很不安。我们在洛阳吃了黄河鲤鱼，随即到林县的红旗渠看了两三天。凿通了太行山，把漳河水引到河南来，水在山腰的石渠中活活地流着，很叫人感动。收集了不少民歌。有的民歌很有农民式的浪漫主义的想象，如想到将来渠里可以有“水猪”“水羊”，想到将来少男少女都会长得很漂亮。上了一次中岳嵩山。这里运载石料的交通工具主要是用人力拉的排子车，特别处是在车上装了一面帆，布帆受风，拉起来轻快得多。帆本是船上用的，这里却施之陆行的板车上，给我十分新鲜的印象。我们去的时候正是桐花盛开的季节，漫山遍野摇曳着淡紫色的繁花，如同梦境。从林县出来，有一条小河。河的一面是峭壁，一面是平野，岸边密植杨柳，河水清澈，沁人心脾。我好像曾经见过这条河，以后还会看到这样的河。这次旅行很愉快，我和同志们也相处得很融洽，没有一点隔阂，一点别扭。这次批判没有使我觉得受了伤害，没有留下阴影。

1958年夏天，一天（我这人很糊涂，不记日记，许多事都记不准时间），我照常去上班，一上楼梯，过道里贴满了围攻我的大字报。要拔掉编辑部的“白旗”，措辞很激烈，已经出现“右派”字样。我顿时傻了。运动，都是这样：突然袭击。其实背后已经策划了一些日子，开了几次会，作了充分的准备，只是本人还蒙在鼓里，什么也不知道。这可以说是暗算。但愿这种暗算以后少来，这实在是很伤人的。如果当时量一量血压，一定会猛然增高。我是有实际数据的。“文化大革命”中我一天早上看到一批侮辱性的大字报，到医务所量了量血压，低压110，高压170。平常我的血压是相当平稳正常的，90到130。我觉得卫生部应该发一个文件：为了保障人民的健康，不要再搞突然袭击式的政治运动。

开了不知多少次批判会。所有的同志都发了言。不发言是不行的。我规规矩矩地听着，记录下这些发言。这些发言我已经完全都忘了，便是当时也没有记住，因为我觉得这好像不是说的我，是说的另外一个别的人，或者是一个根本不存在的，假设的，虚空的对象。有两个发言我还留下印象。我为一组义和团故事写过一篇读后感，题目是《仇恨·轻蔑·自豪》。这位同志说:“你对谁仇恨?轻蔑谁？自豪什么？”我发表过一组极短的诗,其中有一首《早春》,原文如下：

（新绿是朦胧的，飘浮在树杪，完全不像是叶子……）

远树绿色的呼吸。

批判的同志说：连呼吸都是绿的了，你把我们的社会主义社会污蔑到了什么程度？！听到这样的批判，我只有停笔不记，愣在那里。我想辩解两句，行吗？当时我想:鲁迅曾说费厄泼赖应该缓行,现在本来应该到了可行的时候，但还是不行。中国大概永远没有费厄的时候。所谓“大辩论”,其实是“大辩认”,他辩你认。稍微辩解,便是“态度问题”。态度好，问题可以减轻；态度不好，加重。问题是问题，态度是态度，问题大小是客观存在，怎么能因为态度如何而膨大或收缩呢？许多错案都是因为本人为了态度好而屈认,而造成的。假如再有运动（阿弥陀佛，但愿真的不再有了），对实事求是、据理力争的同志应予表扬。

开了多次会，批判的同志实在没有多少可说的了。那两位批判“仇恨·轻蔑·自豪”和“绿色的呼吸”的同志当然也知道这样的批判是不能成立的。批判“绿色的呼吸”的同志本人是诗人，他当然知道诗是不能这样引申解释的。他们也是没话找话说,不得已。我因此觉得开批判会对被批判者是过关，对批判者也是过关。他们也并不好受。因此，我当时就对他们没有怨恨，甚至还有点同情。我们以前是朋友，以后的关系也不错。我记下这两个例子，只是说明批判是一出荒诞戏剧，如莎士比亚说，所有的上场的人都只是角色。

我在一篇写右派的小说里写过："写了无数次检查，听了无数次批判……她不再觉得痛苦，只是非常的疲倦。她想：定一个什么罪名，给一个什么处分都行，只求快一点，快一点过去，不要再开会，不要再写检查。"这是我的亲身体会。其实，问题只是那一些，只要写一次检查，开一次会，甚至一次会不开，就可以定案。但是不，非得开够了"数"不可。原来运动是一种疲劳战术，非得把人搞得极度疲劳，身心交瘁，丧失一切意志，瘫软在地上不可。我写了多次检查，一次比一次更没有内容，更不深刻，但是我知道，就要收场了，因为大家都累了。

结论下来了：定为一般右派，下放农村劳动。

我当时的心情是很复杂的。我在那篇写右派的小说里写道："……她带着一种奇怪的微笑。"我那天回到家里，见到爱人说，"定成右派了"，脸上就是带着这种奇怪的微笑的。我也不知道我为什么要笑。

我想起金圣叹。金圣叹在临刑前给人写信，说："杀头，至痛也，而圣叹于无意中得之，亦奇。"有人说这不可靠。金圣叹给儿子的信中说："字谕大儿知悉，花生米与豆腐干同嚼，有火腿滋味"，有人说这更不可靠。我以前也不大相信，临刑之前，怎能开这种玩笑？现在，我相信这是真实的。人到极其无可奈何的时候，往往会生出这种比悲号更为沉痛的滑稽感，鲁迅说金圣叹“化屠夫的凶残为一笑”，鲁迅没有被杀过头，也没有当过右派，他没有这种体验。

另一方面，我又是真心实意地认为我是犯了错误，是有罪的，是需要改造的。我下放劳动的地点是张家口沙岭子。离家前我爱人单位正在搞军事化，受军事训练，她不能请假回来送我。我留了一个条子：“等我五年，等我改造好了回来。”就背起行李，上了火车。

右派的遭遇各不相同，有幸有不幸。我这个右派算是很幸运的，没有受多少罪，我下放的单位是一个地区性的农业科学研究所。所里有不少技师、技术员，所领导对知识分子是了解的，只是在干部和农业工人的组长一级介绍了我们的情况（和我同时下放到这里的还有另外几个人），并没有在全体职工面前宣布我们的问题。不少农业工人（也就是农民）不知道我们是来干什么的，只说是毛主席叫我们下来锻炼锻炼的。因此，我们并未受到歧视。

初干农活，当然很累。像起猪圈、刨冻粪这样的重活，真够一呛。我这才知道“劳动是沉重的负担”这句话的意义。但还是咬着牙挺过来了。我当时想：只要我下一步不倒下来，死掉，我就得拼命地干。大部分的农活我都干过，力气也增长了，能够扛一百七十斤重的一麻袋粮食稳稳地走上和地面成四十五度角那样陡的高跳。后来相对固定在果园上班。果园的活比较轻松，也比“大田”有意思。最常干的活是给果树喷波尔多液。硫酸铜加石灰，兑上适量的水，便是波尔多液，颜色浅蓝如晴空，很好看。喷波尔多液是为了防治果树病害，是常年要喷的。喷波尔多液是个细致活。不能喷得太少，太少了不起作用；不能太多，太多了果树叶子挂不住，流了。叶面、叶背都得喷到。许多工人没这个耐心，于是喷波尔多液的工作大部分落在我的头上，我成了喷波尔多液的能手。喷波尔多液次数多了，我的几件白衬衫都变成了浅蓝色。

我们和农业工人干活在一起，吃住在一起。晚上被窝挨着被窝睡在一铺大炕上。农业工人在枕头上和我说了一些心里话，没有顾忌。我这才比较切近地观察了农民，比较知道中国的农村，中国的农民是怎么一回事。这对我确立以后的生活态度和写作态度是很有好处的。

我们在下面也有文娱活动。这里兴唱山西梆子（中路梆子），工人里不少都会唱两句。我去给他们化妆。原来唱旦角的都是用粉妆——鹅蛋粉、胭脂、黑锅烟子描眉。我改成用戏剧油彩，这比粉妆要漂亮得多。我勾的脸谱比张家口专业剧团的“黑”（山西梆子谓花脸为“黑”）还要干净讲究。遇春节，沙岭子堡（镇）闹社火，几个年轻的女工要去跑旱船，我用油底浅妆把她们一个个打扮得如花似玉，轰动一堡，几个女工高兴得不得了。我们和几个职工还合演过戏，我记得演过的有小歌剧《三月三》、崔巍的独幕话剧《十六条枪》。一年除夕，在“堡”里演话剧，海报上特别标出一行字：

台上有布景

这里的老乡还没有见过个布景。这布景是我们指导着一个木工做的。演完戏,我还要赶火车回北京。我连妆都没卸干净,就上了车。

1959 年底给我们几个人作鉴定，参加的有工人组长和部分干部。工人组长一致认为:老汪干活不藏奸,和群众关系好,"人性"不错，可以摘掉右派帽子。所领导考虑，才下来一年，太快了，再等一年吧。这样，我就在 1960 年再交了一个思想总结后，经所领导宣布：摘掉右派帽子，结束劳动。暂时无接收单位，在本所协助工作。

我的"工作"主要是画画。我参加过地区农展会的美术工作（我用多种土农药在展览牌上粘贴出一幅很大的松鹤图，色调古雅，这里的美术中专的一位教员曾特别带着学生来观摩）；我在所里布置过"超声波展览馆"（"超声波"怎样用图像表现？声波是看不见的，没有办法，我就画了农林牧副渔多种产品，上面一律用圆规蘸白粉画了一圈又一圈同心圆）。我的"巨著"，是画了一套《中国马铃薯图谱》。这是所里给我的任务。

这个所有一个下属单位"马铃薯研究站"，设在沽源。为什么设在沽源？沽源在坝上，是高寒地区（有一年下大雪，沽源西门外的积雪跟城墙一般高）。马铃薯本是高寒地带的作物。马铃薯在南方种几年，就会退化，需要到坝上调种。沽源是供应全国薯种的基地，研究站设在这里，理所当然。这里集中了全国各地、各个品种的马铃薯，不下百来种，我在张家口买了纸、颜色、笔，带了在沙岭子新华书店买得的《癸巳类稿》《十驾斋养新录》和两册《容斋随笔》（沙岭子新华书店进了这几种书也很奇怪，如果不是我买，大概永远也卖不出去），就坐长途汽车，奔向沽源，其时在八月下旬。

我在马铃薯研究站画《图谱》，真是神仙过的日子。没有领导，不用开会，就我一个人，自己管自己。这时正是马铃薯开花，我每天蹚着露水，到试验田里摘几丛花，插在玻璃杯里，对着花描画。我曾经给北京的朋友写过一首长诗，叙述我的生活。全诗已忘，只记得两句：

坐对一丛花，
眸子炯如虎。

下午，画马铃薯的叶子。天渐渐凉了，马铃薯陆续成熟，就开始画薯块。画一个整薯，还要切开来画一个剖面，一块马铃薯画完了，薯块就再无用处，我于是随手埋进牛粪火里，烤烤，吃掉。我敢说，像我一样吃过那么多品种的马铃薯的，全国盖无第二人。

沽源是绝塞孤城。这本来是一个军台。清代制度，大臣犯罪，往往由皇帝批示“发往军台效力”，这处分比充军要轻一些（名曰“效力”，实际上大臣自己并不去，只是闲住在张家口，花钱雇一个人去军台充数）。我于是在《容斋随笔》的扉页上，用朱笔画了一方图章，文曰：

效力军台

白天画画，晚上就看我带去的几本书。

1962年初，我调回北京，在北京京剧团担任编剧，直至离休。

摘掉右派分子帽子，不等于不是右派了。“文革”期间，有人来外调，我写了一个旁证材料。人事科的同志在材料上加了批注：

该人是摘帽右派。所提供情况，仅供参考。

我对“摘帽右派”很反感，对“该人”也很反感。“该人”跟“该犯”差不了多少。我不知道我们的人事干部从什么地方学来的这种带封建意味的称谓。

“文化大革命”,我是本单位第一批被揪出来的,因为有“前科”。

“文革”期间给我贴的大字报，标题是：

老右派，新表演

我搞了一些时期“样板戏”，江青似乎很赏识我，于是忽然有一天宣布:“汪曾祺可以控制使用。”这主要当然是因为我曾是右派。在“控制使用”的压力下搞创作，那滋味可想而知。

一直到1979年给全国绝大多数右派分子平反，我才算跟右派的影子告别。我到原单位去交材料,并向经办我的专案的同志道谢:“为了我的问题的平反，你们做了很多工作，麻烦你们了，谢谢！”那几位同志说：“别说这些了吧！二十年了！”

有人问我：“这些年你是怎么过来的？”他们大概觉得我的精神状态不错，有些奇怪，想了解我是凭仗什么力量支持过来的。我回答：

“随遇而安。”

丁玲同志曾说她从被划为右派到北大荒劳动，是“逆来顺受”。我觉得这太苦涩了，“随遇而安”，更轻松一些。“遇”，当然是不顺的境遇，“安”，也是不得已。不“安”，又怎么着呢？既已如此，何不想开些。如北京人所说：“哄自己玩儿。”当然，也不完全是哄自己。生活，是很好玩的。

随遇而安不是一种好的心态，这对民族的亲和力和凝聚力是会产生消极作用的。这种心态的产生，有历史的原因（如受老庄思想的影响），本人气质的原因（我就不是具有抗争性格的人），但是更重要的是客观，是“遇”，是环境的、生活的，尤其是政治环境的原因。中国的知识分子是善良的。曾被打成右派的那一代人，除了已经死掉的，大多数都还在努力地工作。他们的工作的动力，一是要证实自己的价值。人活着，总得做一点事。二是对生我养我的故国未免有情。但是，要恢复对在上者的信任，甚至轻信，恢复年轻时的天真的热情，恐怕是很难了。他们对世事看淡了，看透了,对现实多多少少是疏离的。受过伤的心总是有璺的。人的心，是脆的。

这是没有办法的事。

为政临民者，可不慎乎。

一九九一年一月三十一日

原载一九九一年第二期《收获》

肆

有情世界

风筝

有一首诗这么写的——“草长莺飞二月天，拂堤杨柳醉春烟。儿童散学归来早，忙趁东风放纸鸢”。“纸鸢”就是风筝，风筝可是孩子们的最爱，童年汪曾祺也不例外。他们喜欢去阴城放风筝，阴城是一片野地，荒坟垒垒，杂草丛生。到那里去放风筝，也是需要一点勇气的哦。

我们到阴城去，逮蚂蚱，掏蛐蛐，更多的时候是去放风筝。

小时候放三尾子。这是最简单的风筝。北京叫屁股帘儿，有的地方叫瓦片。三根苇篾子扎成一个“干”字，糊上一张纸，四角贴“云子”，下面粘上三根纸条就得。

稍大一点，放酒坛子，篾架子扎成绍兴酒坛状，糊以白纸；红鼓，如鼓形；四老爷打面缸，红鼓上面留一截，露出四老爷的脑袋——一个戴纱帽的小丑：八角，两个四方的篾框，交错为八角；在八角的外边再套一个八角，即为套角，糊套角要点技术，因为两个八角之间要留出空隙。红双喜，那就更复杂了，一般孩子糊不了。以上的风筝都是平面的，下面要缀很长的麻绳的尾巴，这样上天才不会打滚。

风筝大都带弓。干蒲破开，把里面的瓤刮去，只剩一层皮，苇秆弯成弓，把蒲绷在弓的两头，缚在风筝额上，风筝上天，蒲弓受风，汪汪地响。

我已经好多年不放风筝了。北京的风筝和我家乡的，我小时糊过、放过的风筝不一样，没有酒坛子，没有套角，没有红鼓，没有四老爷打面缸。北京放的多是沙燕儿。我的家乡没有沙燕儿。

节选自《汪曾祺全集卷六·阴城》

城隍·土地·灶王爷

城隍,《辞海》“城隍”条等云:“护城河。”引班固《两都赋序》:“京师修宫室，浚城隍，起苑囿，以备制度。”既说是浚，当有水。但同书“隍”字条又注云:“没有水的护城壕。”到底是有水没有水?姑且不去管它，反正，城隍后来已经成为神。说是守护城池的神也可以，更准确一点，应说是坐镇一方之神。据《辞海》，最早见于记载的为芜湖城隍，建于三国吴赤乌二年。北齐慕容俨在郢城建城隍神祠一所。唐代以来郡县皆祭城隍。后唐清泰元年封城隍为王。宋以后祀城隍习俗更为普遍。明太祖洪武三年正式规定各府州县的城隍神，并加以祭祀。为什么历代这样重视城隍，以至朱元璋于立国之初就为此特别下了一个红头文件?

乾隆十七年，郑板桥在知潍县事任内曾修葺过潍县的城隍庙，撰过一篇《城隍庙碑记》。我曾见过拓本。字是郑板桥自己写的，写得很好,虽仍有“六分半书”笔意,但是是楷书,很工整,不似“乱石铺阶”那样狂气十足。这篇碑文实在是绝妙文章：……故仰而视之，苍然者天也；俯而临之，块然者地也。其中之耳目口鼻手足而能言，衣冠揖让而能礼者，人也。岂有苍然之天而又耳目口鼻而人者哉？自周公以来，称为上帝，而俗世又呼为玉皇。于是耳目口鼻手足冕旒执玉而人之；而又写之以金，范之以土，刻之以木，琢之以玉，而又从之以妙龄之官，陪之以武毅之将。天下后世，遂哀哀然从而人之，俨在其上，俨在其左右矣。至如府州县邑皆有城，如环无端，而齿齿啮啮者是也；城之外有隍，抱城而流，汤汤汩汩者是也。又何必乌纱袍笏而人之乎？而四海之大，九州之众，莫不以人祀之；而又予之以祸福之权，授之以死生之柄；而又两廊森肃，陪以十殿之王；而又有刀花、剑树、铜蛇、铁狗、黑风、蒸锄以惧之。而人亦哀哀然从而惧之矣。非唯人惧之，吾亦惧之。每至殿庭之后，寝宫之前，其窗阴阴，其风吸吸，吾亦毛发竖慄，状如有鬼者，乃知古帝王神道设教不虚也……

这是一篇写得曲曲折折的无神论。城，城也；隍，河也，“又何必乌纱袍笏而人之乎？”这已经说得很清楚。然而大家都“以人祀之;而又予之以祸福之权，授之以死生之柄”，“与之”“授之”，很可玩味。神本无权，唯人授之，这种“神权人授”的思想很有进步意义。谁授予神这样的权柄呢？下文自明。不但授之以权，而且把城隍庙搞得那样恐怖，人亦哀哀然从而惧之。“非唯人惧之，吾亦惧之”，这句话说得很幽默。郑板桥是真的害怕了吗？城隍庙总是阴森森，“吾亦毛发竖慄，状如有鬼者”，郑板桥是真觉得有鬼么？答案在下面：“乃知古帝王神道设教不虚也”，郑板桥对古帝王的用心是一清二楚的。但是郑板桥并未正面揭穿（这怎么可能呢），而且潍县的城隍庙是在他的倡议下，谋于士绅而葺新的，这真是最大的幽默！我们对于明清之后的名士的思想和行事，总要于其曲曲折折处去寻绎。不这样，他们就无法生存。我一向觉得板桥的思想很通达，不图其通达有如此。我们县里的城隍庙的历史是颇久的，有两棵粗可合抱的白果（银杏）树为证。庙相当大，两进大殿，前殿和后殿。前殿面南坐着城隍老爷，也称城隍菩萨——这与佛教的“菩提萨埵”无关，中国的老百姓是把一切的神都可称为菩萨的，叫“老爷”时多。发亮的油白大脸，长眉细目，五绺胡须。大红缎地平金蟒袍。按说他只是县团级，但是派头却比县知事大得多，县官怎么能穿蟒呢？而且封了爵，而且爵位甚高，“敕封灵应侯”。如此僭越，实在很怪。他们职权是管生死和祸福。人死之后，即须先到城隍那里挂一个号。京剧《琼林宴》范仲禹的唱词云：“在城隍庙内挂了号，在土地祠内领了回文。”城隍庙正殿上有几块匾，除了“威灵显赫”之类外，有一块白话文的特大的匾，写的是“你也来了”。我们二伯母（我是过继给她的）病重，她的母亲（我应该叫她外婆）有一天半夜里把我叫起来，把我带到城隍庙去。我迷迷糊糊地去了。干什么？去“借寿”，即求城隍老爷把我的寿借几年（好像是十年）给二伯母。半夜里到城隍庙里去，黑咕隆咚的，真有点怕人。我那时还小，借几年就借几年吧，无所谓，而且觉得这是应该的。到城隍老爷那里去借寿，我想这是古已有之的习俗，不是我的外婆首创，因为所有仪注好像都有成规。不过借寿并不成功，我的二伯母过了两天还是死了。

我们那里的城隍庙有一个特别处，即后殿还有一个神像，也是五绺长须，但穿着没有城隍那样阔气。这位神也许是城隍的副手。他的名称很奇怪，叫“老戴”。城隍和老戴之间好像有个什么故事的，我忘了。

正殿前的两廊塑着各种酷刑行刑时的景象，即板桥碑记中所说的“刀花、剑树……”我们那里的城隍庙所塑的是上刀山、下油锅、锯人、磨人等等，一共七十二种酷刑，谓之“七十二司”，这“司”是阴司的意思。七十二司分为十个相通连的单间，左廊右廊各五间。每一间有一个阎王，即板桥所说的“十王”。阎王是“王”，应该是“南面而王”，坐在正面。《聊斋·陆判》所说的十王殿的十王大概是坐在正面的，但多数的十王都是屈居在两廊，变成了陪客，甚至是下属了，我们县里的城隍庙、泰山廊都是这样。中国诸神的品级官阶也乱得很。十王中我只记得一个秦广王，其余的，对不起，全忘了。《玉历宝钞》上好像有十王的全部称号，且各有像（虽然都长得差不多），不难查到的。

城隍庙正殿的对面，照例有一座戏台。郑板桥碑记云：“岂有神而好戏者乎？是又不然。《曹娥碑》云：‘盱能抚节安歌，婆娑乐神’，则歌舞迎神，古人已累有之矣。诗云：‘琴瑟击鼓，以迓田祖’，夫田果有祖，田祖果爱琴瑟，谁则闻之？不过因人心之报称，以致其重叠爱媚于尔大神尔。今城隍既以人道祀之，何必不以歌舞之事娱之哉！”郑板桥这里说得有点不够准确。歌舞最初是乐神的，因为它是神，才以歌舞乐之，这是“神道”，并不是因为以人道祀之，才以歌舞之事娱之。到了后来，戏才是演给人看的，但还是假借了乐神的名义。很多地方的戏台都在庙里，都是“神台”。我们县城隍庙的戏台是演戏的重要场地，我小时看的许多戏都是站在戏台与正殿之间的砖地上看的。看的都是“大戏”，即京剧。

但有一次在这个戏台上也演过梅花歌舞团那样的歌舞，这种节目演给城隍老爷看，颇为滑稽。

每年七月半，城隍要出巡，即把城隍的大驾用八抬大轿抬出来，在城里的主要街道上游一游。城隍出巡，前面是有许多文艺表演的节目，叫作“会”，许多地方叫“赛会”“出会”，我们那里叫“迎会”。参与迎会的，谓之“走会”。我乡迎会的情形，我在小说《故里三陈·陈四》中有较详细的描述，不赘。各地赛会，节目有同有异，高跷、旱船，南北皆有。北京的“中幡”“五虎棍”，我们那里没有。我们那里的“站高肩”，北方没有。

城隍的姓名大都无可稽考，但也有有案可查的。张岱《西湖梦寻·城隍庙》载：“吴山城隍庙，宋以前在皇山，旧名永固，绍兴九年徙建于此。宋初，封其神，姓孙名本。永乐时封其神为周新。”周新本是监察御史，弹劾敢言，被永乐杀了。“一日上见绯而立者，叱之，问为谁，对日：‘臣新也，上帝谓臣刚直，使臣城隍浙江，为陛下治奸贪吏。’言已不见，遂封为浙江都城隍。”这当然只是传说，永乐帝不会白日见鬼。但这记载说明一个问题，即城隍由上帝任命后，还得由人间的皇帝加封，否则大概是无效的。“都城隍”之名他书未见。周新是个省级城隍，比州、府、县的城隍要大，相当于一个巡抚了。都城隍不是各省都有。

《聊斋志异》以《考城隍》为全书第一篇，评书者都以为有深意焉，我看这只是寓言，寄托蒲松龄认为所有的官都应该考一考的愤慨耳。他说这是“予姊夫之祖宋公讳焘”的事情，宋焘亦未必有其人。

土地即社神。《风俗编·神鬼》:“凡今社神，俱呼土地。”其所管的地面是不大的，大体相当于明清的坊——凡土地都称为“当坊土地”，解放前的一个保。我家所住的一条街上街的中段和东段即有两座土地祠。《聊斋·王六郎》中王六郎后为招远县邬镇土地，管一个镇，也差不多。到了乡下，则随便哪个田头，都可立一个土地庙。《王六郎》是一篇写得很美的小说，文长，不具引。土地本也应是有名有姓的，但人都不知道。王六郎只名王六郎，那倒是因为他本没有名字，只是姓王，叫人“相见可呼王六郎”。他当了土地，仍叫王六郎吗？这不免有失官体。有一位土地的名字倒是为人所知的，是北京国子监的土地，此人非别，乃韩愈也！韩愈当过国子祭酒，与国子监有点老关系，但让他当国子监的土地爷，实在有点不大像话。我曾看过国子监的土地祠，比一架自鸣钟大不了多少。

河北农村有句俗话:“别拿土地爷不当神仙！”事实上人们对土地爷是不大尊重的。土地祠（或称庙）很简陋，香火冷落，乡下给土地爷上供的只是一块豆腐。《西游记》孙悟空到了一处，遇到妖怪，不知是什么来头，便把土地召来，二话不说，叫土地老儿先把孤拐伸出来叫老孙打五百棍解闷。孙悟空对土地的态度实即是吴承恩对土地的态度，也是老百姓对土地的态度:不当一回事。因为，他是最小的神，或神里最小的官。

我们县别有都土地，那可不一样了。都土地祠亦称都天庙，连庙所在的那条巷子也叫都天庙巷。都天庙和城隍庙不能相比，小得多，但也有殿有庑。殿上坐着都土地，比城隍小一号，亦红蟒亦面长圆而白亮，无五绺须。我的家乡把长圆而肥白的脸叫作“都天脸”，此专指女人的面相，男人这样的脸很少，不知道为什么没有人说“城隍脸”。都土地管辖地界大致相当于一个区。他的封爵次于城隍一等，是“灵显伯”。父老相传，我所住的北城的都土地是张巡。张巡怎么会跑到我的家乡来当一个区长级的都土地呢？这里既不是他的家乡（河南南阳），又不是他战死的地方（河南睢阳）。说北城都土地是张巡，根据是什么？有这样一个在安史之乱时和安禄山打仗，城破而死的有名的忠臣当都土地，我们那一区的居民是觉得很光荣的。都土地也不是每个区都有。

土地城隍属于一个系统，他们的关系是上下级，如下：

土地—都土地—城隍—都城隍

都城隍的上面是什么呢？没有了，好像是一直通到玉皇大帝。土地的下面呢？也没有了，因为土地祠里并未塑有衙役皂隶。他们是上下级，是不是要布置任务，汇报工作？也许要的，但是咱们不知道。

祭灶的起源盖甚早。

《史记·孝武本纪》：“是时而李少君亦以祠灶、谷道、却老方见上，上尊之。”《索隐》：“如淳云：‘祠灶可以致福。’案：礼灶者，老妇之祭，盛于盆，尊于瓶。”这最初本是“老妇之祭”。晋代宗懔《荆楚岁时记》：“按礼器，灶者老妇之祭，‘尊于瓶，盛于盆’，言以瓶为樽，用盆盛馔也”，意思是拿瓶子当酒樽，盆盛食物。老妇大概没钱，用不起正儿八经的器皿，只好这样马马虎虎，因陋就简。

祭灶本是求福，是很朴素的愿望，到了方士的手里，就变得神乎其神起来。《史记·孝武本纪》："少君言于上曰：'祠灶则致物，致物而丹沙可化为黄金，黄金成以为饮食器则益寿，益寿而海中蓬莱仙者可见，见之心封禅则不死，黄帝是也。'"从祠灶到不死，绕了这样大一个圈子，汉代的方士真能胡说八道！而汉武帝偏偏就相信这种胡说八道！

祭灶的礼俗一直相沿不替。唐、五代的材料我没有来得及查，宋代则讲风俗的书几乎没有一本不提到祭灶的。

《东京梦华录》："十二月……二十四日交年，都人至夜请僧道看经，备酒果送神，烧合家替代钱纸，贴灶马于灶上，以酒糟涂抹灶门，谓之'醉司命'。"

《梦粱录》："十二月……二十四日，不以穷富，皆备蔬食饧豆祀灶。"

《武林旧事》："……二十四日，谓之'交年'，祀灶用花饧米饵，及烧替代及作糖豆粥，谓之'口数'。"

祭灶的祭品不拘，但有一样东西是必有的：饧。饧是古糖字，指用麦芽或谷芽熬成的糖，熬干了，就成了关东糖。我们那里就叫作"灶糖"。为什么要请灶王爷吃关东糖？《抱朴子·微旨》："月晦之夜，灶神亦上天白人罪状。"原来灶王爷既是每一家的守护神，又是玉皇大帝的情报员——一个告密者。人在家里，不是公开场合，总难免说点错话，办点错事，灶王爷一天到晚窥听监视，这受得了嘛！人于是想出一个高招，塞他一嘴关东糖，叫他把牙粘住，使他张不开嘴，说不出人的坏话。不过灶王爷腊月二十三或二十四上天，到除夕才回来，在天上要待一个星期，在玉皇大帝面前一句话也不说，玉皇大帝不觉得奇怪吗？

以酒糟涂抹灶门，其用意与祭之以饧同，让他醉末咕咚的，他还能打小报告吗？

灶王爷上天，是骑马去的。《东京梦华录》云："贴灶马于灶上。"我们那里是用纸叠成一个小孩子折手工的纸马，祭毕烧掉。叠纸马照例是我们一个堂姐的事。这实在有点儿戏。

我们那里的孩子捉蜻蜓，红蜻蜓是不捉的，说这是灶王爷的马。灶王爷骑了这样的马——蜻蜓，上天？

把灶王爷送上天，谓之"送灶"。送灶的日期各地不一样。我们那里一般人家是腊月二十四。俗话说："君（或军）三，民四，龟五。"按规定，娼妓家送灶应是二十五，不过妓女都不遵守。二十五送灶，这不等于告诉别人：我们家是妓女？北京送灶，则都在二十三。

到除夕，把灶王爷接回来，或谓之"迎灶"，我们那里叫作"接灶"。

谁参加祭灶？各地，甚至各家不一样。有的人家只许男的参加，女的不参加；有的人家则只有女的跪拜，男人不参与；我们家则男女都拜，先由男的拜，后由女的拜。我觉得应该由女的祭拜合适。女人一天围着锅台转，与灶王爷关系密切，而且，这本是"老妇之祭"，不关老爷们的事！

灶王爷是什么长相？《庄子·达生》："灶有髻"，司马彪注："髻，灶神，著赤衣，状如美女。”我见过木刻彩印的灶王像，面孔略圆，有二三十根稀稀疏疏的胡子，并不像美女，倒像个有福气的老封翁。我们家灶王龛里则只贴了一张长方的红纸，上写“东厨司爷定福灶君”。

灶王爷姓什么，叫什么？《荆楚岁时记》说他“姓苏名吉利”。不单他，连老婆都有名字：“妇姓王名搏颊”。但我曾看过一个华北的民间故事，说他名叫张三，因为做了见不得人的事，钻进了灶膛里，弄得一脸乌七抹黑，于是成了灶王。北京俗曲亦云：“灶王爷本姓张。”他到底叫什么？吁，鬼神之事，难言之矣。

城隍、土地、灶君是和中国人民大众生活关系最密切的神。

这些神是“古帝王”造出来的神话，是谣言，目的是统一老百姓的思想，是“神道设教”。

老百姓也需要这样的神。这些神的意象一旦为老百姓所掌握，就会变成一种自觉的、宗教性的、固执的力量。没有这些神，他们就会失去伦理道德的标准、是非善恶的尺度，失去心理平衡，惶惶然不可终日。我们县的城隍，在北伐的时候曾由以一个姓黄的党部委员为首的一帮热血青年用粗绳拉倒，劈成碎片。这触怒了城乡的许多道婆子。我们县有很多的道婆子，她们没有任何文化，只会念一句“南无阿弥陀佛”，是神就拜，念“南无阿弥陀佛”，不管这神是什么教的神。不管哪个庙的香期，她们都去，一坐一大片，叫作“坐经”。她们的凝聚力很大，心很齐。她们听说城隍老爷被毁了，“哈！这还行！”她们一人拿了一炷香，要把姓黄的党部委员的家烧掉。黄某事先听到消息，越墙逃走，躲藏了好多天。

这帮道婆子捐钱募化，硬是重新造了一个城隍老爷，和原来的一样。她们的道理很简单："怎么可以没有城隍老爷！"

愚昧是一种伟大的力量。

大多数人对城隍、土地、灶王爷的态度是"诚惶诚恐，不胜屏营待命之至"，但是也有人不是这样，有的时候不是这样。很多地方戏的"三小戏"都有《打城隍》《打灶王》，和城隍老爷、灶王爷开了点小小玩笑，使他们不能老是那样俨乎其然，那样严肃。送灶时的给灶王喂点关东糖，实在表现了整个民族的幽默感。也许正是这点幽默感，使我们这个民族不致被信仰的铁板封死。

一九九〇年十二月八日

胡同文化

——摄影艺术集《胡同之没》序

北京城像一块大豆腐，四方四正。城里有大街，有胡同，大街、胡同都是正南正北，正东正西。北京人的方位意识极强。过去拉洋车的，逢转弯处都高叫一声“东去！”“西去！”以防碰着行人。老两口睡觉，老太太嫌老头子挤着她了，说“你往南边去一点”。这是外地少有的。街道如是斜的，就特别标明是斜街，如烟袋斜街、杨梅竹斜街。大街、胡同，把北京切成一个又一个方块。这种方正不但影响了北京人的生活，也影响了北京人的思想。

胡同原是蒙古语，据说原意是水井，未知确否。胡同的取名，有各种来源。有的是计数的，如东单三条、东四十条。有的原是皇家储存物件的地方，如皮库胡同、惜薪司胡同（存放柴炭的地方），有的是这条胡同里曾住过一个有名的人物，如无量大人胡同、石老娘（老娘是接生婆）胡同。大雅宝胡同原名大哑巴胡同，大概胡同里曾住过一个哑巴。王皮胡同是因为有一个姓王的皮匠。王广福胡同原名王寡妇胡同。有的是某种行业集中的地方。手帕胡同大概是卖手帕的。羊肉胡同当初想必是卖羊肉的。有的胡同是像其形状的。高义伯胡同原名狗尾巴胡同。小羊宜宾胡同原名羊尾巴胡同。大概是因为这两条胡同的样子有点像狗尾巴、羊尾巴。有些胡同则不知道何所取义，如大绿纱帽胡同。

胡同有的很宽阔，如东总布胡同、铁狮子胡同。这些胡同两边大都是“宅门”，到现在房屋都还挺整齐。有些胡同很小，如耳朵眼胡同。北京到底有多少胡同？北京人说：有名的胡同三千六，没名的胡同数不清。通常提起“胡同”，多指的是小胡同。

胡同是贯通大街的网络。它距离闹市很近，打个酱油，约二斤鸡蛋什么的，很方便，但又似很远。这里没有车水马龙，总是安安静静的。偶尔有剃头挑子的“唤头”（像一个大镊子，用铁棒从当中擦过，便发出噌的一声）、磨剪子磨刀的“惊闺”（十几个铁片穿成一片，摇动作声）、算命的盲人（现在早没有了）吹的短笛的声音。这些声音不但不显得喧闹，倒显得胡同里更加安静了。

胡同和四合院是一体。胡同两边是若干四合院连接起来的。胡同、四合院，是北京市民的居住方式，也是北京市民的文化形态。我们通常说北京的市民文化，就是指的胡同文化。胡同文化是北京文化的重要组成部分，即使不是最主要的部分。

胡同文化是一种封闭的文化，住在胡同里的居民大都安土重迁，不大愿意搬家。有在一个胡同里一住住几十年的，甚至有住了几辈子的。胡同里的房屋大都很旧了。“地根儿”房子就不太好，旧房檩、断砖墙。下雨天常是外面大下，屋里小下。一到下大雨，总可以听到房塌的声音，那是胡同里的房子，但是他们舍不得“挪窝儿”——“破家值万贯”。

四合院是一个盒子。北京人理想的住家是“独门独院”。北京人也很讲究“处街坊”。“远亲不如近邻。”“街坊里道”的，谁家有点事，婚丧嫁娶，都“随”一点“份子”，道个喜或道个恼，不这样就不合“礼数”。但是平常日子，过往不多，除了有的街坊是棋友，“杀”一盘；有的是酒友，到“大酒缸”（过去山西人开的酒铺，都没有桌子，在酒缸上放一块规成圆形的厚板以代酒桌）喝两“个”（大酒缸二两一杯，叫作“一个”）；或是鸟友，不约而同，各晃着鸟笼，到天坛城根、玉渊潭去“会鸟”（会鸟是把鸟笼挂在一处，既可让鸟互相学叫，也互相比赛）。此外，“各人自扫门前雪，休管他人瓦上霜”。

北京人易于满足，他们对生活的物质要求不高。有窝头，就知足了。大腌萝卜，就不错。小酱萝卜，那还有什么说的。臭豆腐滴几滴香油，可以待姑奶奶。虾米皮熬白菜，嘿！我认识一个在国子监当过差，伺候过陆润庠、王垿等祭酒的老人，他说：“哪儿也比不了北京。北京的熬白菜也比别处好吃——五味神在北京。”五味神是什么神？我至今考察不出来。但是北京人的大白菜文化却是可以理解的。北京人每个人一辈子吃的大白菜摞起来大概有北海白塔那么高。

北京人爱瞧热闹，但是不爱管闲事。他们总是置身事外，冷眼旁观。北京是民主运动的策源地，民国以来，常有学生运动，北京人管学生运动叫作“闹学生”。学生示威游行，叫作“过学生”。与他们无关。

北京胡同文化的精义是“忍”。安分守己，逆来顺受。老舍

《茶馆》里的王利发说："我当了一辈子的顺民"，是大部分北京市民的心态。

我的小说《八月骄阳》里写到"文化大革命"，有这样一段对话：

"还有个章法没有？我可是当了一辈子安善良民，从来奉公守法。这会儿，全乱了。我这眼前就跟'下黄土'似的，简直的，分不清东西南北了。"

"您多余操这份儿心。粮店还卖不卖棒子面？"

"卖！"

"还是的。有棒子面就行……"

我们楼里有个小伙子，为一点儿事，打了开电梯的小姑娘一个嘴巴，我们都很生气，怎么可以打一个女孩子呢！我跟两个上了岁数的老北京（他们是"搬迁户"，原来是住在胡同里的）说，大家应该主持正义，让小伙子当众向小姑娘认错，这二位同声说："叫他认错？门儿也没有！忍着吧！——'穷忍着，富耐着，睡不着眯着'！""睡不着眯着"这话实在太精彩了！睡不着，别烦躁，别起急，眯着，北京人，真有你的！

北京的胡同在衰败，没落。除了少数"宅门"还在那里挺着，大部分民居的房屋都已经很残破，有的地基基础甚至已经下沉，只有多半截还露在地面上。有些四合院门外还保存已失原形的拴马桩、上马石，记录着失去的荣华。有打不上水来的井眼、磨圆了棱角的石头棋盘，供人凭吊。西风残照，衰草离披，满目荒凉，毫无生气。

看看这些胡同的照片，不禁使人产生怀旧情绪，甚至有些伤感。但是这是无可奈何的事，在商品经济大潮的席卷之下，胡同和胡同文化总有一天会消失的。也许像西安的蛤蟆陵，南京的乌衣巷，还会保留一两个名目，使人怅望低回。

再见吧，胡同。

一九九三年三月十五日

岁朝清供

"岁朝清供"是中国画家爱画的画题。明清以后画这个题目的尤其多。任伯年就画过不少幅。画里画的、实际生活里供的，无非是这几样：天竹果、蜡梅花、水仙。有时为了填补空白，画里加两个香橼。"橼"谐音圆，取其吉利。水仙、蜡梅、天竹，是取其颜色鲜丽。隆冬风厉，百卉凋残，晴窗坐对，眼目增明，是岁朝乐事。

我家旧园有蜡梅四株，主干粗如汤碗，近春节时，繁花满树。这几棵蜡梅磬口檀心，本来是名贵的，但是我们那里重白心而轻檀心，称白心者为"冰心"，而给檀心的起一个不好听的名字："狗心。"我觉得狗心蜡梅也很好看。初一一早，我就爬上树去，选择一大枝——要枝子好看，花蕾多的，拗折下来——蜡梅枝脆，极易折，插在大胆瓶里。这枝蜡梅高可三尺，很壮观。天竹我们家也有一棵，在园西墙角。不知道为什么总是长不大，细弱伶仃，结果也少。我不忍心多折，只是剪两三穗，插进胆瓶，为蜡梅增色而已。

我走过很多地方，像我们家那样粗壮的蜡梅还没有见过。

在安徽黟县参观古民居，几乎家家都有两三丛天竹。有一家有一棵天竹，结了那么多果子，简直是岂有此理！而且颜色是正红——一般天竹果都偏一点紫。我驻足看了半天，已经走出门了，又回去看了一会儿。大概黟县土壤气候特宜天竹。

在杭州茶叶博物馆，看见一个山坡上种了一大片天竹。我去时不是结果的时候，不能断定果子是什么颜色的，但看梗干枝叶都作深紫色，料想果子也是偏紫的。

任伯年画天竹，果极繁密。齐白石画天竹，果较疏；粒大，而色近朱红。叶亦不作羽状。或云此别是一种，湖南人谓之草天竹，未知是否。

养水仙得会“刻”，否则叶子长得很高，花弱而小，甚至花未放蕾即枯瘪。但是画水仙都还是画完整的球茎，极少画刻过的，即福建画家郑乃珖也不画刻过的水仙。刻过的水仙花美，而形态不入画。

北京人家春节供蜡梅、天竹者少，因不易得。富贵人家常在大厅里摆两盆梅花（北京谓之“干枝梅”，很不好听），在泥盆外加开光丰彩或景泰蓝套盆，很俗气。

穷家过年，也要有一点颜色。很多人家养一盆青蒜。这也算代替水仙了吧。或用大萝卜一个，削去尾，挖去肉，空壳内种蒜，铁丝为箍，以线挂在朝阳的窗下，蒜叶碧绿，萝卜皮通红，萝卜缨翻卷上来，也颇悦目。

广州春节有花市，四时鲜花皆有。曾见刘旦宅画“广州春节花市所见”，画的是一个少妇的背影，背兜里背着一个娃娃，右手抱一大束各种颜色的花，左手拈花一朵，微微回头逗弄娃娃，少妇着白上衣，银灰色长裤，身材很苗条。穿浅黄色拖鞋。轻轻两笔，勾出小巧的脚跟。很美。这幅画最动人之处，正在脚跟两笔。

这样鲜艳的繁花，很难说是“清供”了。

曾见一幅旧画：一间茅屋，一个老者手捧一个瓦罐，内插梅花一枝，正要放到案上，题目:“山家除夕无他事，插了梅花便过年”，这才真是“岁朝清供”！

一九九二年十二月三十一日

闹市闲民

我每天在西四倒 101 路公共汽车回甘家口。直对 101 站牌有一户人家。一间屋，一个老人。天天见面，很熟了。有时车老不来，老人就搬出一个马扎儿来："车还得会子，坐会儿。"

屋里陈设非常简单（除了大冬天，他的门总是开着），一张小方桌，一个方杌凳，三个马扎儿，一张床，一目了然。

老人七十八岁了，看起来不像，顶多七十岁。气色很好。他经常戴一副老式的圆镜片的浅茶晶的养目镜——这副眼镜大概是他身上唯一值钱的东西。眼睛很大，一点没有混浊，眼角有深深的鱼尾纹。跟人说话时总带着一点笑意，眼神如一个天真的孩子。上唇留了一撮疏疏的胡子，花白了。他的人中很长，唇髭不短，但是遮不住他的微厚而柔软的下唇——相书上说人中长者多长寿，信然。他的头发也花白了，向后梳得很整齐。他常年穿一套很宽大的蓝制服，天凉时套一件黑色粗毛线的很长的背心。圆口布鞋、草绿色线袜。

从攀谈中我大概知道了他的身世。他原来在一个中学当工友，早就退休了。他有家。有老伴。儿子在石景山钢铁厂当车间主任。孙子已经上初中了。老伴跟儿子。他不愿跟他们一起过，说是："乱！"他愿意一个人。他的女儿出嫁了。外孙也大了。儿子有时进城办事，来看看他，给他带两包点心，说会子话。儿媳妇、女儿隔几个月给他拆洗拆洗被褥。平常，他和亲属很少来往。

他的生活非常简单。早起扫扫地，扫他那间小屋，扫门前的人行道。一天三顿饭。早点是干馒头就咸菜喝白开水。中午晚上吃面。一年三百六十五天，天天如此。他不上粮店买切面，自己做。抻条，或是拨鱼儿。他的拨鱼儿真是一绝。小锅里坐上水，用一根削细了的筷子把稀面顺着碗口"赶"进锅里。他拨的鱼儿不断，一碗拨鱼儿是一根，而且粗细如一。我为看他拨鱼儿，宁可误一趟车。我跟他说："你这拨鱼儿真是个手艺！"他说："没什么，早一点把面和上，多搅搅。"我学着他的法子回家拨鱼儿，结果成了一锅面糊糊疙瘩汤。他吃的面总是一个味儿！浇炸酱、黄酱，很少一点肉末。黄瓜丝、小萝卜，一概不要。白菜下来时，切几丝白菜，这就是"菜码儿"。他饭量不小，一顿半斤面。吃完面，喝一碗面汤（他不大喝水），涮涮碗，坐在门前的马扎儿上，抱着膝盖看街。

我有时带点新鲜菜蔬，青蛤、海蛎子、鳝鱼、冬笋、木耳菜，他总要过来看看："这是什么？"我告诉他是什么，他摇摇头："没吃过。南方人会吃。"他是不会想到吃这样的东西的。

他不种花，不养鸟，也很少遛弯儿。他的活动范围很小，除了上粮店买面，上副食店买酱，很少出门。

他一生经历了很多大事。远的不说。敌伪时期，吃混合面。傅作义。解放军进城，扭秧歌，呛呛起呛起。开国大典，放礼花。没完没了的各种运动。三年自然灾害,大家挨饿。“文化大革命”。“四人帮”。“四人帮”垮台。华国锋。华国锋下台……

然而这些都与他无关，没有在他身上留下多少痕迹。他每天还是吃炸酱面——只要粮店还有白面卖，而且北京的粮价长期稳定——坐在门口马扎儿上看街。

他平平静静，没有大喜大忧，没有烦恼，无欲望亦无追求，天然恬淡，每天只是吃抻条面、拨鱼儿，抱膝闲看，带着笑意，用孩子一样天真的眼睛。

这是一个活庄子。

一九九〇年五月五日

踢毽子

我们小时候踢毽子，毽子都是自己做的。选两个小钱（制钱），大小厚薄相等，轻重合适，叠在一起，用布缝实，这便是毽子托。在毽托一面，缝一截鹅毛管，在鹅毛管中插入鸡毛，便是一只毽子。鹅毛管不易得，把鸡毛直接缝在毽托上，把鸡毛根部用线缠缚结实，使之向上直挺，较之插于鹅毛管中者踢起来尤为得劲。鸡毛须是公鸡毛，用母鸡毛做毽子的，必遭人笑话，只有刚学踢毽子的小毛孩子才这么干。鸡毛只能用大尾巴之前那一部分，以够三寸为合格。鸡毛要“活”的，即从活公鸡的身上拔下来的，这样的鸡毛，用手抹煞几下，往墙上一贴，可以粘住不掉。死鸡毛粘不住。后来我明白，大概活鸡毛经抹煞会产生静电。活鸡毛做的毽子毛茎柔软而有弹性，踢起来飘逸潇洒。死鸡毛做的毽子踢起来就发死发僵。鸡毛里讲究要“金绒帚子白绒哨子”，即从五彩大公鸡身上拔下来的，毛的末端乌黑闪金光，下面的绒毛雪白。次一等的是芦花鸡毛。赭石的、土黄的，就更差了。我们那里养公鸡的人家很多，入了冬，快腌风鸡了，这时正是公鸡肥壮，羽毛丰满的时候，孩子们早就“贼”上谁家的鸡了，有时是明着跟人家要，有时乘没人看见，揠住一只大公鸡，噌噌拔了两把毛就跑。大多数孩子的书包里都有一两只足以自豪的毽子。踢毽子是乐事，做毽子也是乐事。一只“金绒帚子白绒哨子”，放在桌上看看，也是挺美的。

我们那里毽子的踢法很复杂，花样很多。有小五套，中五套，大五套。小五套是“扬、拐、尖、托、笃”，是用右脚的不同部位踢的。中五套是“偷、跳、舞、环、踩”，也是用右脚踢，但以左脚作不同的姿势配合。大五套则是同时运用两脚踢，分“对、岔、绕、掼、挝”。小五套技术比较简单，运动量较小，一般是女生踢的。中五套较难，大五套则难度很大，运动量也很大。要准确地描述这些踢法是不可能的。这些踢法的名称也是外地人所无法理解的，连用通用的汉字写出来都困难。如“舞”读如“吴”，“掼”读 kuàn、“笃”和“挝”都读入声。这些名称当初不知是怎么确立的。我走过一些地方，都没有见到毽子有这样多的踢法。也许在我没有到过的地方，毽子还有更多的踢法。我希望能举办一次全国毽子表演，看看中国的毽子到底有多少种踢法。

踢毽子总是要比赛的。可以单个地赛。可以比赛单项，如“扬”踢多少下，到踢不住为止；对手照踢，以踢多少下定胜负。也可以成套比赛，从“扬、拐、尖、托、笃”“偷、跳、舞、环、踩”踢到“对、岔、绕、掼、挝”。也可以分组赛。组员由主将临时挑选，踢时一对一，由弱至强，最弱的先踢，最后主将出马，累计总数定胜负。

踢毽子也有名将，有英雄。我有个堂弟曾在县立中学踢毽子比赛中得过冠军。此人从小爱玩，不好好读书，常因国文不及格被一个姓高的老师打手心，后来忽然发愤用功，现在是全国有名的心脏外科专家。他比我小一岁，也已经是抱了孙子的人了，现在大概不会再踢毽子了。我们县有一个姓谢的，能在井栏上转着圈子踢毽子。这可是非常危险的事，重心稍一不稳，就会扑通一声掉进井里！

毽子还有一种大集体的踢法，叫作“嗨（读第一声）卯”。一个人“喂卯”——把毽子扔给嗨卯的，另一个人接到，把毽子使劲向前踢去，叫作“嗨”。嗨得极高，极远。嗨卯只能“扬”——用右脚里侧踢，别种踢法踢不到这样高，这样远。下面有一大群人，见毽子飞来，就一齐纵起身来抢这只毽子。谁抢着了，就有资格等着接递原嗨卯的去嗨。毽子如被喂卯的抢到，则他就可上去充当嗨卯的，嗨卯的就下来喂卯。一场嗨卯，全班同学出动，喊叫喝彩，热闹非常。课间十分钟，一会儿就过去了。

踢毽子是冬天的游戏。刘侗《帝京景物略》云“杨柳死，踢毽子”，大概全国皆然。

踢毽子是孩子的事，偶尔见到近二十边上的人还踢，少。北京则有老人踢毽子。有一年，下大雪，大清早，我去逛天坛，在天坛门洞里见到几位老人踢毽子。他们之中最年轻的也有六十多了。他们轮流传递着踢，一个传给一个，这个接过来，踢一两下，传给另一个。“脚法”大都是“扬”，间或也来一下“跳”。我在旁边也看了五分钟，毽子始终没有落到地下。他们大概是“毽友”，经常，也许是每天在一起踢。老人都腿脚利落，身板挺直，面色红润，双眼有光。大雪天，这几位老人是一幅画，一首诗。

选自《汪曾祺全集》卷四

和尚

铁桥

我父亲续娶，新房里挂了一幅画——一个条山，泥金底，画的是桃花双燕，题字是："淡如仁兄新婚志喜弟铁桥遥贺"；两边挂了一副虎皮宣的对联，写的是：

蝶欲试花犹护粉

莺初学啭尚羞簧

落款是杨遵义。我每天看这幅画和对子，看得很熟了。稍稍长大，便觉出这副对子其实是很"黄"的。杨遵义是我们县的书家，是我的生母的过房兄弟。一个舅爷为姐夫（或妹夫）续弦写了这样一副对子，实在不成体统。铁桥是一个和尚。我父亲在新房里挂了一幅和尚的画，全无忌讳；这位铁桥和尚为朋友结婚画了这样华丽的画，且和俗家人称兄道弟，也着实有乖出家人的礼教。我父亲年轻时的朋友大都有些放诞不羁。

我写过一篇小说《受戒》，里面提到一个和尚石桥，原型就是铁桥。他是我父亲年轻时的画友。他在本县最大的寺庙善因寺出家，是指南方丈的徒弟。指南戒行严苦，曾在香炉里烧掉两个指头，自称八指头陀。铁桥和师父完全是两路。他一度离开善因寺，到江南云游。曾在苏州一个庙里住过几年。因此他的一些画每署“邓尉山僧”，或题“作于香雪海”。后来又回善因寺。指南退居后，他当了方丈。善因寺是本县第一大寺，殿宇精整，庙产很多。管理这样一个大庙，是要有点才干的，但是他似乎很清闲，每天就是画画画，写写字。他的字写石鼓，学吴昌硕，很有功力。画法任伯年，但比任伯年放得开。本县的风雅子弟都乐与往还。善因寺的素斋极讲究，有外面吃不到的猴头、竹荪。

铁桥有一个情人，年纪很轻，长得清清雅雅，不俗气。

1982 年，我回了家乡一趟，饭后散步想去看看善因寺的遗址，一点都认不出来了，拆得光光的。

因为要查一点资料，我借来一部民国年间修的县志翻了两天。在“水利”卷中发现:有一条横贯东乡的水渠,是铁桥主持修的。哦?铁桥还做过这样的事?

静融法师

我有一方很好的图章，田黄“都灵坑”，犀牛纽，是一个和尚送给我的。印文也是他自刻的，朱文，温雅似浙派，刻得很不错(田黄的印不宜刻得太“野”，和石质不相称)。这个和尚法名静融，1951 年和我一同到江西参加土改，回北京后，送了我这块图章。

章不大，约半寸见方（田黄大的很少），我每为人作小幅字画，常押用，算来已经三十七八年了。

这次土改是全国性的，也是最后的一次，规模很大。我们那个土改工作团分到江西进贤。这个团的成员什么样的人都有。有大学教授、小学校长、中学教员、商业局的、园林局的、歌剧院的演员、教会医院的医生、护士长，还有这位静融法师。浩浩荡荡，热热闹闹。

我和静融第一次有较深的接触，是说服他改装。他参加工作团时穿的是僧衣——比普通棉袄略长的灰色斜领棉衲。到了进贤，在县委学文件，领导上觉得他穿了这样的服装下去，影响不好，决定让他换装。静融不同意，很固执。找他谈了几次话，都没用。

后来大家建议我找他谈谈，说是他跟我似乎很谈得来。我不知道跟他说了一通什么道理，居然把他说服了。其实不是我的道理说服了他，而是我的态度较好。静融临时买了一套蓝卡叽布的干部服，换上了。

我们的小组分到王家梁。一进村，就遇到一个难题：一个恶霸富农自杀了。他自杀的办法很特别，用一根扎腿的腿带，拴在竹床的栏杆上，勒住脖子，躺着，死了。我还没有听说过人躺着也是可以吊死的。我们对这种事毫无经验，不知应该怎么办。静融走上去，左右开弓打了富农两个大嘴巴，说："埋了！"我问静融："为什么要打他两个嘴巴？"他说："这是法医验尸的规矩。"原来他当过法医。

静融跟我谈起过他的身世。他是胶东人。除了当过法医，他还教过小学，抗日战争时期拉过一支游击队，后来出了家。在北京，他住在动物园后面的一个庙里（是五塔寺吗）。北京解放，和尚都要从事生产。他组织了一个棉服厂，主办一切。这人的生活经历是颇为复杂的。可惜土改工作紧张，能够闲谈的时候不多，我所知者，仅仅是这些。

我一直以为回北京后能有机会找他谈谈，竟然无此缘分。他刻了一方图章，到我家来，亲自送给我，未接数言，匆匆别去。我后来一直没有再看到过他。

静融瘦瘦小小，但颇精干利索。面黑，微有几颗麻子。

阎和尚

阎长山（北京市民叫“长山”的特多）是剧院舞台工作队的杂工，但是大家都叫他阎和尚。我很纳闷：“为什么叫他阎和尚？”

“他是当过和尚。”

阎和尚后来到剧院当杂工，运运衣箱道具，也烧过水锅，管过“彩匣子”（化妆用品），但并不讳言他当过和尚。

剧院很多人都干过别的职业。一个唱二路花脸的在搭不上班的年头卖过鸡蛋，后来落下一个外号：“大鸡蛋。”一个检场的卖过糊盐。早先北京有人刷牙不用牙膏牙粉，而用炒煳的盐，这一天能卖多少钱？有人蹬过三轮，拉过排子车。剧院这些人干过小买卖、卖过力气，都是为了吃饭。阎和尚当过和尚，也是为了吃饭。

听遛鸟人谈戏

近来我每天早晨绕着玉渊潭遛一圈。遛完了，常找一个地方坐下听人聊天。这可以增长知识，了解生活。还有些人不聊天。钓鱼的、练气功的，都不说话。游泳的闹闹嚷嚷，听不见他们嚷什么。读外语的学生，读日语的、英语的、俄语的，都不说话，专心致志把莎士比亚和屠格涅夫印进他们的大脑皮层里去。

比较爱聊天的是那些遛鸟的。他们聊的多是关于鸟的事，但常常联系到戏。遛鸟与听戏，性质上本相接近。他们之中不少是既爱养鸟，也爱听戏，或曾经也爱听戏的。遛鸟的起得早，遛鸟的地方常常也是演员喊嗓子的地方，故他们往往有当演员的朋友，知道不少梨园掌故。有的自己就能唱两口。有一个遛鸟的，大家都叫他“老包”，他其实不姓包，因为他把鸟笼一挂，自己就唱开了:“包龙图打坐在开封府……”就这一句。唱完了,自己听着不好，摇摇头，接茬再唱 :“包龙图打坐……”

因为常听他们聊，我多少知道一点关于鸟的常识。知道画眉的眉子齐不齐，身材胖瘦，头大头小，是不是“原毛”，有“口”没有，能叫什么玩意儿：伏天、喜鹊——大喜鹊、山喜鹊、苇咋子、猫、家雀打架、鸡下蛋……知道画眉的行市，哪只鸟值多少“张”——“张”，是一张拾圆的钞票。他们的行话不说几十块钱，而说多少张。有一个七十八岁的老头儿，原先本是勤行，他的一只画眉，人称鸟王。有人问他出不出手，要多少钱，他说：“二百。”遛鸟的都说：“值！”

我有些奇怪了，忍不住问：

“一只鸟值多少钱，是不是公认的？你们都瞧得出来？”

几个人同时叫起来：“那是！老头儿的值二百，那只生鸟值七块。梅兰芳唱戏卖两块四，戏校的学生现在卖三毛。老包，倒找我两块钱！那能错了？”

“全北京一共有多少画眉？能统计出来吗？”

“横是不少！”

“‘文化大革命’那阵没有了吧？”

“那会儿谁还养鸟哇！不过，这玩意儿禁不了。就跟那京剧里的老戏似的，‘四人帮’压着不让唱，压得住吗？一开了禁，您瞧，呼啦——全出来了。不管是谁，禁不了老戏，也就禁不了养鸟。我把话说在这儿：多会儿有画眉，多会儿他就得唱老戏！报上说京剧有什么危机，瞎掰的事！”

这位对画眉和京剧的前途都非常乐观。

一个六十多岁的退休银行职员说：“养画眉的历史大概和京剧的历史差不多长，有四大徽班那会儿就有画眉。”

他这个考证可不大对。画眉的历史可要比京剧长得多，宋徽宗就画过画眉。

“养鸟有什么好处呢？”我问。

“嗐,遛人！”七十八岁的老厨师说,“没有个鸟,有时早上一醒，觉得还困，就懒得起了；有个鸟，多困也得起！”

“这是个乐儿！”一个还不到五十岁的扁平脸、双眼皮很深、络腮胡子的工人——他穿着厂里的工作服，说。

“是个乐儿！钓鱼的、游泳的，都是个乐儿！”说话的是退休银行职员。

“一个画眉，不就是叫嘛，怎么会有那么大的差别？”

一个戴白边眼镜的穿着没有领子的酱色衬衫的中等个子老头儿，他老给他的四只画眉洗澡——把鸟笼放在浅水里让画眉抖擞毛羽，说：

“叫跟叫不一样！跟唱戏一样，有的嗓子宽，有的窄，有的有膛音,有的干冲！不但要声音,还得要‘样’,得有‘做派’,有神气。您瞧我这只画眉，叫得多好！像谁？”

像谁？

“像马连良！”

像马连良？！

我细瞧一下，还真有点像！它周身干净利索，挺拔精神，叫的时候略偏一点身子，还微微摇动脑袋。

“潇洒！”

我只得承认：潇洒！

不过我立刻不免替京剧演员感到一点悲哀，原来在这些人的心目中，对一个演员的品鉴，就跟对一只画眉一样。

“一只画眉，能叫多少年？”

勤行老师傅说：“十来年没问题！”

老包说：“也就是七八年。就跟唱京剧一样：李万春现在也只能看一招一势，高盛麟也不似当年了。”

他说起有一年听《四郎探母》，甭说四郎、公主，佘太君是李多奎，那嗓子，冲！他慨叹说：

“那样的好角儿，现在没有了！现在的京剧没有人看——看的人少，那是啊，没有那么多好角儿了嘛！你再有杨小楼，再有梅兰芳，再有金少山，试试！照样满！两块四？四块八也有人看！——我就看！卖了画眉也看！”

他说出了京剧不景气的原因：老成凋谢，后继无人。这与一部分戏曲理论家的意见不谋而合。

戴白边眼镜的中等个子老头儿不以为然：

“不行！王师傅的鸟值二百（哦，原来老人姓王），可是你叫个外行来听听：听不出好来！就是梅兰芳、杨小楼再活回来，你叫那边那几个念洋话的学生来听听，他也听不出好来。不懂！现而今这年轻人不懂的事太多。他们不懂京剧，那戏园子的座儿就能好了哇？”

好几个人附和：“那是！那是！”

他们以为京剧的危机是不懂京剧的学生造成的。如果现在的学生都像老舍所写的《赵子曰》，或者都像老包，像这些懂京剧的遛鸟的人，京剧就得救了。这跟一些戏剧理论家的意见也很相似。

然而京剧的老观众，比如，这些遛鸟的人，都已经老了，他们大部分已经退休。他们跟我闲聊中最常问的一句话是："退了没有？"那么，京剧的新观众在哪里呢？

哦，在那里：就是那些念屠格涅夫、念莎士比亚的学生。

没准儿将来改造京剧的也是他们。

谁知道呢！

吴大和尚和七拳半

我的家乡有“吃晚茶”的习惯。下午四五点钟,要吃一点点心,一碗面,或两个烧饼或“油端子”。1981年,我回到阔别四十余年的家乡,家乡人还保持着这个习惯。一天下午,“晚茶”是烧饼。我问:“这烧饼就是巷口那家的?”我的外甥女说:“是七拳半做的。”“七拳半”当然是个外号,形容这人很矮,只有七拳半那样高,这个外号很形象,不知道是哪个尖嘴薄舌而极其聪明的人给他起的。

我吃着烧饼,烧饼很香,味道跟四十多年前的一样,就像吴大和尚做的一样。于是我想起吴大和尚。

我家除了大门、旁门,还有一个后门。这后门即开在吴大和尚住家的后墙上。打开后门,要穿过吴家,才能到巷子里。我们有时抄近,从后门出入,吴大和尚家的情况看得很清楚。

吴大和尚(这是小名,我们那里很多人有大名,但一辈子只以小名“行”)开烧饼饺面店。

我们那里的烧饼分两种。一种叫作“草炉烧饼”,是在砌得高高的炉里用稻草烘熟的。面粗,层少,价廉,是乡下人进城时买了充饥当饭的。一种叫作“桶炉烧饼”。用一只大木桶,里面糊了一层泥，炉底燃煤炭，烧饼贴在炉壁上烤熟。“桶炉烧饼”有碗口大，较薄而多层，饼面芝麻多，带椒盐味。如加钱，还可“插酥”，即在擀烧饼时加较多的“油面”，烤出，极酥软。如果自己家里拿了猪油渣和霉干菜去，做成霉干菜油渣烧饼，风味独绝。吴大和尚家做的是“桶炉”。

原来，我们那里饺面店卖的面是“跳面”。在墙上挖一个洞，将木杠插在洞内，下置面案，木杠压在和得极硬的一大块面上，人坐在木杠上，反复压这一块面。因为压面时要一步一跳，所以叫作“跳面”。“跳面”可以切得极细极薄，下锅不浑汤，吃起来有韧劲而又甚柔软。汤料只有虾子、熟猪油、酱油、葱花，但是很鲜。如不加汤，只将面下在作料里，谓之“干拌”，尤美。我们把馄饨叫作饺子。吴家也卖饺子。但更多的人去，都是吃“饺面”，即一半馄饨，一半面。我记得四十年前吴大和尚家的饺面是一百二十文一碗，即十二个当十铜圆。

吴家的格局有点特别。住家在巷东，即我家后门之外，店堂却在对面。店堂里除了烤烧饼的桶炉，有锅台，安了大锅，煮面及饺子用;另有一张（只一张）供顾客吃面的方桌。都收拾得很干净。

吴家人口简单。吴大和尚有一个年轻的老婆，管包饺子、下面。他这个年轻的老婆个子不高，但是身材很苗条。肤色微黑。眼睛狭长，睫毛很重，是所谓“桃花眼”。左眼上眼皮有一小疤，想是小时生疮落下来。这块小疤使她显得很俏。但她从不和顾客眉来眼去，卖弄风骚，只是低头做事，不声不响。穿着也很朴素，只是青布的衣裤。她和吴大和尚生了一个孩子。还在喂奶。吴大和尚有一个妈，整天也不闲着，翻一家的棉袄棉裤，纳鞋底，摇晃睡在摇篮里的孙子。另外，还有个小伙计，“跳”面、烧火。

表面上看起来，这家过得很平静，不争不吵。其实不然。吴大和尚经常在夜里打他的老婆，因为老婆“偷人”。我们那里把和人发生私情叫作“偷人”。打得很重,用劈柴打,我们隔着墙都能听见。这个小个子女人很倔强，不哭，不喊，一声不出。

第二天早起，一切如常，该干什么还干什么。吴大和尚擀烧饼，烙烧饼；他老婆包饺子，下面。

终于有一天吴大和尚的年轻的老婆不见了，跑了，丢下她的奶头上的孩子，不知去向。我们始终不知道她的“孤佬”（我们那里把不正当的情人、野汉子，叫作“孤佬”）是谁。

我从小就对这个女人充满了尊敬，并且一直记得她的模样，记得她的桃花眼，记得她左眼上眼皮上的那一小块疤。

吴大和尚和这个桃花眼、小身材的小媳妇大概都已经死了。现在，这条巷口出现了七拳半的烧饼店。我总觉得七拳半和吴大和尚之间有某种关联，引起我一些说不清楚的感慨。

七拳半并不真是矮得出奇，我估量他大概有一米五六。是一个很有精神的小伙子。他是一个名副其实的“个体户”，全店只有他一个人。他不难成为万元户，说不定已经是万元户，他的烧饼做得那样好吃，生意那样好。我无端地觉得，他会把本街的一个最漂亮的姑娘娶到手，并且这位姑娘会真心爱他，对他很体贴。我看着七拳半把烧饼贴在炉膛里的样子，觉得他对这点充满信心。

两个做烧饼的人所处的时代不同。我相信七拳半的生活将比吴大和尚的生活更合理一些，更好一些。

也许这只是我的希望。

原载一九八八年十二月七日《人民日报》

名优逸事

■■■ ■■■

萧长华

萧先生八十多岁时身体还很好。腿脚利落，腰板不塌。他的长寿之道有三：饮食清淡，经常步行，问心无愧。

萧先生从不坐车。上哪儿去，都是地下走。早年在宫里“当差”，上颐和园去唱戏，也都是走着去，走着回来，从城里到颐和园，少说也有三十里。北京人说：走为百练之祖，是一点不错的。

萧老自奉甚薄。他到天津去演戏，自备伙食。一棵白菜，两刀切四爿，一顿吃四分之一。餐餐如此：窝头，熬白菜。他上女婿家去看女儿，问：“今儿吃什么呀？”——“芝麻酱拌面，炸点花椒油。”“芝麻酱拌面，还浇花椒油呀？！”

萧先生偶尔吃一顿好的：包饺子。他吃饺子还不蘸醋。四十个饺子，装在一个盘子里，浇一点醋，忒喽忒喽，就给“开”了。

萧先生不是不懂得吃。有人看见，在酒席上，清汤鱼翅上来了，他照样扁着筷子夹了一大块往嘴里送。

懂得吃而不吃，这是真的节俭。

萧先生一辈子挣的钱不少，都为别人花了。他买了几处“义地”，是专为死后没有葬身之所的穷苦的同行预备的。有唱戏的“苦哈哈”，死了老人，办不了事，到萧先生那儿，磕一个头报丧，萧先生问：“你估摸着，大概其得多少钱，才能把事办了哇？”一面就开箱子取钱。

“三反”“五反”的时候，一个演员被打成了“老虎”，在台上挨斗，斗到热火燎辣的时候，萧先生在台下喊“××，你承认得了，这钱，我给你拿”！

赞曰：

窝头白菜，寡欲步行，
问心无愧，人间寿星。

姜妙香

姜先生真是温柔敦厚到了家了。

他的学生上他家去，他总是站起来，双手当胸捏着扇子，微微躬着身子：“您来啦！”临走时，一定送出大门。

他从不生气。有一回陪梅兰芳唱《奇双会》，他的赵宠。穿好了靴子，总觉得不大得劲。“嗯，今儿是怎样搞的，怎么总觉得一脚高一脚低的？我的腿有毛病啦？”伸出脚来看看，两只靴子的底一只厚二寸，一只厚二寸二。他的跟包叫申四。他把申四叫过来：“老四哎，咱们今儿的靴子拿错了吧？”你猜申四说什么？——“你凑合着穿吧！”

姜先生从不争戏。向来梅先生演《奇双会》，都是他的赵宠。偶尔俞振飞也陪梅先生唱，赵宠就是俞的。管事的说："姜先生，您来个保童。"——"哎好好好。"有时叶盛兰也陪梅先生唱。"姜先生，您来个保童。"——"哎好好好。"

姜先生有一次遇见了劫道的，就是琉璃厂西边北柳巷那儿。那是敌伪的时候。姜先生拿了"戏份儿"回家。那会儿唱戏都是当天开份儿。戏打住了，管事的就把份儿分好了。姜先生这天赶了两"包"，华乐和长安。冬天，他坐在洋车里，前面挂着棉布帘。"站住！把身上的钱都拿出来！"——他也不知道里面是谁。姜先生不慌不忙地下了车，从左边口袋里掏出一沓（钞票），从右边又掏出了一沓。"这是我今儿的戏份儿。这是华乐的，这是长安的。都在这儿，一个不少。您点点。"

那位不知点了没有。想来大概是没有。

在上海也遇见过那么一回。"站住，把身浪厢值钿（钱）格物事（东西）才（都）拿出来！"此公把姜先生身上搜刮一空，扬长而去。姜先生在后面喊：

"回来，回来！我这儿还有一块表哪，您要不要？"

事后，熟人问姜先生："您真是！他走都走了，您干吗还叫他回来？他把您什么都抄走了，您还问'我这儿还有一块表哪，您要不要'？"

姜妙香答道："他也不容易。"

姜先生有一次似乎是生气了。"文化大革命"，红卫兵上姜先生家去抄家，抄出一双尖头皮鞋，当场把鞋尖给他剁了。姜先生把这双剁了尖、张着大嘴的鞋放在一个显眼的地方。有人来的时候，就指指，摇头。

赞曰：

温柔敦厚，有何不好？

“文革”英雄，愧对此老。

贯盛吉

在京剧丑角里，贯盛吉的格调是比较高的。他的表演，自成一格，人称“贯派”。他的念白很特别，每一句话都是高起低收，好像一个孩子在被逼着去做他不情愿做的事情时的嘟囔。他是个“冷面小丑”，北京人所谓“绷着脸逗”。他并不存心逗人乐。他的“哏”是淡淡的，不是北京人所谓“胳肢人”，上海人所谓“硬滑稽”。他的笑料，在使人哄然一笑之后，还能想想，还能回味。有人问他：“你怎么这么逗呀？”他说：“我没有逗呀，我说的都是实话。”“说实话”是丑角艺术的不二法门。说实话而使人笑，才是一个真正的丑角。喜剧的灵魂，是生活，是真实。

不但在台上，在生活里，贯盛吉也是那么逗。临死了，还逗。

他死的时候，才四十岁，太可惜了。

他死于心脏病，病了很长时间。

家里人知道他的病治不了，已经为他准备了后事，买了“装裹”——即寿衣。他有一天叫家里人给他穿戴起来。都穿齐全了，说：“给我拿个镜子来。”

他照照镜子：“嗯，就这德行呀！”

有一天，他让家里给他请一个和尚，在他的面前给他放一台焰口。

他跟朋友说：“活着，听焰口，有谁这么干过没有？——没有。”

有一天，他很不好了，家里忙着，怕他今天过不去。

他瓮声瓮气地说：“你们别忙。今儿我不走。今儿外面下雨，我没有伞。”

一个人病危的时候还能保持生气盎然的幽默感，能够拿死来“开逗”，真是不容易。这是一个真正的丑角，一生一世都是丑角。

赞曰：

> 拿死开逗，滑稽之雄。
>
> 虽东方朔，无此优容。

郝寿臣

郝老受聘为北京市戏校校长。就职的那天，对学生讲话。他拿着秘书替他写好的稿子，讲了一气。讲到要知道旧社会的苦，才知道新社会的甜。旧社会的梨园行，不养小，不养老。多少艺人，唱了一辈子戏，临了是倒卧街头，冻饿而死。说到这里，郝校长非常激动，一手高举讲稿，一手指着讲稿，说：

“同学们！他说得真对呀！”

这件事，大家都当笑话传。细想一下，这有什么可笑呢？本来嘛，讲稿是秘书捉刀，这是明摆着的事。自己戳穿，有什么丢人？倒是“他说得真对呀”，才真是本人说出的一句实话。这没有什么可笑。这正是前辈的不可及处：老老实实，不装门面。

许多大干部作大报告，在台上手舞足蹈，口若悬河，其实都应该学学郝老，在适当的时候，用手指指秘书所拟讲稿，说：

“同志们！他说得真对呀！”

赞曰：

人为立言，己不居功。

老老实实，古道可风。

草巷口

过去，我们那里的民间常用燃料不是煤。除了炖鸡汤、熬药，也很少烧柴。平常煮饭、炒菜，都是烧草——烧芦柴。这种芦柴秆细而叶多，除了烧火，没有什么别的用处。草都是由乡下——主要是北乡用船运来，在大淖靠岸。要买草的，到岸边和草船上的人讲好价钱，卖草的即可把草用扁担挑了，送到这家，一担四捆，前两捆，后两捆，水桶粗细一捆，六七尺长。送到买草的人家，过了秤，直接送到堆草的屋里。给我们家过秤的是一个本家叔叔抡元二叔。他用一杆很大的秤约了分量，用一张草纸记上"苏州码子"。我是从抡元二叔的"草纸账"上才认识苏州码子的。现在大家都用阿拉伯数字，认识苏州码子的已经不多了。我们家后花园里有三间空屋，是堆草的。一次买草，数量很多，三间屋子装得满满的，可以烧很多时候。

从大淖往各家送草，都要经过一条巷子，因此这条巷子叫作草巷口。

草巷口在"东头街上"算是比较宽的巷子。像普通的巷子一样，是砖铺的——我们那里的街巷都是砖铺的，但有一点和别的巷子不同，是巷口嵌了一个相当大的旧麻石磨盘。这是为了省砖，废物利用，还是有别的什么原因，就不知道了。

磨盘的东边是一家油面店，西边是一个烟店。严格说，“草巷口”应该指的是油面店和烟店之间，即麻石磨盘所在处的“口”，但是大家把由此往北，直到大淖一带都叫作“草巷口”。

“油面店”，也叫“茶食店”，即卖糕点的铺子，店里所卖糕点也和别的茶食店差不多，无非是：兴化饼子、鸡蛋糕，兴化饼子带椒盐味，大概是从兴化传过来的；羊枣，也叫京果，分大小两种，小京果即北京的江米条，大京果似北京蓼花而稍小；八月十五前当然要做月饼。过年前做烽糖饼，像一个锅盖，烽糖饼是送礼用的；夏天早上做一种“潮糕”，米面蒸成，潮糕做成长长的一条，切开了一片一片是正方角，骨牌大小，但是切时断而不分，吃时一片一片揭开吃，潮糕有韧性，口感很好；夏天的下午做一种“酒香饼子”，发面，以糯米和面，烧熟，初出锅时酒香扑鼻。

吉陞的糕点多是零块地卖，如果买得多（是为了送礼的），则用苇篾编的“撇子”装好，一底一盖，中衬一张长方形的红纸，印黑字：

> 本店开设东大街草巷口坐北朝南惠顾诸君请认明吉陞字号庶不致误。

源昌烟店主要是卖旱烟，也卖水烟——皮丝烟。皮丝烟中有一种颜色是绿的，名曰“青条”，抽起来劲头很冲。一般烟店不卖这种烟。

源昌有一点和别家店铺不同。别的铺子过年初一到初五都不开门，破五以前是不做生意的。源昌却开了一半铺搭子门，靠东墙有一个卖“要货”的摊子。可能卖要货的和源昌老板是亲戚，所以留一块空地供他摆摊子。“要货”即卖给小孩子玩意儿:“捻捻转”“地嗡子”(陀螺)……卖得最多的是“洋泡”。一个薄薄橡皮做的小囊，上附小木嘴。吹气后就成了氢气球似的圆泡，撒手后，空气振动木嘴里的一个小哨，哇的一声。还卖一些小型的花炮，起火，“猫捉老鼠”……最便宜的是“滴滴金”——皮纸制成麦秆粗细的小管，填了一点硝药，点火后就会哧哧地喷出火星，故名“滴滴金”。

进巷口，过麻石磨盘，左手第一家是一家“茶炉子”。茶炉子是卖开水的，即上海人所说的“老虎灶”。店主名叫金大力。金大力只管挑水，烧茶炉子的是他的女人，茶炉子四角各有一口大汤罐，当中是火口，烧的是粗糠。一簸箕粗糠倒进火口，呼的一声，火头就蹿了上来，水马上呱呱地就开了。茶炉子卖水不收现钱，而是事前售出很多“茶筹子”——一个一个小竹片，上面用烙铁烙了字:“十文”“二十文”，来打开水的，交几个茶筹子就行。这大概是一种古制。

往前走两步，茶炉子斜对面，是一个澡堂子，不大。但是东街上只有这么一个澡堂子，这条街上要洗澡的只有上这家来。澡堂子在巷口往西的一面墙上钉了一个“人”字形小木棚，每晚在小棚下挂一个灯笼，算是澡堂的标志（不在澡堂的门口）。过年前在木棚下贴一条黄纸的告白，上写：

“正月初六日早有菊花香水。”

那就是说初一到初五澡堂子是不开业的。

为什么是“菊花香水”而不是兰花香水、桂花香水？我在这家澡堂洗过多次澡，从来没有闻到过“菊花香水”味儿，倒是一进去，就闻到一股浓重的澡堂子味儿。这种澡堂子味道，是很多人愿意闻的。他们一闻过味道，就觉得：这才是洗澡！

有些人烫了澡（他们不怕烫，不烫不过瘾），还得擦背、捏脚、修脚，这叫“全大套”。还要叫小伙计去叫一碗虾子猪油葱花面来，三扒两口吃掉。然后咕咚咕咚喝一壶浓茶，脑袋一歪，酣然睡去。洗了“全大套”的澡，吃一碗滚烫的虾子汤面，来一觉，真是“快活似神仙”。

由澡堂往北，不几步，是一个卖香烛的小店。这家小店只有一间门面。除香烛纸之外，卖“箱子”。苇秆为骨，外糊红纸。四角贴了“云头”。这是人家买去，内装纸钱，到冥祭时烧给亡魂的。小香烛店的老板（他也算是“老板”），人物猥琐，个儿矮小，而且是个“鼻子”，“鼻子”得非常厉害，说起话来瓮声瓮气，谁也听不清他说什么。他的媳妇可是一个很“刷括”（即干净利索）的小媳妇，她每天除了操持家务，做针线，就是糊“箱子”。一街的人都为这小媳妇感到很不平——嫁了这么个矮小个“鼻子”丈夫。但是她就是这样安安静静地过了好多年。

由香烛店往北走几步，就闻到一股骡粪的气味。这是一家碾坊。这家碾坊只有一头螺子（一般碾坊至少有两头骡子，轮流上套）。碾房是个老碾房。这头骡子也老了，看到这头老骡子低着脑袋吃力地拉着碾子，总叫人有些不忍心。骡子的颜色是豆沙色的，更显得没有精神。

碾坊斜对面有一排比较整齐高大的房子，是连万顺酱园的住家兼作坊。作坊主要制品是萝卜干，萝卜干揉盐之后，晾晒在门外的芦席上，过往行人，可以抓几个吃。新腌的萝卜干，味道很香。

再往北走，有几户人家。这几家的女人每天打芦席。她们盘腿坐着，压过的芦苇片在她们的手指间跳动着，延展着，一会儿工夫就能织出一片。

再往北还零零落落有几户人家。这几户人家都是干什么的，我就不知道了，我很少到那边去。

载一九九五年第一期《雨花》

难能最是得从容

千秋一净裘盛戎，
遗像宛然沐清风。
虎啸龙吟余事耳，
难能最是得从容。

裘盛戎幼年失学，文化不高，但是对艺术有特殊的禀赋。他的艺术感极好，对剧情、人物理解极深，反应极快，而且表现得非常准确。导演有什么要求，一点就破，和编剧、导演很默契。导过他的戏的导演都说：给盛戎导戏，很省事，不用“阐述、启发”这一套，几句话就行了。

《杜鹃山》（老本）有一场“打长工”，雷刚认为长工和地主是一回事，把长工打了，事后看到长工身上的伤痕，非常后悔。有这样两句唱：

他遍体伤痕都是豪绅罪证，
我怎能在他的旧伤痕上再加新伤痕！

唱腔是流水。练唱的时候我在旁边，说："老兄，你不能就这样'数'过去，得有个过程，得真看到伤痕，心里悔恨。"盛戎想了想说:"我再来来。"其实也很简单,他把"旧伤痕上"唱"散了",加了一个单音的弹拨乐小垫头，然后再回到原尺寸。这样，眼里、心里就都充满仇恨。在场听唱的，齐声说："好！就是这样！"《杜鹃山》有一稿有一场"烤番薯"。毒蛇胆在山下杀人放火,残害乡亲,雷刚受军纪约束，一时不能下山拯救百姓，心如火焚，按捺不住。

山上断粮,只能每人发一个番薯当饭。番薯在火里烤出了香味,勾起雷刚想起乡亲们多年对他的好处：

一块番薯掰两瓣，
曾受深恩三十年……

盛戎把两句压低了音量，唱得很"虚"，表现出雷刚对乡亲们的思念，既深且远。

盛戎善于运用音色、体形的变化塑造不同的人物。

他演的铫期端肃威重，俨然是一位坐镇一方的开国老臣。

一位王爷。他演的周处（《除三害》），把开氅往肩上一搭，倚里歪斜地就下了场了，完全是一个痞子，一个天桥耍胳膊的"杂不地"——这种不从程式而从生活出发塑造人物的方法在花脸里很少见。

盛戎的身体条件不太好,不像"十全大面"金少山那样的魁梧。

他比较瘦，但是也有他的优越条件：肩宽，腰细，扮戏很“受装”。他扮出来的《盗御马》的窦尔墩，箭衣板平。这样的箭衣装当得起北京人爱说的一个字：帅。

裘派装是很讲究的。盛戎有一件平金白蟒，全用金线，绣的是一条整龙。这件一条龙的平金绣蟒真是美极了——当然也得看是什么人穿。补自己的缺陷。他一般不演曹操，因为曹操的盔头压得低，更显得演员脸小。盛戎勾脸的特点是干净、细致，每一笔都有起落，有交代。铫期的眉子是略有深浅的，不是简单两个圆形的黑点子。包拯两颊揉红，恰到好处，不像有些唱花脸的演员把脸画成了两个大海茄子。即便是窦尔敦的花三块瓦，也是清清楚楚，一笔是一笔，不让人有“乱七八糟”之感。他弥补脸形的诀窍是以神带形，首先要表现出人物的品格气质，这样本来是一般化的脸谱就有了不一般的表情。他演的铫期，透过眼窝还能充分表现出眼神，并且眼神的内涵很丰富。

盛戎的戏也有节奏较快的，如《盗御马》，但是快而不乱。一般人物都演得很从容，不火爆，不论是什么性格，都有一种发自于中的儒雅，即一般常说的“书卷气”。这就提高了人物品格，增加了人物的深度。花脸而有书卷气，此裘派之所以为裘派，这是寻常花脸所达不到的。

盛戎不大爱活动。他常出来遛个小弯，从西河沿到虎坊桥，脚步较慢，不慌不忙，潇潇洒洒。除了看看报，给儿子拉胡琴吊嗓子，教徒弟，做身段示范，大部分时间盘膝坐在床上一个人琢磨戏。晚年特别重视气口。他说：花脸一句唱得用多少气？年轻时凭火力壮，现在上了岁数，得在气口上下功夫。他精研气口，深有心得。比如，《智取威虎山》李勇奇唱的“扫平那威虎山我一马当先”，一般花脸都唱成“一马——当先”，盛戎说，叫我，我唱成这样：“我一马当——先”，“当”字唱上面，和“一马当”一口气，然后换气，再单独唱“先”，这样“先”字气才显足。他很欣赏《智取威虎山》“同志们语重心长”的“长”字唱断，不拖泥带水。他是唱花脸的，但对程派兴趣很大，认为花脸运腔，可以参考。

盛戎在台上，在平常生活里，都从容不迫，他走得可是过于匆匆了。他去世时才五十六岁，活到今天，也只是八十岁，本来可以留下更多的东西，现在只搜集到不多的图片，可供后人凝眸怀想，是可悲也。

一九九五年九月二日

国子监

为了写国子监，我到国子监去逛了一趟，不得要领。从首都图书馆抱了几十本书回来，看了几天，看得眼花气闷，而所得不多。后来，我去找了一个“老”朋友聊了两个晚上，倒像是明白了不少事情。我这朋友世代在国子监当差，“侍候”过翁同龢、陆润庠、王垿等祭酒，给新科状元打过“状元及第”的旗，国子监生人，今年七十三岁，姓董。

国子监，就是从前的大学。

这个地方原先是什么样子，没法知道了（也许是一片荒郊）。立为国子监，是在元代迁都大都以后，至元二十四年（1287 年），距今已七百年。

元代的遗迹，已经难于查考。给这段时间做证的，有两棵老树：一棵槐树，一棵柏树。一在彝伦堂前，一在大成殿阶下。据说，这都是元朝的第一任国立大学校长——国子监祭酒许衡手植的。柏树至今仍颇顽健，老干横枝，婆娑弄碧，看样子还能再活个几百年。那棵槐树，约有北方常用二号洗衣绿盆粗细，稀稀疏疏地披着几根细瘦的枝条，干枯僵直，全无一点生气，已经老得不成样子了，很难断定它是否还活着。传说它老早就已经死过一次,死了几十年,有一年不知道怎么又活了。这是乾隆年间的事，这年正赶上是慈宁太后的六十“万寿”,嗬,这是大喜事！于是皇上、大臣赋诗作记,还给老槐树画了像,全都刻在石头上,着实热闹了一通。这些石碑,至今犹在。

国子监是学校，除了一些大树和石碑之外，主要的是一些作为大学校舍的建筑。这些建筑的规模大概是明朝的永乐所创建的（大体依据洪武帝在南京所创立的国子监，而规模似不如原来之大),清朝又改建或修改过。其中修建最多的，是那位站在大清帝国极盛的峰顶，喜武功亦好文事的乾隆。

一进国子监的大门——集贤门，是一个黄色琉璃牌楼。牌楼之里是一座十分庞大华丽的建筑。这就是辟雍。这是国子监最中心、最突出的一个建筑。这就是乾隆所创建的。辟雍者，天子之学也。天子之学，到底该是个什么样子，从汉朝以来就众说纷纭，谁也弄不清楚。照现在看起来，是在平地上开出一个正圆的池子，当中留出一块四方的陆地,上面盖起一座十分宏大的四方的大殿,重檐,有两层廊柱，盖黄色琉璃瓦，安一个巨大的镏金顶子，梁柱檐饰，皆朱漆描金，透刻敷彩，看起来像一顶大花轿子似的。辟雍殿四面开门，可以洞启。池上围以白石栏杆，四面有石桥通达。这样的格局是有许多讲究的，这里不必说它。辟雍，是乾隆以前的皇帝就想到要建筑的，但都因为没有水而作罢了（据说天子之学必得有水）。到了乾隆，气魄果然要大些，认为“北京为天下都会，教化所先也，大典阙如，非所以崇儒重道，古与稽而今与居也”(《御制国学新建辟雍圆水工成碑记》)。没有水，那有什么关系！下令打了四口井，从井里把水汲上来，从暗道里注入，通过四个龙头（螭首），喷到白石砌就的水池里，于是石池中涵空照影，泛着潋滟的波光了。二八月里，祀孔释奠之后，乾隆来了。前面钟楼里撞钟，鼓楼里擂鼓，殿前四个大香炉里烧着檀香，他走入讲台，坐上宝座，讲《大学》或《孝经》一章，叫王公大臣和国子监的学生跪在石池的桥边听着，这个盛典，叫作“临雍”。

这“临雍”的盛典，嘉庆、道光年间，似乎还举行过，到了光绪年间，据我那朋友老董说，就根本没有这档子事了。大殿里一年难得打扫两回，月牙河（老董管辟雍殿四边的池子叫作四个“月牙河”）里整年是干的，只有在夏天大雨之后，各处的雨水一齐奔到这里面来。这水是死水，那光景是不难想象的。

然而辟雍殿确实是个美丽的、独特的建筑。北京有名的建筑，除了天安门、天坛祈年殿那个蓝色的圆顶、九梁十八柱的故宫角楼，应该数到这顶四方的大花轿。

辟雍之后，正面一间大厅，是彝伦堂，是校长——祭酒和教务长——司业办公的地方。此外有“四厅六堂”，敬一亭，东厢西厢。四厅是教职员办公室。六堂本来应该是教室，但清朝另于国子监斜对门盖了一些房子作为学生住宿进修之所，叫作“南学”（北方戏文动辄说“到南学去攻书”，指的即是这个地方），六堂作为考场时似更多些。学生的月考、季考在此举行，每科的乡会试也要先在这里考一天，然后才能到贡院下场。

六堂之中原来排列着一套世界上最重的书，这书一页有三四尺宽，七八尺长，一尺许厚，重不知几千斤。这是一套石刻的十三经，是一个老书生蒋衡一手写出来的。据老董说，这是他默出来的！他把这套书献给皇帝，皇帝接受了。刻在国子监中，作为重要的装点。这皇帝，就是高宗纯皇帝乾隆陛下。

国子监碑刻甚多，数量最多的，便是蒋衡所写的经。

著名的，旧称有赵松雪临写的“黄庭”“乐毅”“兰亭定武本”；颜鲁公“争座位”，这几块碑不晓得现在还在不在，我这回未暇查考。不过我觉得最有意思、最值得一看的是明太祖训示太学生的一通敕谕：

恁学生每听着：先前那宗讷做祭酒呵，学规好生严肃，秀才每循规蹈矩，都肯向学，所以教出来的个个中用，朝廷好生得人。后来他善终了，以礼送他回乡安葬，沿路上著有司官祭他。

近年著那老秀才每做祭酒呵，他每都怀着异心，不肯教诲，把宗讷的学规都改坏了，所以生徒全不务学，用著他呵，好生坏事。

如今著那年纪小的秀才官人每来署学事，他定的学规，恁每当依著行。敢有抗拒不服，撒泼皮，违犯学规的，若祭酒来奏著恁呵，都不饶！全家发向烟瘴地面去，或充军，或充吏，或做首领官。

今后学规严紧，若有无籍之徒，敢有似前帖没头帖子，诽谤师长的，许诸人出首，或绑缚将来，赏大银两个。若先前贴了票子，有知道的，或出首，或绑缚将来呵，也一般赏他大银两个。将那犯人凌迟了，枭令在监前，全家抄没，人口发往烟瘴地面。钦此！

这里面有一个血淋淋的故事：明太祖为了要“人才”，对于办学校非常热心。他的办学的政策只有一个字：严。他所委任的第一任国子监祭酒宗讷，就秉承他的意旨，定出许多规条。待学生非常地残酷,学生曾有饿死吊死的。学生受不了这样的迫害和饥饿，曾经闹过两次学潮。第二次学潮起事的是学生赵麟，出了一张壁报（没头帖子）。太祖闻之，龙颜大怒，把赵麟杀了，并在国子监立一长竿,把他的脑袋挂在上面示众(照明太祖的语言,是“枭令”)。隔了十年，他还忘不了这件事，有一天又召集全体教职员和学生训话。碑上所刻，就是训话的原文。

这些本来是发生在南京国子监的事，怎么北京的国子监也有这么一块碑呢？想必是永乐皇帝觉得他老大人的这通话训得十分精彩，应该垂之久远，所以特在北京又刻了一个复本。是的，这值得一看。他的这篇白话训词比历朝皇帝的“崇儒重道”之类的话都要真实得多，有力得多。

这块碑在国子监仪门外侧右手，很容易找到。碑分上下两截。下截是对工役膳夫的规矩,那更不得了:“打五十竹篦”！“处斩”！“割了脚筋”……

历代皇帝虽然都似乎颇为重视国子监，不断地定立了许多学规，但不知道为什么，国子监出的人才并不是那样的多。

《戴斗夜谈》一书中说，北京人已把国子监打入“十可笑”之列：

京师相传有十可笑：光禄寺茶汤，太医院药方，神乐观祈禳，武库司刀枪，营缮司作场，养济院衣粮，教坊司婆娘，都察院宪纲，国子监学堂，翰林院文章。

国子监的课业历来似颇为稀松。学生主要的功课是读书、写字、作文。国子监学生——监生的肄业、待遇情况各时期都有变革。到清朝末年，据老董说，是每隔六日作一次文，每一年转堂（升级）一次，六年毕业，学生每月领助学金（膏火）八两。学生毕业之后，大部分发作为县级干部，或为县长（知县)、副县长（县丞)，或为教育科长（训导)。另外还有一种特殊的用途，是调到中央去写字（清朝有一个时期光禄寺的面袋都是国子监学生的仿纸做的)。从明朝起就有调国子监善书学生去抄录《实录》的例。明朝的一部大丛书《永乐大典》,清朝的一部更大的丛书《四库全书》的底稿，那里面的端正严谨（也毫无个性）的馆阁体楷书，有些就是出自国子监高才生的手笔。这种工作，叫作“在誊桌上行走”。

国子监监生的身份不十分为人所看重。从明景泰帝开生员纳粟纳马入监之例以后，国子监的门槛就低了。尔后捐监之风大开，监生就更不值钱了。

国子监是个清高的学府，国子监祭酒是个清贵的官员——京官中，四品而掌印的，只有这么一个。做祭酒的，生活实在颇为清闲，每月只逢六逢一上班，去了之后，当差的在门口喝一声短道，沏上一碗盖碗茶，他到彝伦堂上坐了一阵，给学生出题目，看看卷子；初一、十五带着学生上大成殿磕头，此外简直没有什么事情。清朝时他们还有两桩特殊任务：一是每年十月初一，率领属官到午门去领来年的皇历；一是遇到日食、月食，穿了素服到礼部和太常寺去“救护”，但领皇历一年只一次，日食、月食，更是难得碰到的事。戴璐《藤阴杂记》说此官“清简恬静”，这几个字是下得很恰当的。

但是，一般做官的似乎都对这个差事不大发生兴趣。朝廷似乎也知道这种心理，所以，除了特殊例外，祭酒不上三年就会迁调。这是为什么？因为这个差事没有油水。

查清朝的旧例，祭酒每月的俸银是一百零五两，一年一千二百六十两，外加办公费每月三两，一年三十六两，加在一起，实在不算多。国子监一没人打官司告状，二没有盐税河工可以承揽，没有什么外快。但是毕竟能够养住上上下下的堂官皂役的，赖有相当稳定的银子，这就是每年捐监的手续费。

据朋友老董说，纳监的监生除了要向吏部交一笔钱，领取一张“护照”外，还需向国子监交钱领“监照”——就是大学毕业证书。照例一张监照，交银一两七钱。国子监旧例，积银二百八十两，算一个“字”。按“千字文”数，有一个字算一个字，平均每年约收入五百字上下。我算了算，每年国子监收入的监照银约有十四万两，即每年有八十二三万不经过入学和考试只花钱向国家买证书而取得大学毕业资格——监生的人。原来这是一种比乌鸦还要多的东西！这十四万两银子照国家的规定是不上缴的，由国子监官吏皂役按份摊分，祭酒每一字分十两，那么一年约可收入五千银子，比他的正薪要多得多。其余司业以下各有差。据老董说，连他一个“字”也分五钱八分，一年也从这一项上收入二百八九十两银子！

老董说，国子监还有许多定例。比如，像他，是典籍厅的刷印匠，管给学生“做卷”——印制作文用的红格本子，这事包给了他，每月例领十三两银子。他父亲在时还会这宗手艺，到他时则根本没有学过，只是到大栅栏口买一刀毛边纸，拿到琉璃厂找铺子去印，成本共花三两，剩下十两，是他的。所以，老董说，那年头，手里的钱花不清——烩鸭条才一吊四百钱一卖！至于那几位“堂皂”，就更不得了了！单是每科给应考的举子包“枪手”（这事值得专写一文），就是一笔大财。那时候，当差的都兴喝黄酒，街头巷尾都是黄酒馆，跟茶馆似的，就是专为当差的预备着的。所以，像国子监的差事也都是世袭。这是一宗产业，可以卖，也可以顶出去！

老董的记性极好，我的复述倘无错误，这实在是一宗未见载录的珍贵史料。我所以不惮其烦地缕写出来，用意是在告诉比我更年轻的人，封建时代的经济、财政、人事制度，是一个多么古怪的东西！

国子监，现在已经作为首都图书馆的馆址了。首都图书馆的老底子是头发胡同的北京市图书馆，即原先的通俗图书馆——由于鲁迅先生的倡议而成立，鲁迅先生曾经襄赞其事，并捐赠过书籍的图书馆；前曾移到天坛，因为天坛地点逼仄，又挪到这里了。首都图书馆藏书除原头发胡同的和四九年后新买的以外，主要为原来孔德学校和法文图书馆的藏书。其中最具特色，在国内搜藏较富的，是鼓词俗曲。

原载一九五七年三月号《北京文艺》

我的祖父祖母

我的祖父名嘉勋，字铭甫。他的本名我只在名帖上见过。我们那里有个风俗，大年初一，多数店铺要把东家的名帖投到常有来往的别家店铺。初一，店铺是不开门的，都是天不亮由门缝里插进去。名帖是前两天由店铺的“相公”（学生）在一张一张八寸长、五寸宽的大红纸上用一个木头戳子蘸了墨汁盖上去的，楷书，字有核桃大。我有时也愿意盖几张。盖名帖使人感到年就到了。我盖一张，总要端详一下那三个乌黑的欧体正字：汪嘉勋，好像对这三个字很有感情。

祖父中过拔贡，是前清末科，从那以后就废科举改学堂了。他没有能考取更高的功名，大概是终身遗憾的。拔贡是要文章写得好的。听我父亲说，祖父的那份墨卷是出名的，那种章法叫作“夹凤股”。我不知道是该叫“夹凤”还是“夹缝”，当然更不知道是如何一种“夹”法。拔贡是做不了官的。功名道断。他就在家经营自己的产业。他是个创业的人。

我们家原是徽州人（据说全国姓汪的原来都是徽州人），迁居高邮，从我祖父往上数，才七代。祠堂里的祖宗牌位没有多少块。

高邮汪家上几代功名似都不过举人，所做的官也只是“教谕”“训导”之类的“学官”，因此，在邑中不算望族。我的曾祖父曾在外地坐过馆，后来做“盐票”亏了本。“盐票”亦称“盐引”，是包给商人销售官盐的执照，大概是近似股票之类的东西，我也弄不清做盐票怎么就会亏了，甚至把家产都赔尽了。听我父亲说，我们后来的家业是祖父几乎赤手空拳地创出来的。

创业不外两途：置田地，开店铺。

祖父手里有多少田，我一直不清楚。印象中大概在两千多亩，这是个不小的数目。但他的田好田不多。一部分在北乡。北乡田瘦，有的只能长草，谓之“草田”。年轻时他是亲自管田的，常常下乡。后来请人代管，田地上的事就不再过问。我们那里有一种人，专替大户人家管田产，叫作“田禾先生”。看青（估产）、收租、完粮、丈地……这也是一套学问。田禾先生大都是世代相传的。我们家的田禾先生姓龙，我们叫他龙先生。他给我留下颇深的印象，是因为他骑驴。我们那里的驴一般都是牵磨用，极少用来乘骑。龙先生的家不在城里，在五里坝。他每逢进城办事或到别的乡下去，都是骑驴。他的驴拴在檐下，我爱喂它吃粽子叶。龙先生总是关照我把包粽子的麻筋捡干净，说驴吃了会把肠子缠住。

祖父所开的店铺主要是两家药店，一家万全堂，在北市口；一家保全堂，在东大街。这两家药店过年贴的春联是祖父自撰的。万全堂是“万花仙掌露；全树上林春”，保全堂是“保我黎民；全登寿域”。祖父的药店信誉很好，他坚持必须卖“地道药材”。药店一般倒都不卖假药，但是常常不很地道。尤其是丸散，常言“神仙难识丸散”，连做药店的内行都不能分辨这里该用的贵重药料，麝香、珍珠、冰片之类是不是上色足量。万全堂的制药的过道上挂着一副金字对联：“修合虽无人见；存心自有天知”，并非虚语。我们县里有几个门面辉煌的大药店，店里的店员生了病，配方抓药，都不在本店，叫家里人到万全堂抓。祖父并不到店问事，一切都交给“管事”（经理）。只到每年腊月二十四，由两位管事挟了总账，到家里来，向祖父报告一年营业情况。因为信誉好，盈利是有保证的。我常到两处药店去玩，尤其是保全堂，几乎每天都去。我熟悉一些中药的加工过程，熟悉药材的形状、颜色、气味。有时也参加搓“梧桐子大”的蜜丸，碾药，摊膏药。保全堂的“管事”“同事”（配药的店员）、“相公”（学生意未满师的）跟我关系很好。他们对我有一个很亲切的称呼，不叫我的名字，叫“黑少”——我小名叫黑子。我这辈子没有别人这样称呼过我。我的小说《异秉》写的就是保全堂的生活。

祖父是很有名的眼科医生。汪家世代都是看眼科的。他有一球眼药，有一个柚子大，黑咕隆咚的。祖父给人看了眼，开了方子，祖母就用一把大剪子从黑柚子的窟窿抠出耳屎大一小块，用纸包了交给病人，嘱咐病人用清水化开，用灯草点在眼里。这一球眼药不知道有多少年头了，据说很灵。祖父为人看眼病是不收钱也不受礼的。

中年以后，家道渐丰，但是祖父生活俭朴，自奉甚薄。他爱喝一点好茶，西湖龙井。饭食很简单。他总是一个人吃，在堂屋一侧放一张“马杌”——较大的方凳，便是他的餐桌。坐小板凳。他爱吃长鱼（鳝鱼）汤下面。面下在白汤里，汤里的长鱼捞出来便是酒菜——他每顿用一个五彩釉画公鸡的茶盅喝一盅酒。没有长鱼，就用咸鸭蛋下酒。一个咸鸭蛋吃两顿。上顿吃一半，把蛋壳上掏蛋黄蛋白的小口用一块小纸封起来，下顿再吃。他的马杌上从来没有第二样菜。喝了酒，常在房里大声背唐诗："李白斗酒诗百篇，长安市上酒家眠。天子呼来不上船，自称臣是酒……中……仙……"汪铭甫的俭省，在我们县是有名的。

但是他曾有一个时期舍得花钱买古董字画。他有一套商代的彝鼎，是祭器。不大，但都有铭文。难得的是五件能配成一套。我们县里有钱人家办丧事，六七开吊，常来借去在供桌上摆一天。有一个大霁红花瓶，高可四尺，是明代物。1986 年我回乡时，我的妹婿问我："人家都说汪家有个大霁红花瓶，是有过吗？"我说："有过！"我小时天天看见，放在"老爷柜"（神案）上，不过我们并不觉得它有什么名贵，和老爷柜上的锡香炉烛台同等看待之。他有一个奇怪古董：浑天仪。不是陈列在南京紫金山天文台和北京观象台的那种大家伙，只是一个直径约四寸的铜的溜圆的圆球，上面有许多星星，下面有一个把，安在紫檀木座上。就放在他床前的小条桌上。我曾趴在桌上细细地看过，没有什么好看。是明代御造的。其珍贵处在一次一共只造了几个。祖父不知是从哪里买来的。他还为此起了一个斋名"浑天仪室"，让我父亲刻了一块长方形的图章。他有几张好画。有四幅马远的小屏条。他曾为这四张画亲自到苏州去，请有名的细木匠做了檀木框，把画嵌在里面。对这四幅画的真伪，我有点怀疑，画的构图颇满，不像"马一角"。

但“年份”是很旧的。有一个高约八尺的绢地大中堂，画的是“报喜图”。一棵很大的柏树，树上有十多只喜鹊，下面卧着一头豹子。作者是吕纪。我小时候不知吕纪是何许人，只觉得画得很像，豹子的毛是一根一根都画出来的，真亏他有那么多工夫！这几幅画平常是不让人见的，只在他六十大寿时拿出来挂过。同时挂出来的字画，我记得有郑板桥的六尺大横幅，纸本，画的是兰花；陈曼生的隶书对联；汪琬的楷书对联。我对汪琬的对子很有兴趣，字很端秀，尤其是对子的纸，真好看，豆绿色的蜡笺。他有很多字帖，是一次从夏家买下来的。夏家是百年以上的大家，号“十八鹤来堂夏家”（据说堂建成时有十八只仙鹤飞来）。夏家的房屋极多而大，花园里有合抱的大桂花，有曲沼流泉，人称“夏家花园”。后来败落了，就出卖藏书字画。祖父把几箱字帖都买了。我小时候写的《圭峰碑》《闲邪公家传》，以及后来奖励给我的虞世南的《夫子庙堂碑》、褚遂良的《圣教序》、小字《麻姑仙坛》，都是初拓本，原是夏家的东西。祖父有两件宝。一是一块蕉叶白大端砚。据我父亲说，颜色正如芭蕉叶的背面。是夏之蓉的旧物。一是《云麾将军碑》，据说是个很早的拓本，海内无二，这两样东西祖父视为性命，每遇“兵荒”，就叫我父亲首先用油布包了埋起来。这两件宝物，我都没有看见过。解放后还在，现在不知下落。

我弄不清祖父的“思想”是怎么回事。他是幼读孔孟之书的，思想的基础当然是儒家。他是学佛的，在教我读《论语》的桌上有一函《南无妙法莲华经》。他是印光法师的弟子。他屋里的桌上放的两部书，一部是顾炎武的《日知录》；另一部是《红楼梦》！

更不可理解的是，他订了一份杂志：邹韬奋编的《生活周刊》。

我的祖父本来是有点浪漫主义气质，诗人气质的，只是因为所处的环境，使他的个性不可能得到发展。有一年，为了避乱，他和我父亲这一房住在乡下一个小庙里，即我的小说《受戒》所写的菩提庵里，就住在小说所写“一花一世界”那间小屋里。这样他就常常让我陪他说说闲话。有一天，他喝了酒，忽然说起年轻时的一段风流韵事，说得老泪纵横。我没怎么听明白，又不敢问个究竟。后来我问父亲：“是有那么一回事吗？”父亲说：“有！是一个什么大官的姨太太。”老人家不知为什么要跟他的孙子说起他的艳遇，大概他的尘封的感情也需要宣泄宣泄吧。因此我觉得我的祖父是个人。

我的祖母是谈人格的女儿。谈人格是同、光间本县最有名的诗人，一县人都叫他“谈四太爷”。我的小说《徙》里所写的谈甓渔就是参照一些关于他的传说写的。他的诗我在小说《故里杂记·李三》的附注里引用过一首《警火》。后来又读了友人从旧县志里抄出寄来的几首。他的诗明白晓畅，是“元和体”，所写多与治水、修坝、筑堤有关，是“为事而发”，属闲适一类者较少。看来他是一个关心世务的明白人，县人所传关于他的糊涂放诞的故事不怎么可靠。

祖母是个很勤劳的人，一年四季不闲着。做酱。我们家吃的酱油都不到外面去买。把酱豆瓣加水熬透，用一个牛腿似的布兜子“吊”起来，酱油就不断由布兜的末端一滴一滴滴在盆里。这“酱油兜子”就挂在祖母所住房外的廊檐上。逢年过节，有客人，都是她亲自下厨。她做的鱼圆非常嫩。上坟祭祖的祭菜都是她做的。端午，包粽子。中秋洗“连枝藕”——藕得有五节，极肥白，是供月亮用的。做糟鱼。糟鱼烧肉，我小时候不爱吃那种味儿，现在想起来是很好吃的东西。腌咸蛋。入冬，腌菜。腌“大咸菜”，用一个能容五担水的大缸腌“青菜”。我的家乡原来没有大白菜，只有青菜,似油菜而大得多。腌芥菜。腌“辣菜”——小白菜晾去水分，入芥末同腌,过年时开坛,色如淡金,辣味冲鼻,极香美。自离家乡，我从来没吃过这么好吃的咸菜。风鸡——大公鸡不去毛,揉入粗盐，外包荷叶，悬之于通风处，约二十日即得，久则愈佳。除夕，要吃一顿“团圆饭”，祖父与儿孙同桌。团圆饭必有一道鸭羹汤，鸭丁与山药丁、慈姑丁同煮。这是徽州菜。大年初一，祖母头一个起来，包“大圆子”，即汤团。我们家的大圆子特别“油”。圆子馅儿前十天就以洗沙猪油拌好，每天放在饭锅头蒸一次，油都“吃”进洗沙里去了，煮出，咬破，满嘴油。这样的圆子我最多能吃四个。

祖母的针线很好。祖父的衣裳鞋袜都是她缝制的。祖父六十岁时，祖母给他做了几双“挖云子”的鞋——黑呢鞋面上挖出“云子”，内衬大红薄呢里子。这种鞋我只在戏台上和古画上见过。老太爷穿上，高兴得像个孩子。祖母还会剪花样。我的小说《受戒》写小英子的妈赵大娘会剪花样，这细节是从我祖母身上借去的。

祖母对祖父照料得非常周到。每天晚上用一个“五更鸡”（一种点油的极小的炉子）给他炖大枣。祖父想吃点甜的，又没有牙，祖母就给他做花生酥——花生用饼槌碾细，掺绵白糖，在一个针箍子（即顶针）里压成一个个小圆糖饼。

祖母是吃长斋的。有一年祖父生了一场大病。她在佛前许愿，从此吃了长斋。她吃的菜离不了豆腐、面筋、皮子（豆腐皮）……她的素菜里最好吃的是香蕈饺子。香蕈（即冬菇）熬汤，荠菜馅儿包小饺子，油炸后倾入滚汤中，刺啦一声。这道菜她一生中也没有吃过几次。

她没有休息的时候。没事时也总在捻麻线。一个牛拐骨，上面有个小铁钩，续入麻丝后，用手一转牛拐，就捻成了麻线。我不知道她捻那么多麻线干什么，肯定是用不完的。小时候读归有光的《先妣事略》:“孺人不忧米盐，乃劳苦若不谋夕”，觉得我的祖母就是这样的人。

祖母很喜欢我。夏天晚上，我们在天井里乘凉，她有时会摸着黑走过来，躺在竹床上给我“说古话”（讲故事）。有时她唱“偈”，声音哑哑的：“观音老母站桥头……”这是我听她唱过的唯一的“歌”。

1991 年 10 月，我回了一趟家乡，我的妹妹、弟弟说我长得像祖母。他们拿出一张祖母的六寸相片，我一看，是像，尤其是鼻子以下，两腮，嘴，都像。我年轻时没有人说过我像祖母。大概年轻时不像，现在，我老了，像了。

一九九一年一月二十二日

原载一九九二年第四期《作家》

谈幽默

《容斋随笔》载：关中无螃蟹。有人收得干蟹一只，有生疟疾的，就借去挂在门上，疟鬼（旧以为疟疾是疟鬼作祟）见了，不知是什么东西，就吓得退走了。《梦溪笔谈》云：“不但人不识，鬼亦不识。”沈存中此语极幽默。

元宵节，司马温公的夫人要出去看灯，温公不同意，说自己家里有灯，何必到外面去看。夫人云：“兼欲看人”，温公云：“某是鬼耶？”司马温公胡搅蛮缠，很可爱。我一直以为司马先生是个很古怪的人，没想到他还挺会幽默。想来温公的家庭生活是挺有趣的。

齐白石曾为荣宝斋画笺纸，一朵淡蓝的牵牛花，几片叶子，题了两行字：“梅畹华家牵牛花碗大，人谓外人种也，余画其最小者。”此老极风趣幽默。寻常画家，哪得有此。此是齐白石较寻常画家高处。

小时候看《济公传》：县官王老爷派两个轿夫抬着一乘轿子去接济公到衙门里来给太夫人看病。济公说他坐不来轿子，从来不坐轿子，他要自己走了去。轿夫说：“你不坐，我们回去没法交代。”济公说：“那这样，你们把轿底打掉，你们在外面抬，我在里面走。”

轿夫只得依他。两个轿夫抬着空轿。轿子下面露着济公两只穿了破鞋的脚，合着轿夫的节奏啪嗒啪嗒地走着。实在叫人发噱。济公很幽默，编写《济公传》的民间艺人很幽默。

什么是幽默？

人世间有许多事，想一想，觉得很有意思。有时一个人坐着，想一想，觉得很有意思，会噗噗笑出声来。把这样的事记下来或说出来，便挺幽默。

《辞海》幽默条云：

> 英文 humour 的音译。通过影射、讽喻、双关等修辞手法，在善意的微笑中，揭露生活中乖讹和不通情理之处。

这话说得太死。只有“在善意的微笑中”却是可以同意的。富于幽默感的人大都存有善意，常在微笑中。左派恶人，不懂幽默。

载一九九三年《大众生活》创刊号

星斗其文，赤子其人

沈先生逝世后，傅汉斯、张充和从美国电传来一副挽词。字是晋人小楷，一看就知道是张充和写的。词想必也是她拟的。只有四句：

不折不从　亦慈亦让
星斗其文　赤子其人

这是嵌字格，但是非常贴切，把沈先生的一生概括得很全面。这位四妹对三姐夫沈二哥真是非常了解——荒芜同志编了一本《我所认识的沈从文》，写得最好的一篇，我以为也应该是张充和写的《三姐夫沈二哥》。

沈先生的血管里有少数民族的血液。他在填履历表时，“民族”一栏里填土家族或苗族都可以，可以由他自由选择。湘西有少数民族血统的人大都有一股蛮劲、狠劲，做什么都要做出一个名堂。黄永玉就是这样的人。沈先生瘦瘦小小（晚年发胖了），但是有用不完的精力。他小时是个顽童，爱游泳（他叫“游水”）。进城后好像就不游了。三姐(师母张兆和)很想看他游一次泳,但是没有看到。我当然更没有看到过。他少年当兵，漂泊转徙，很少连续几晚睡在同一张床上。吃的东西，最好的不过是切成四方的大块猪肉（煮在豆芽菜汤里）。行军、拉船，锻炼出一副极富耐力的体魄。二十岁冒冒失失地闯到北平来，举目无亲。连标点符号都不会用，就想用手中一支笔打出一个天下。经常为弄不到一点东西“消化消化”而发愁。冬天屋里生不起火，用被子围起来，还是不停地写。我1946年到上海，因为找不到职业，情绪很坏，他写信把我大骂了一顿，说:“为了一时的困难，就这样哭哭啼啼的，甚至想到要自杀，真是没出息！你手中有一支笔，怕什么！”他在信里说了一些他刚到北京时的情形——同时又叫三姐从苏州写了一封很长的信安慰我。他真的用一支笔打出了一个天下了。一个只读过小学的人，竟成了一个大作家，而且积累了那么多的学问，真是一个奇迹。

沈先生很爱用一个别人不常用的词:“耐烦。”他说自己不是天才（他应当算是个天才），只是耐烦。他对别人的称赞，也常说“要算耐烦”。看见儿子小虎搞机床设计时，说“要算耐烦”。看见孙女小红做作业时，也说“要算耐烦”。他的“耐烦”，意思就是锲而不舍,不怕费劲。一个时期,沈先生每个月都要发表几篇小说,每年都要出几本书，被称为“多产作家”，但是写东西不是很快的，从来不是一挥而就。他年轻时常常夜以继日地写。他常流鼻血。血液凝聚力差,一流起来不易止住,很怕人。有时夜间写作,竟致晕倒,伏在自己的一摊鼻血里，第二天才被人发现。我就亲眼看到过他的带有鼻血痕迹的手稿。他后来还常流鼻血，不过不那么厉害了。

他自己知道，并不惊慌。很奇怪，他连续感冒几天，一流鼻血，感冒就好了。他的作品看起来很轻松自如，若不经意，但都是苦心刻琢出来的。《边城》一共不到七万字，他告诉我，写了半年。他这篇小说是《国闻周报》上连载的，每期一章。小说共二十一章，21×7=147，我算了算，差不多正是半年。这篇东西是他新婚之后写的，那时他住在达子营。巴金住在他那里。他们每天写，巴老在屋里写，沈先生搬个小桌子，在院子里树荫下写。巴老写了一个长篇，沈先生写了《边城》。他称他的小说为“习作”，并不完全是谦虚。有些小说是为了教创作课给学生示范而写的，因此试验了各种方法。为了教学生写对话，有的小说通篇都用对话组成，如《若墨医生》；有的，一句对话也没有。《月下小景》确是为了履行许给张家小五的诺言“写故事给你看”而写的。同时，当然是为了试验一下“讲故事”的方法（这一组“故事”明显地看得出受了《十日谈》和《一千零一夜》的影响）。同时，也为了试验一下把六朝译经和口语结合的文体。这种试验，后来形成一种他自己说是“文白夹杂”的独特的沈从文体，在20世纪40年代的文字（如《烛虚》）中尤为成熟。他的亲戚，语言学家周有光曾说“你的语言是古英语”，甚至是拉丁文。沈先生讲创作，不大爱说“结构”，他说是“组织”。我也比较喜欢“组织”这个词。“结构”过于理智，“组织”更带感情，较多作者的主观。他曾把一篇小说一条一条地裁开，用不同方法组织，看看哪一种形式更为合适。沈先生爱改自己的文章。他的原稿，一改再改，天头地脚页边，都是修改的字迹，蜘蛛网似的，这里牵出一条，那里牵出一条。作品发表了，改。成书了，改。看到自己的文章，总要改。有时改了多次，反而不如原来的，以致三姐后来不许他改了（三姐是沈先生文集的一个极其细心，极其认真的义务责任编辑）。沈先生的作品写得最快、最顺畅，改得最少的，只有一本《从文自传》。这本自传没有经过冥思苦想，只用了三个星期，一气呵成。

他不大用稿纸写作。在昆明写东西，是用毛笔写在当地出产的竹纸上的，自己折出印子。他也用钢笔，蘸水钢笔。他抓钢笔的手势有点像抓毛笔（这一点可以证明他不是洋学堂出身）。《长河》就是用钢笔写的，写在一个硬面的练习簿上，直行，两面写。他的原稿的字很清楚，不潦草，但写的是行书。不熟悉他的字体的排字工人是会感到困难的。他晚年写信写文章爱用秃笔淡墨。用秃笔写那样小的字，不但清楚，而且顿挫有致，真是一个功夫。

他很爱他的家乡。他的《湘西》《湘行散记》和许多篇小说可以做证。他不止一次和我谈起棉花坡，谈起枫树坳——一到秋天满城落了枫树的红叶。一说起来，不胜神往。黄永玉画过一张凤凰沈家门外的小巷，屋顶墙壁颇凌乱，有大朵大朵的红花——不知是不是夹竹桃，画面颜色很浓，水汽泱泱。沈先生很喜欢这张画，说："就是这样！"八十岁那年，和三姐一同回了一次凤凰，领着她看了他小说中所写的各处，都还没有大变样。家乡人闻知沈从文回来了，简直不知怎样招待才好。他说："他们为我捉了一只锦鸡！"锦鸡毛羽很好看，他很爱那只锦鸡，还抱着它照了一张相，后来知道竟做了他的盘中餐，对三姐说："真煞风景！"锦鸡肉并不怎么好吃。沈先生说及时大笑，但也表现出对乡人的殷勤十分感激。他在家乡听了傩戏，这是一种古调犹存的很老的弋阳腔。打鼓的是一位七十多岁的老人，他对年轻人打鼓失去旧范很不以为然。沈先生听了，说:“这是楚声，楚声！”他动情地听看“楚声”，泪流满面。

沈先生八十岁生日，我曾写了一首诗送他，开头两句是：

> 犹及回乡听楚声，
> 此身虽在总堪惊。

端木蕻良看到这首诗，认为“犹及”二字很好。我写下来的时候就有点觉得这不大吉利，没想到沈先生再也不能回家乡听一次了！他的家乡每年有人来看他，沈先生非常亲切地和他们谈话，一坐半天。每当同乡人来了，原来在座的朋友或学生就只有退避在一边，听他们谈话。沈先生很好客，朋友很多。老一辈的有林宰平、徐志摩。沈先生提及他们时充满感情。没有他们的提挈，沈先生也许就会当了警察，或者在马路旁边“瘪了”。我认识他后，他经常来往的有杨振声、张奚若、金岳霖、朱光潜诸先生，梁思成林徽因夫妇。他们的交往真是君子之交，既无朋党色彩，也无酒食征逐。清茶一杯，闲谈片刻。杨先生有一次托沈先生带信，让我到南锣鼓巷他的住处去，我以为有什么事。去了，只是他亲自给我煮一杯咖啡，让我看一本他收藏的姚茫父的册页。这册页的芯子只有火柴盒那样大，横的，是山水，用极富金石味的墨线勾轮廓，设极重的青绿，真是妙品。杨先生对待我这个初露头角的学生如此，则其接待沈先生的情形可知。杨先生和沈先生夫妇曾在颐和园住过一个时期，想来也不过是清晨或黄昏到后山谐趣园一带走走，看看湖里的金丝莲，或写出一张得意的字来，互相欣赏欣赏，其余时间各自在屋里读书做事，如此而已。沈先生对青年的帮助真是不遗余力。他曾经自己出钱为一个诗人出了第一本诗集。1947年，诗人柯原的父亲故去，家中拉了一笔债，沈先生提出卖字来帮助他。《益世报》登出了沈从文卖字的启事，买字的可定出规格，而将价款直接寄给诗人。柯原1980年去看沈先生，沈先生才记起有这回事。他对学生的作品细心修改，寄给相熟的报刊，尽量争取发表。他这辈子为学生寄稿的邮费，加起来是一个相当可观的数字。抗战时期，通货膨胀，邮费也不断涨，往往寄一封信，信封正面反面都得贴满邮票。为了省一点邮费，沈先生总是把稿纸的天头地脚页边都裁去，只留一个稿芯，这样分量轻一点。稿子发表了，稿费寄来，他必为亲自送去。李霖灿在丽江画玉龙雪山，他的画都是寄到昆明，由沈先生代为出手的。我在昆明写的稿子，几乎无一篇不是他寄出去的。1946年，郑振铎、李健吾先生在上海创办《文艺复兴》，沈先生把我的《小学校的钟声》和《复仇》寄去。这两篇稿子写出已经有几年，当时无地方可发表。稿子是用毛笔楷书写在学生作文的绿格本上的，郑先生收到，发现稿纸上已经叫蠹虫蛀了好些洞，使他大为激动。沈先生对我这个学生是很喜欢的。为了躲避日本飞机空袭，他们全家有一阵住在呈贡新街，后迁跑马山桃源新村。沈先生有课时进城住两三天。他进城时，我都去看他，交稿子，看他收藏的宝贝，借书。沈先生的书是为了自己看，也为了借给别人看的。“借书一痴，还书一痴”，借书的痴子不少，还书的痴子可不多。有些书借出去一去无踪。有一次，晚上，我喝得烂醉，坐在路边，沈先生到一处演讲回来，以为是一个难民，生了病，走近看看，是我！他和两个同学把我扶到他住处，灌了好些酽茶，我才醒过来。有一回我去看他，牙疼，腮帮子肿得老高。沈先生开了门，一看，一句话没说，出去买了几个大橘子抱着回来了。沈先生的家庭是我见到的最好的家庭，随时都在亲切和谐气氛中。两个儿子，小龙小虎，兄弟怡怡。他们都很高尚清白，无丝毫庸俗习气，无一句粗鄙言语——他们都很幽默，但幽默得很温雅。一家人于钱上都看得很淡。《沈从文文集》的稿费寄到，九千多元，大概开过家庭会议，又从存款中取出几百元，凑成一万元，寄到家乡办学。沈先生也有生气的时候，也有极度烦恼痛苦的时候，在昆明，在北京，我都见到过，但多数时候都是笑眯眯的。他总是用一种善意的、含情的微笑，来看这个世界的一切。到了晚年，喜欢放声大笑，笑得合不拢嘴，且摆动双手作势，真像一个孩子。只有看破一切人事乘除，得失荣辱，全置度外，心地明净无渣滓的人，才能这样畅快地大笑。

沈先生20世纪50年代后放下写小说散文的笔（偶然还写一点，笔下仍极活泼，如写纪念陈翔鹤文章，实写得极好），改业钻研文物，而且钻出了很大的名堂，不少中国人、外国人都很奇怪。实不奇怪。沈先生很早就对历史文物有很大兴趣。他写的关于展子虔游春图的文章，我以为是一篇重要文章，从人物服装颜色式样考定图画的年代和真伪，是别的鉴赏家所未注意的方法。他关于书法的文章，特别是对宋四家的看法，很有见地。在昆明，我陪他去遛街，总要看看市招，到裱画店看看字画。昆明市政府对面有一堵大照壁，写满了一壁字（内容已不记得，大概不外是总理遗训），字有七八寸见方大，用二爨掺一点北魏造像题记笔意，白墙蓝字，是一位无名书家写的，写得实在好。我们每次经过，都要去看看。昆明有一位书法家叫吴忠荩，字写得极多，很多人家都有他的字，家家裱画店都有他的刚刚裱好的字。字写得很熟练，行书，只是用笔枯扁，结体少变化。沈先生还去看过他，说："这位老先生写了一辈子字！"意思颇为他水平受到限制而惋惜。昆明碰碰撞撞都可见到黑漆金字抱柱楹联上钱南园的四方大颜字，也还值得一看。沈先生到北京后即喜欢搜集瓷器。有一个时期，他家用的餐具都是很名贵的旧瓷器，只是不配套，因为是一件一件买回来的。他一度专门搜集青花瓷。买到手，过一阵就送人。西南联大好几位助教、研究生结婚时都收到沈先生送的雍正青花的茶杯或酒杯。沈先生对陶瓷赏鉴极精，一眼就知是什么朝代的。一个朋友送我一个梨皮色釉的粗瓷盒子，我拿去给他看，他说："元朝东西，民间窑！"有一阵搜集旧纸，大都是乾隆以前的。多是染过色的，瓷青的、豆绿的、水红的，触手细腻到像煮熟的鸡蛋白外的薄皮，真是美极了。至于茧纸、高丽发笺，那是凡品了（他搜集旧纸，但自己舍不得用来写字。晚年写字用糊窗户的高丽纸，他说："我的字值三分钱。"）。

在昆明，搜集了一阵耿马漆盒。这种漆盒昆明的地摊上很容易买到，且不贵。沈先生搜集器物的原则是"人弃我取"。其实这种竹胎的，涂红黑两色漆，刮出极繁复而奇异的花纹的圆盒是很美的。装点心，装花生米，装邮票杂物均合适，放在桌上也是个摆设。

这种漆盒也都陆续送人了。客人来，坐一阵，临走时大都能带走一个漆盒。有一阵研究中国丝绸，弄到许多大藏经的封面，各种颜色都有：宝蓝的、茶褐的、肉色的，花纹也是各式各样。沈先生后来写了一本《中国丝绸图案》。有一阵研究刺绣。除了衣服、裙子，弄了好多扇套、眼镜盒、香袋。不知他是从哪里踅摸来的。这些绣品的针法真是多种多样。我只记得有一种绣法叫“打子”，是用一个一个丝线疙瘩缀出来的。他给我看一种绣品,叫“七色晕”，用七种颜色的绒绣成一个团花，看了真叫人发晕。他搜集、研究这些东西，不是为了消遣，是从发现、证实中国历史文化的优越这个角度出发的，研究时充满感情。我在他八十岁生日写给他的诗里有一联：

> 玩物从来非丧志，
> 著书老去为抒情。

这全是纪实。沈先生提及某种文物时常是赞叹不已。马王堆那副不到一两重的纱衣，他不知说了多少次。刺绣用的金线原来是盲人用一把刀，全凭手感，就金箔上切割出来的。他说起时非常感动。有一个木俑（大概是楚俑）一尺多高,衣服非常特别:上衣的一半（连同袖子）是黑色，一半是红的；下裳正好相反，一半是红的，一半是黑的。沈先生说：“这真是现代派！”如果照这样式（一点不用修改）做一件时装，拿到巴黎去，由一个长身细腰的模特儿穿起来，到表演台上转那么一转，准能把全巴黎都“镇”了！他平生搜集的文物，在他生前全都分别捐给了几个博物馆、工艺美术院校和工艺美术工厂，连收条都不要一个。

沈先生自奉甚薄。穿衣服从不讲究。他在《湘行散记》里说他穿了一件细毛料的长衫，这件长衫我可没见过。我见他时总是一件洗得褪了色的蓝布长衫，夹着一摞书，匆匆忙忙地走。解放后是蓝卡其布或涤卡的干部服，黑灯芯绒的"懒汉鞋"。有一年做了一件皮大衣（我记得是从房东手里买的一件旧皮袍改制的，灰色粗线呢面），他穿在身上，说是很暖和，高兴得像一个孩子。吃得很清淡。我没见他下过一次馆子。在昆明，我到文林街二十号他的宿舍去看他，到吃饭时总是到对面米线铺吃一碗一角三分钱的米线。有时加一个西红柿，打一个鸡蛋，超不过两角五分。三姐是会做菜的，会做八宝糯米鸭，炖在一个大砂锅里，但不常做。他们住在中老胡同时，有时张充和骑自行车到前门月盛斋买一包烧羊肉回来，就算加了菜了。在小羊宜宾胡同时，常吃的不外是炒四川的菜头，炒慈姑。沈先生爱吃慈姑，说"这个好，比土豆'格'高"。他在《自传》中说他很会炖狗肉，我在昆明，在北京都没见他炖过一次。有一次他到他的助手王亚蓉家去，先来看看我（王亚蓉住在我们家马路对面——他七十多了，血压高到二百多，还常为了一点研究资料上的小事到处跑），我让他过一会儿来吃饭。他带来一卷画，是古代马戏图的摹本，实在是很精彩。他非常得意地问我的女儿："精彩吧？"那天我给他做了一只烧羊腿，一条鱼。他回家一再向三姐称道："真好吃。"他经常吃的荤菜是：猪头肉。

他的丧事十分简单。他凡事不喜张扬，最反对搞个人的纪念活动。反对“办生做寿”。他生前累次嘱咐家人，他死后，不开追悼会，不举行遗体告别。但火化之前，总要有一点仪式。新华社消息的标题是“沈从文告别亲友和读者”，是合适的。只通知少数亲友——有一些景仰他的人是未接通知自己去的。不收花圈，只有约二十多个布满鲜花的花篮，很大的白色的百合花、康乃馨、菊花、菖兰。参加仪式的人也不戴纸制的白花，但每人发给一枝半开的月季，行礼后放在遗体边。不放哀乐，放沈先生生前喜爱的音乐，如贝多芬的“悲怆”奏鸣曲等。沈先生面色如生，很安详地躺着。我走近他身边，看着他，久久不能离开。这样一个人，就这样地去了。我看他一眼，又看一眼，我哭了。

沈先生家有一盆虎耳草，种在一个椭圆形的小小钧窑盆里。很多人不认识这种草。这就是《边城》里翠翠在梦里采摘的那种草，沈先生喜欢的草。

一九八八年五月二十六日

原载一九八八年第七期《人民文学》

笔下处处有人
——谈《四进士》

《四进士》的来源无可考。传奇、小说、笔记里都找不到它的影子。这大概原是一出地方戏。山西梆子、河北梆子、河南梆子都有这出戏。河南梆子就叫作《宋士杰告状》。故事出在河南。从作者对河南地理的熟悉来看，这出戏跟河南可能有些关系。但从唱词的用韵来看,“顾年兄”的“兄”与“不贤人”的“人”押在一起,“中东”“人辰”相混，又有点像是山西梆子。也许它还在湖北打了一转，然后再混入京剧的。周信芳的演出本，宋士杰口中有一句念白:“这信阳州一班无头光棍，追赶一个女子……”“无头”是“无徒”之误。“无徒”是古语，意思就是无赖，元曲中屡见。白朴的《梧桐雨》和关汉卿的《望江亭》中都有。这个古语大概在剧作者写剧本时还活着,到了周先生的嘴里却用口耳相传传讹了。把“徒”读为“头”，是湖北人的口音。“姑苏”“尤求”相混，谭鑫培早期的唱词里常有这种现象。马连良演出时念成“油头光棍”，更是以讹传讹了。刘二混是“专靠蒙、坑、诈、骗为生”的混混，却不是调戏妇女的浪子。又,顾读和毛朋的念白中都引用了一句民间俗话:

"卖屋又卖基，一树能剥几层皮？"这也像是湖北话。

以上这些，都只是一些设想，没有充足的证据。但是这是一个民间的无名的剧作者的手笔,却是可以肯定的。从它所表达的思想,所刻画的人物，以及唱词、念白的语言的通俗而生动，都可以证明。这不是文人的作品，与升平署打本子的太监也无关。

这原是一出很芜杂的戏。最初姚家兄弟、妯娌争夺家产大概占了相当大的篇幅。争夺的主要东西是一对传家的宝物紫金镯。有一个鼓词《紫金镯》，说的就是这回事。大概鼓词比剧本更早一些。现在的剧本里还保留着紫金镯的一点痕迹。《柳林》一场，有这样的对话：

杨春：你这贱人，方才言道，丈夫去世，三七未满；如今手戴紫金镯，你卖什么风流！

杨素贞：客官有所不知，我公公在世之时，留下紫金镯一对，我夫妻各戴一只；夫死妻不嫁，妻死夫不娶。今日见了此镯，怎不叫我痛哭啊……

现在这对紫金镯成了可有可无，与戏的发展没有什么关系了。原来围绕这对镯子是有许多纠纷的。到了形成为京剧，比现在通常的演出本也要大得多。查升平署档案，汪桂芬在宫里演出时要分两天演，头二本一天，三四本一天。升平署所藏剧本目录，在《四进士》下注明"十六刻"，比现在的演出本要大出三倍。

这原是一出"群戏"。生、旦、净、末，谁都可以来一段。正旦杨素贞是一个很重要的角色。查清代梨园史料，不少旦角都以演杨素贞而擅名。她可以在《灵堂》唱大段反二黄，在《柳林》唱大段西皮慢板。这是“本戏”,照例有许多哪一出戏里都可用的套子；有许多任意穿插、荒诞不经的情节。

原本，田氏有个儿子叫添财。田氏在毒死姚庭梅之后，持刀去杀杨素贞的儿子保童。保童读书困倦，伏案睡着了。出来一个土地爷，把他救了。土地还把田氏踢倒在地，唱了一句“我一脚踢你个倒栽葱”。田氏又叫添财去杀保童。添财高叫“看刀”，但想起自小和保童一块长大，不忍下手。于是叫醒保童，说：“我妈叫我杀你,我想,咱们从小一块长大,怪不错的。你死了,谁跟我玩儿呢?我不杀你，咱俩逃走了吧！”这两个孩子一同逃到信阳州，还见到杨素贞。杨素贞此时已经下了狱。她婆婆也到了信阳州。婆婆探监，见到杨素贞，大唱了一气，与《六月雪》相似。最妙的是杨素贞的婆婆夜宿神庙，梦中得了一个“温凉玉盏”。“温凉玉盏”本是秦代的宝物,原名“四季温凉玉盏”,见于孤本元明杂剧《临潼斗宝》。不知怎么叫这位老太太得着了，而且是在梦中！老太太把这件宝物献给毛朋。毛朋转献给皇帝，同时将有关案情申奏。皇恩浩荡，尽准毛朋所奏,并且赐了一块匾:“节义廉明”。所以这出戏又叫《节义廉明》。

真正是打胡乱说，莫名其妙!

现在南周（信芳）北马（连良）所演的《四进士》，大体相同，基本上是一个本子。许多芜杂的、荒诞的、陈旧的情节去掉了。情节集中了，主题明确了，人物突出了。这项工作是谁来完成的呢?

这个人真是《四进士》的一个功臣。也许有这么一个人，也许没有这么一个人。也许,这是一个具有睿智、天才的伟大的剧作家——观众。

有人相信《四进士》是真人真事。

有一个传说，说宋士杰确有其人，信阳州现在还有他开的店，他的店的门槛是铁门槛，这当然是好事者附会出来的。说门槛是铁的，无非说是物如其人，老头儿脾气硬，门槛也是硬邦邦的，宋士杰并无其人,从他的名字就可以看出来。这个名字是谐音。“宋士”即讼师。“宋士杰”者，讼师里的杰出的人也。这是一个“拼凑起来的角色”，剧作者把许多讼师的特征都集中到他身上了。

戏曲剧本写一个讼师，以一个讼师为主要人物的，好像还只有这一出。

讼师这种人，现在没有了。过去是哪个城市里都有的，凡有衙门处，即有讼师。讼师就是包打官司——包揽词讼的人。这是一种很特殊的职业。他们是有师傅,有传授(多是家传)而且是有专书的。有一本书叫《邓思贤》，就是专门讲怎样打官司的。这邓思贤就是一个有名的讼师。这种人每天坐在家里,就是等着人来找他打官司。他们可以替你写状子，教你怎样回话——怎样为自己狡辩，怎样诬赖对方，可以给你打通关节，给你出各种主意，一直到把对方搞得倾家荡产，一败涂地，只要你给他钱。他们的业务是远远超过正常的法律辩护的范围的。这是依附在封建政体上的蝇蚋，是和官僚共生的蛆虫。这种人大都很坏，刁钻促狭，手辣心狠。这是他们的职业训练出来的。好人、老实人是当不了讼师的。讼师的名声比师爷还要更坏一些。人们有事找他，没事躲着他。讼师所住的地方，做小买卖的都不愿意停留。街坊邻居的孩子都不敢和他们家的孩子打架。

然而《四进士》写了一个好讼师，给讼师翻了案。有人推测，此剧的作者大概就是一个讼师，这倒有几分可能。不过也不一定。作者对讼师这种人，对衙门口的生活是非常熟悉的，这一点则是可以肯定的。

宋士杰是一个好人。他好在，一是办事傲上。在旧社会，傲上是一种难得的品德。一是好管闲事。

宋士杰的性格是逐步展开，很有层次的。剧作者要写他爱打抱不平，爱管闲事，却从他不愿管闲事，怕管闲事写起。

宋士杰的出场是很平淡的。没有什么“远铺垫”“近铺垫”。几记小锣，他就走出来了。四句诗后，自报家门：

“老汉，宋士杰。在前任道台衙门，当过一名刑房书吏。只因我办事傲上，才将我刑房革退。在西门以外，开了一所小小店房，不过是避嫌而已。今日有几个朋友，约我去吃酒，街市上走走。”

“避嫌”即表示引退闲居，不再过问衙门中事。当然，他是不甘寂寞的。他见多识广，名声在外，总是时常有人来向他求教的。班头丁旦为了“今有一桩事儿，不得明白，不免到宋家伯伯那里领教领教”。为田伦向顾读下书行贿的二公差，在他店里住了一宿，临走时还打听：“有个宋士杰，你可认识？”也是慕名而想向他请教。但是他近年来毕竟是韬晦深藏，不大活动了。现任道台久久未闻此人踪迹，以为他已经死了。及至听到宋士杰这个名字，不免吃了一惊："这老儿还在！"

他没有到处去揽事。他卷进一场复杂的纠纷完全是无心的。他不知姚、杨二家的官司，更不知道以后的麻烦，他遇见杨素贞是偶然的。他要去吃酒，看见刘二混同四光棍追赶杨素贞，他的老毛病犯了：

> 啊！这信阳州一班无徒光棍，追赶一个女子；若是追在无人之处，那女子定要吃他们的大亏。我不免赶上前去，打他一个抱不平！

但是转念一想：

> 咳，只因我多管人家的闲事，才将我的刑房革退，我又管的什么闲事啊。不管也罢，街市上走走。

他和万氏打跑了刘二混，以为事情就完了。万氏把杨素贞引进店里，他和杨素贞的交谈，也是没有目的的，他问人家姓什么，什么地方的人，到信阳州来干什么，都是见面后应有的闲话。听到杨素贞是越衙告状来了，他顺口说了一句："哎哟，越衙告状，这个冤枉一定是大了。"也还是局外人的平常的感叹，无动于衷。他想看看杨素贞的状子，只是一种职业的习惯。"状纸若有不到之处，我与她更改更改。"他看了状子，指出什么是"由头"，点破哪里是"赖词"，称赞状子写得好，"作状子这位老先生，有八台之位""笔力上带着”,但是——“好是好,废物了”！因为“道台大人前呼后拥，女流之辈挨挤不上，也是枉然”。“交还与她”，他不管了！

他不想管闲事。他不想管闲事吗?

万氏认了杨素贞为干女儿，杨素贞也叫了宋士杰一声干父，宋士杰答应给干女儿去递状子。

到道台衙门递一张状子，这在宋士杰真是小事一桩。本来，宋士杰可以不误堂点，顺顺溜溜地把状子递上，那就万事皆休，与他宋士杰再无干系。不想偏偏遇着班头丁旦，有事求教，拉去酒楼，错过道台的午堂，状子不曾递上，出了个岔子，使他不得不击动堂鼓，面见顾读。犹如一溪静水，碰见了横亘的岩石，撞起了浪花，使矛盾骤然激化了，使宋士杰从一个旁观者变成了当事人，从一个局外人变成了矛盾的一个方面。

要写宋士杰打抱不平，管闲事，先一再写他不想管闲事，欲扬先抑。作者并没有写他路见不平，义形于色，揎拳攘袖，拔刀向前。不。不能这样写。他不是拼命三郎石秀，他是宋士杰。

宋士杰是一个讼师，他的主要行动正是打官司。宋士杰的戏主要是这几场:一公堂、二公堂、盗书、三公堂。三公堂是毛朋的戏，宋士杰没有太大作为。盗书主要看表演。真正表现宋士杰的讼师本色的是一公堂、二公堂。宋士杰的直接的对立面是顾读。一公堂、二公堂，可以说是宋士杰斗顾读。

剧作者没有在姚、杨二家的案件上做什么文章，这件案子的是非曲直是自明的事。

一公堂争辩的是宋士杰是不是包揽词讼。

宋士杰是不是包揽词讼？当然是的。包揽词讼是犯法的。所有的讼师在插手一桩官司之前，都必须先替自己把这个罪名摘清。宋士杰当然知道这一层。他知道上堂之后，顾读首先要挑剔这一点。他要考虑怎样回答。顾读一声："传宋士杰！"丁旦下堂："宋家伯伯，大人传你。"

宋士杰"呀"了一声。丁旦又说："大人传你。"宋士杰好像没听明白："哦，大人传我？"丁旦又重复一次："传你！小心去见。"宋士杰好像才醒悟过来："呵呵！传我？"这么一句话有什么听不明白的呢？宋士杰为什么这样心不在焉，反应迟钝呢？不是的，他是在想主意。他脱下鸭尾巾，露出雪白的发纂，报门："报，宋士杰告进。"不卑不亢，似卑实亢。他这时已经成竹在胸，所以能这样从容沉着。顾读果然劈头就问：

> "你为何包揽词讼？"
>
> "怎见得小人包揽词讼？"
>
> "杨素贞越衙告状，住在你的家中，分明是你挑唆而来，岂不是包揽词讼？"
>
> 顾读问得是在理的。
>
> "小人有下情回禀。"
>
> "讲！"

宋士杰的回答实在是出人意料：

“吓！小人宋士杰，在前任道台衙门当过一名刑房书吏。只因我办事傲上，才将我的刑房革掉。在西门以外，开了一所小小店房，不过是避嫌而已。曾记得那年，去往河南上蔡县办差，住在杨素贞她父家中；杨素贞那时间才这长这大；拜在我的名下，以为义女。数载以来，书不来，信不去。杨素贞她父已死。她长大成人，许配姚庭梅为妻。她的亲夫被人害死；来到信阳州，越衙告状。常言道是亲者不能不顾；不是亲者不能相顾。她是我的干女儿，我是她的干父；干女儿不住在干父家中，难道说，叫她住在庵堂——寺院！”

这真是老虎闻鼻烟！明明是一件没影子的事，他却把它说得有鼻子有眼，活灵活现，滴水不漏，无懈可击！这些话是临时旋编出来的，可编得那样的周全！宋士杰自己对这样的答话也是得意的。杨素贞对他说：“干父，你这两句言语，回答得好哇！”宋士杰一笑：“嘿，这两句言语回答不上，怎么称得起……（两望，低声）包揽词讼的老先生。”顾读光会咋呼，不是对手！宋士杰充满了胜利的快乐：

“回得家去，叫你那干妈妈，做些个面食馍馍，你我父女吃得饱饱的，打这场热闹官司。走哇。走哇！嗳，走哇！”

什么叫讼师？这就叫讼师——数白道黑，将无作有。

《二公堂》是宋士杰替杨素贞喊冤。顾读受贿之后，对杨素贞拶指逼供，上刑收监。宋士杰在堂口高喊："冤枉！"

顾读：宋士杰，你为何堂口喊冤？

宋士杰：大人办事不公！

顾读：本道哪些儿不公？

宋士杰：原告收监，被告讨保，哪些儿公道？

顾读：杨素贞告的是谎状。

宋士杰：怎见得是谎状？

顾读：她私通奸夫，谋害亲夫，岂不是谎状？

宋士杰：奸夫是谁？

顾读：杨春。

宋士杰：哪里人氏？

顾读：南京水西门。

宋士杰：杨素贞？

顾读：河南上蔡县。

宋士杰：千里路程，怎样通奸？

顾读：呃！他是先奸后娶！

宋士杰：既然如此，她不去逃命，到你这里送死来了！

这个地方宋士杰是有理的。他得理不让，步步进逼，语快如刀，不容喘息，一鞭一条血，一掴一掌痕，一直到把对方打翻在地，再也起不来，真是老辣厉害。什么叫讼师？这就是讼师。

宋士杰的性格是多方面的。作者除了写他精通吏道，熟谙官府，还写了他世事洞明，人情练达。

宋士杰吃酒误事，误过午堂，状子不曾递上，他很懊丧，在回家的路上一边走一边自己叨叨：

“咳！酒楼之上，多吃了一杯，升过堂了。状子没有递上，只好回去。吃酒的误事！咳！回得家去，干女儿迎上前来，言道：‘干父你回来了？’我言道：‘我回来了。’干女儿必定问道：‘状子可曾递上？’我言道：‘遇见一个朋友，在酒楼之上，多吃了一杯，升过堂了，没有递上。’她必然言道：‘干父啊，我不是你的亲生女儿；若是你的亲生女儿，酒也不吃了，状子也递上了。’这两句言语，总是有的……这两句言语，总是……”

到了家，杨素贞果然对万氏说：

“嗳，我不是他的亲生女儿……”

宋士杰用极低的声音：

“来了！”

杨素贞接着说：

“若是他的亲生女儿，酒也不吃了，状子也递上了！”

宋士杰：

“我早晓得有这两句话……”

真是如见其肺肝然。这老头儿对人情世故吃得太透了！

《盗书》一场，誊写书信的动作很重要，但是没有前面的念白，就引不起后面的动作。他一见那两个公差，就感觉到“来得尴尬”，要听他们讲些什么。果然听出一些名堂：

“听他们言道：‘田顾刘……这‘田顾刘’是什么人？哦，上蔡县刘题，信阳道顾读，这田……田……哦是了！未曾上任的江西巡按田伦，莫非是他不成？他们又言道：‘酒，酒，酒，终日有；有钱的在天堂，无钱的下地狱。’口角带字，其中必有缘故。哎呀，他们过店的时节，见他手中，有一包裹，十分沉重，其中必有要紧之物，我不免等他们睡着，将门——咳！为我干女儿之事，我也不得不如此——将门拨开，取将出来，看上一看。若有我干女儿之事，我也好做一准备呀。”

他的嗅觉很灵。是啊，他是六扇门里的，又是开店的，什么样的人没见过？什么样的事没见过？这两个公差带着三百两银子——三百两有好大一堆，能逃过他的眼睛吗？

他听说按院大人在此下马，写了一张状子。途遇杨春，认为干亲，合计告状。听到鸣锣开道，差杨春前去打探。他突然想起：

“哎呀！按院大人有告条在外，有人拦轿喊冤，打四十大板。我实实挨不起了！有了。我看杨春这个娃娃，倒也精壮得很；我把这四十板子，照顾了这个娃娃吧！”

杨春递状回来，他不好好地问人家递上了没有，他叫人家“走过去”“走回来”！

宋士杰：啊，这娃娃怎么还不回来，待我迎上前去。

杨春：义父！

宋士杰：娃娃，你回来了？

杨春：我回来了。

宋士杰：状子可曾递上？

杨春：递上了。

宋士杰：哦，递上了！——递上了？

杨春：递上了。

宋士杰：递上了啊？

杨春：递上了啊！

宋士杰：走过去！

杨春：哦，走过去。

宋士杰：走回来。

杨春：好，走回来。

宋士杰：唉！娃娃，你没有递上。

杨春：怎见得没有递上？

宋士杰：哈哈！娃娃，我实对你讲了吧：按院大人有告示在外，有人拦轿喊冤，打四十大板。你这两腿好好的，状子没有递上吧？

有一个孩子读《四进士》剧本，读到这里，说："这个宋士杰，真坏！"

宋士杰是真坏。

他击动道署的堂鼓，害得看堂人挨了四十板。看堂人下来叫他，他还要问人家：

> "娃娃，你挨打了吧？"
>
> "嗯，挨啦！"
>
> "四十个板子？"

丁旦到上蔡县去提差，他送人家一笔空头人情。"我这里有一茶之敬，带在身旁，买杯茶吃吧。"丁旦不敢拿，他说人家嫌轻了。丁旦愧领，刚走不远，他在那里念秧："好，好！好丁旦！好丁旦！这个娃娃吃红了眼了，连我宋士杰的银子他也敢要！好，姚、杨二家，不少一名还则罢了；短少一名，管叫这个娃娃挨四十个板子，不能挨三十九。"丁旦听见，连忙回来："原银未动。"宋士杰收了银子，还笑呵呵地说："娃娃，你的胆子小啊。"——"我本来胆子小。"——"好，吃衙门饭，原要胆小。"他一毛不拔，最后还要奉送一句金玉良言，真正叫人哭笑不得。

作者不放过任何一个有用的细节。他写这些细节并不吃力。信手拈来，皆成妙趣。闲中着色，精细至此。正如风行水面，随处成文。其原因，在于作者对生活熟透了。其可贵处在于，笔下处处有人。

宋士杰是好人，可是他很坏。宋士杰很坏，可是一个好人。这是一个有血有肉的，活生生的人物，不是一个干瘪的概念。他的性格不是简单的。简单的性格不是性格。作者也没有把他写成一个一般化的讼师,他写的是宋士杰。这样的性格在中国戏曲里少见。不可无一，不可有二。他是“这一个”。

《四进士》在中国戏曲里是一部杰出的现实主义的作品，宋士杰是一个非常难得的典型。

学习《四进士》对于借鉴传统,推动我们今天的创作,是有益的；对于克服“四人帮”造成的公式主义的影响，是有益的。

《四进士》很好了。现在的演出本是一个相当干净，相当精练，相当完整的本子。但是不是没有加工余地了？能不能再改改?

双塔寺盟誓，毛朋原有这样的念白：

> 可恨严嵩在朝，与我等作对；多蒙海老恩师保奏，我等方能帘外为官。那严嵩心中怀恨，差遣心腹人等暗中查访，为寻拿你我的错处，以图伤害。

早年演出时，还有严嵩的心腹带领校尉过场，后来大都删掉了。

这只是一个背景，一个伏线。他把整个故事放在这样一个政治背景下来写，有好处。这样就能说明毛朋秉公执法的直接原因，不致把毛朋拔得太高，成了单纯化的为民请命。

姚、杨二家的纠纷简化了，是对的。不过现在写法有点近乎儿戏。田氏因为听说婆婆说她“走东家、串西家，不像个官宦人家的规矩”，怀疑是杨素贞挑唆，因此便起意要毒死姚庭梅，殊不可信。应该还是为了争夺家产。这和毛朋所写状子上的“由头”“害夫谋产典卖鲸吞”也才对得上号。田氏与田伦的关系要早点提起。她谋产害人，还不是因为有这么个当大官的阔弟弟吗？

顾读是“直接受贿”还是“间接受贿”，是师爷把银子拿走了，还是他自己收下了，都可以商量。但不论用哪一种写法，都不能对顾读原谅。

田伦一点性格没有。他向顾读行贿，是不是只是因为母亲一跪，可以考虑。他的思想应该稍稍复杂一些，不能把他的行为写成是全不得已。

有一些不恰当词句要改改。毛朋的定场诗“逢龙除角，遇虎拔毛”，这种天真的、童话式的夸张词句出于一个八府巡按之口，不怎么合适。黄大顺的上场诗“朝为田舍郎，暮登天子堂”，显然是演员随便抓来的。一个幕僚，登的什么天子堂呢？不合身份。杨素贞《柳林》的唱词：“你家也有姊和妹，你姊姊嫁过多少人”，有点像个泼妇。有些听不懂的词句可改。周信芳本，按院大人有告条在外，有人提起“贩梢”二字，责打四十大板，一面长枷。“贩梢”费解。马连良演出时念成“贩售”，还有念成“贩售人口者”，也都令人生疑。按院查访民情，为什么对贩卖人口问题这样注意，特别出了告示？这一节去掉，于戏似无大碍。“无徒”现在既然很少人懂，不如径改为“流氓光棍”。诸如此类。

《三公堂》宋士杰没有什么戏。毛朋很有戏，宋士杰相形见绌。他在八府巡按面前好像变得老实了。要把这场戏往上挺一下，要想点办法。这办法不太好想。

周信芳和马连良的演出，基本上用的是一个底本。但是取舍之间，颇有不同。现在周先生、马先生都已作古，是不是能把南北两个本子掺合起来，斟酌长短，定成一个更完善的本子，供青年演员演出?

我们的前人曾把《四进士》大改了一下，取得很大的成绩。我们今日把它再改改，让它再提高一点，再好一点，可不可以呢?有没有这个必要呢?可以的，也必要的。工程不大，但也要费一点事，而且会有困难。困难之一，是有门户之见。我们今天提倡流派，流派不等于门户。然而门户之见是有的。如之何?如之何?

一九七八年十二月写成

一九七九年六月八日改定

我的创作生涯

我生在一个地主家庭。祖父是清朝末科的拔贡——从他那一科以后，就“废科举，改学堂”了。他对我比较喜欢。有一年暑假，他忽然高了兴，要亲自教我《论语》。我还在他手里“开”了“笔”，做过一些叫作“义”的文体的作文。“义”就是八股文的初步。我写的那些作文里有一篇我一直还记得：“孟子反不伐义。”孟子反随国君出战，兵败回城，他走在最后。事后别人给他摆功，他说：“非敢后也，马不前也。”为什么我对孟子反不伐其功留下深刻的印象呢？现在想起来，这一小段《论语》是一篇极短的小说：有人物，有情节，有对话。小说，或带有小说色彩的文章，是会给人留下深刻的印象的。并且，这篇极短的小说对我的品德的成长，是有影响的。小说，对人是有作用的。我在后面谈到文学功能的问题时还会提到。我的父亲是个很有艺术气质的人。他会画画，刻图章，拉胡琴，摆弄各种乐器，糊风筝。他糊的蜈蚣（我们那里叫作“百脚”）是用胡琴的老弦放的。用胡琴弦放风筝，我还没有见过第二人。如果说我对文学艺术有一点“灵气”，大概跟我从父亲那里接受来的遗传基因有点关系。我喜欢看我父亲画画。我喜欢“读”画帖。我家里有很多有正书局珂罗版影印的画帖，我就一本一本地反复地看。我从小喜欢石涛和恽南田，不喜欢仇十洲，也不喜欢王石谷。倪云林我当时还看不懂。我小时也“以画名”，一直想学画。高中毕业后，曾想投考当时在昆明的杭州美专。直到四十多岁，我还想彻底改行，到中央美术学院从头学画。我的喜欢看画，对我的文学创作是有影响的。我把作画的手法融进了小说。有的评论家说我的小说有“画意”，这不是偶然的。我对画家的偏爱，也对我的文学创作有影响。我喜欢疏朗清淡的风格，不喜欢繁复浓重的风格，对画，对文学，都如此。

一个人成为作家，跟小时候所受的语文教育，跟所师事的语文教员很有关系。从小学五年级到初中三年级，教我们语文（当时叫作“国文”），都是高北溟先生。我有一篇小说《徙》，写的就是高先生。小说，当然会有虚构，但是基本上写的是高先生。高先生教国文，除了部定的课本外，自选讲义。我在《徙》里写他“所选的文章看来有一个标准：有感慨，有性情，平易自然。”这些文章有一个贯串性的思想倾向，这种倾向大体上可以归结为人道主义，是不错的。他很喜欢归有光，给我们讲了《先妣事略》《项脊轩志》。我到现在还记得他讲到“世乃有无母之人，天乎痛哉”“庭有枇杷树，吾妻死之年所手植也，今已亭亭如盖矣”的时候充满感情的声调。有一年暑假，我每天上午到他家里学一篇古文，他给我讲的是“板桥家书”“板桥道情”。我的另一位国文老师是韦子廉先生。韦先生没有在学校里教过我。我的三姑父和他是朋友，一年暑假请他到家里来教我和我的一个表弟。韦先生是我们县里有名的书法家，写魏碑，他又是一个桐城派。韦先生让我每天写大字一页，写《多宝塔》。他教我们古文，全部是桐城派。我到现在还能背诵一些桐城派古文的片段。印象最深的是姚鼐的《登泰山记》，“苍山负雪，明烛天南。望晚日照城郭，汶水、徂徕如画，而半山居雾若带然。”“苍山负雪，明烛天南”，我当时就觉得写得非常美。这几十篇桐城派古文，对我的文章的洗练，打下了比较坚实的基础。

1938年，我们一家避难在乡下，住在一个小庙，就是我的小说《受戒》所写的庵子里。除了准备考大学的数理化教科书外，所带的书只有两本，一本屠格涅夫的《猎人笔记》，一本《沈从文选集》，我就反反复复地看这两本书，这两本书对我后来的写作，影响极大。

1939年，我考入西南联大的中国文学系，成了沈从文先生的学生。沈先生在联大开了三门课，一门“各体文习作”是中文系二年级必修课；一门“创作实习”；一门“中国小说史”。沈先生是凤凰人，说话湘西口音很重，声音又小，简直听不清他说的是什么。他讲课可以说是毫无系统。没有课本，也不发讲义。只是每星期让学生写一篇习作，第二星期上课时就学生的习作讲一些有关的问题。《创作实习》由学生随便写什么都可以，《各体文习作》有时会出一点题目。我记得他给我的上一班出过一个题目：我们的小庭院有什么。有几个同学写的散文很不错，都由沈先生介绍在报刊上发表了。他给我的下一班出过一个题目，这题目有点怪：记一间屋子的空气。我那一班他出过什么题目，我倒记不得了。沈先生的这种办法是有道理的，他说：“先得学会车零件，然后才能学组装。”现在有些初学写作的大学生，一上来就写很长的大作品，结果是不吸引人,不耐读,原因就是“零件”车得少了,基本功不够。沈先生讲创作，讲得最多的一句话，是“要贴到人物写”。我们有的同学不懂这话是什么意思。照我的理解，他的意思是：小说里，人物是主要的、主导的；其余部分都是次要的、派生的。作者的感情要随时和人物贴得很紧，和人物同呼吸，共哀乐。不能离开人物，自己去抒情，发议论。作品里所写的景象，只是人物生活的环境。所写之景，既是作者眼中之景，也是人物眼中之景，是人物所能感受的，并且是浸透了他的哀乐的。环境，不能和人物游离、脱节。用沈先生的说法，是不能和人物“不相黏附”。他的这个意思，我后来把它称为“气氛即人物”。这句话有人觉得很怪，其实并不怪。作品的对话得是人物说得出的话，如李笠翁所说：“写一人即肖一人之口吻。”我们年轻时往往爱把对话写得很美，很深刻，有哲理，有诗意。我有一次写了这样一篇习作，沈先生说：“你这不是对话，是两个聪明脑壳打架。”对话写得越平常，越简单，越好。托尔斯泰说过：“人是不能用警句交谈的。”如果有两个人在火车站上尽说警句,旁边的人大概会觉得这二位有神经病。沈先生这句简单的话，我以为是富有深刻的现实主义精神的。沈先生教写作，用笔的时候比用口的时候多。他常常在学生的习作后面写很长的读后感（有时比原作还长）。或谈这篇作品，或由此生发开去，谈有关的创作问题。这些读后感都写得很精彩，集中在一起，会是一本很漂亮的文论集。可惜一篇也没有保存下来，都失散了。沈先生教创作，还有一个独到的办法。看了学生的习作，找了一些中国和外国作家用类似的方法写成的作品，让学生看，看看人家是怎么写的，我记得我写过一篇《灯下》(这可能是我发表的第一篇小说)，写一个小店铺在上灯以后各种人物的言谈行动，无主要人物、主要情节，散散漫漫，是所谓“散点透视”吧。沈先生就找了几篇这样写法的作品叫我看，包括他自己的《腐烂》。这样引导学生看作品，可以对比参照，触类旁通，是会收到很大效益，很实惠的。

创作能不能教，这是一个世界性的争论的问题。我以为创作不是绝对不能教，问题是谁来教，用什么方法教。教创作的，最好本人是作家。教，不是主要靠老师讲，单是讲一些概论性的空道理，大概不行。主要是让学生去实践，去写，自己去体会。沈先生把他的课程叫作“习作”“实习”,是有道理的。沈先生教创作的方法，我以为不失为一个较好的方法。

我二十岁开始发表作品，今年七十岁了，写作生涯整整经过了半个世纪。但是写作的数量很少。我的写作中断了几次。有人说我的写作经过了一个三级跳，可以这样说。20世纪40年代写了一些。60年代初写了一些。当中“文化大革命”,搞了十年“样板戏”。80年代后小说、散文写得比较多。有一个朋友的女儿开玩笑说“汪伯伯是大器晚成”。我绝非“大器”——我从不写大作品，“晚成”倒是真的。文学史上像这样的例子不是很多。不少人到六十岁就封笔了，我却又重新开始了。是什么原因，这里不去说它。

有一位评论家说我是唯美的作家。“唯美”本不是属于“坏话类”的词，但在中国的名声却不大好。这位评论家的意思无非是说我缺乏社会责任感、使命感，我的作品没有强烈的现实意义和教育作用。

我于此别有说焉。教育作用有多种层次。有的是直接的。比如，看了《白毛女》，义愤填膺，当场报名参军打鬼子。也有的是比较间接的。一个作品写得比较生动，总会对读者的思想感情、品德情操产生这样那样的作用。比如，读了孟子反不伐，我不会立刻变得谦虚起来,但总会觉得这是高尚的。作品对读者的影响常常是潜在的，过程很复杂,是所谓“潜移默化”。正如杜甫诗《春雨》中所说:“随风潜入夜，润物细无声。”我曾经说过，我希望我的作品能有益于世道人心，我希望使人的感情得到滋润，让人觉得生活是美好的，人，是美的，有诗意的。你很辛苦，很累了，那么坐下来歇一会儿，喝一杯不凉不烫的清茶——读一点我的作品，我对生活，基本上是一个乐观主义者，我认为人类是有前途的，中国是会好起来的。我愿意把这些朴素的信念传达给人。我没有那么多失落感、孤独感、荒谬感、绝望感。我写不出卡夫卡的《变形记》那样痛苦的作品，我认为中国也不具备产生那样的作品的条件。

一个当代作家的思想总会跟传统文化、传统思想有些血缘关系。但是作家的思想是一个复合体，不会专宗哪一种传统思想。一个人如果相信禅宗佛学，那他就出家当和尚去得了，不必当作家。废名晚年就是信佛的，虽然他没有出家。有人说我受了老庄思想的影响，可能有一些。我年轻时很爱读《庄子》。但是我自己觉得,我还是受儒家思想影响比较大一些。我觉得孔子是个通人情、有性格的人，他是个诗人。我不明白，为什么研究孔子思想的人，不把他和“删诗”联系起来。他编选了一本抒情诗的总集——《诗经》，为什么？我很喜欢《论语》《曾晳、冉有、公西华侍坐》，“暮春者，春服即成，冠者五六人、童子六七人，浴乎沂，风乎舞雩，泳而归”，这种潇洒自然的生活态度是很美的。这倒有点近乎庄子的思想。我很喜欢宋儒的一些诗：“万物静观皆自得，四时佳兴与人同”“顿觉眼前生意满，须知世上苦人多”。“生意满”，故可欣喜，“苦人多”，应该同情。我的小说所写的都是一些小人物、“小儿女”，我对他们充满了温爱，充满了同情。我曾戏称自己是一个“中国式的抒情人道主义者”，大致差不离。

前几年，北京市作协举行了一次我的作品的讨论会，我在会上作了一个简短的发言，题目是“回到现实主义，回到民族传统”。为什么说“回到”呢？因为我在年轻时曾经受过西方现代派的影响。台湾一家杂志在转载我的小说的前言中，说我是中国最早使用意识流的作家。不是这样。在我以前，废名、林徽因都曾用过意识流方法写过小说。不过我在二十多岁时的确有意识地运用了意识流。我的小说集第一篇《复仇》和台湾出版的《茱萸集》的第一篇《小学校的钟声》，都可以看出明显的意识流的痕迹。后来为什么改变原先的写法呢？有社会的原因，也有我自己的原因。简单地说：我是一个中国人。我觉得一个民族和另一个民族无论如何不会是一回事。中国人学习西方文学，绝不会像西方文学一样，除非你侨居外国多年，用外国话思维。我写的是中国事，用的是中国话，就不能不接受中国传统，同时也就不能不带有现实主义色彩。语言，是民族传统的最根本的东西。不精通本民族的语言，就写不出具有鲜明的民族特点的文学。但是我所说的民族传统是不排除任何外来影响的传统，我所说的现实主义是能容纳各种流派的现实主义。比如，现代派、意识流，本身并不是坏东西。我后来不是完全排除了这些东西。我写的小说《求雨》，写望儿的父母盼雨。他们的眼睛是蓝的，求雨的望儿的眼睛是蓝的，看着求雨的孩子的过路人的眼睛也是蓝的，这就有点现代派的味道。《大淖记事》写巧云被奸污后错错落落、飘飘忽忽的思想，也还是意识流。不过，我把这些融入了平常的叙述语言之中了，不使它显得"硌生"。我主张纳外来于传统，融奇崛于平淡，以俗为雅，以故为新。

关于写作艺术，今天不想多谈，我也还没有认真想过，只谈一点：我非常重视语言，也许我把语言的重要性推到了极致。我认为语言不只是形式，本身便是内容。语言和思想是同时存在，不可剥离的。语言不仅是所谓"载体"，它是作品的本体。一篇作品的每一句话，都浸透了作者的思想感情。我曾经说过一句话：写小说就是写语言。语言是一种文化现象。谁也没有创造过一句全新的语言。古人说：无一字无来历。我们的语言都是有来历的，都是从前人的语言里继承下来，或经过脱胎、翻改。语言的后面都有文化的积淀。一个人的文化修养越高，他的语言所传达的信息就会更多。毛主席写给柳亚子的诗"落花时节读华章"，"落花时节"不只是落花的时节，这是从杜甫《江南逢李龟年》里化用出来的。杜甫的原诗是：

岐王宅里寻常见，
崔九堂前几度闻。
正是江南好风景，

落花时节又逢君。

“落花时节”就包含了久别重逢的意思。

语言要有暗示性，就是要使读者感受到字面上所没有写出来的东西，即所谓言外之意，弦外之音。朱庆馀的《近试上张水部》，写的是一个新嫁娘：

洞房昨夜停红烛，
待晓堂前拜舅姑。
妆罢低声问夫婿，
画眉深浅入时无？

诗里并没有写出这个新嫁娘长得怎么样，但是宋人诗话里就指出，这一定是一个绝色的美女。因为字里行间已经暗示出来了。语言要能引起人的联想，可以让人想见出许多东西。因此，不要把可以不写的东西都写出来，那样读者就没有想象余地了。

语言是流动的。

有一位评论家说：汪曾祺的语言很怪，拆开来没有什么，放在一起，就有点味道。我想谁的语言都是这样，每一句都是平常普通的话，问题就在“放在一起”，语言的美不在每一个字，每一句，而在字与字之间，句与句之间的关系。包世臣论王羲之的字，说他的字单看一个一个的字，并不觉得怎么美，甚至不很平整，但是字的各部分，字与字之间“如老翁携带幼孙，顾盼有情，痛痒相关”。

文学语言也是这样，句与句，要互相映带，互相顾盼。一篇作品的语言是有一个整体,是有内在联系的。文学语言不是像砌墙一样，一块砖一块砖叠在一起，而是像树一样，长在一起的，枝干之间，汁液流转，一枝动，百枝摇。语言是活的。中国人喜欢用流水比喻行文。苏东坡说“大略如行云流水”“吾文如万斛泉源”。说一个人的文章写得很顺，不疙里疙瘩的，叫作“流畅”。写一个作品最好全篇想好，至少把每一段想好，不要写一句想一句。那样文气不容易贯通，不会流畅。

吴雨僧先生二三事

吴宓（雨僧）先生相貌奇古。头顶微尖，面色苍黑，满脸刮得铁青的胡子，有学生形容他的胡子之盛，说是他两边脸上的胡子永远不能一样：刚刮了左边，等刮右边的时候，左边又长出来了。他走路很快，总是提了一根很粗的黄藤手杖。这根手杖不是为了助行，而是为了矫正学生的步态。有的学生走路忽东忽西，挡在吴先生的前面，吴先生就用手杖把他拨正。吴先生走路是笔直的，总是匆匆忙忙的。他似乎没有逍遥闲步的时候。

吴先生是西语系的教授。他在西语系开了什么课我不知道。他开的两门课是外系学生都可以选读或自由旁听的。一门是“中西诗之比较”，一门是“红楼梦”。

“中西诗之比较”第一课我去旁听了。不料他讲的第一首诗却是：

一去二三里，烟村四五家，
楼台六七座，八九十枝花。

吴先生认为这种数字的排列是西洋诗所没有的。我大失所望了，认为这讲得未免太浅了，以后就没有再去听，其实讲诗正应该这样：由浅入深。数字入诗，确也算得是中国诗的一个特点。骆宾王被人称为“算博士”。杜甫也常以数字为对，如“两个黄鹂鸣翠柳，一行白鹭上青天，窗含西岭千秋雪，门泊东吴万里船”。吴先生讲课这样的“卑之勿甚高论”，说明他治学的朴实。

“红楼梦”是很“叫座”的，听课的学生很多，女生尤其多。我没有去听过，但知道一件事。他一进教室，看到有些女生站着，就马上出门，到别的教室去搬椅子。联大教室的椅子是不固定的，可以搬来搬去。吴先生以身作则，听课的男士也急忙蜂拥出门去搬椅子。直到所有女生都已坐下，吴先生才开讲。吴先生讲课内容如何，不得而知。但是他的行动，很能体现“贾宝玉精神”。

文林街和府甬道拐角处新开了一家饭馆，是几个湖南学生集资开的，取名“潇湘馆”，挂了一个招牌。吴先生见了很生气，上门向开馆子的同学抗议：林妹妹的香闺怎么可以作为一个饭馆的名字呢！开饭馆的同学尊重吴先生的感情，也很知道他的执拗的脾气，就提出一个折中的方案，加一个字，叫作“潇湘饭馆”。吴先生勉强同意了。

听说陈寅恪先生曾说吴先生是《红楼梦》里的妙玉，吴先生引为知己。这个传说未必可靠，也许是哪位同学编出来的。但编造得颇为合理，这样的编造安在陈先生和吴先生的头上，都很合适。

吴先生长期过着独身生活，吃饭是“打游击”。他经常到文林街一家小饭馆去吃牛肉面。这家饭馆只有一间门脸，卖的也只是牛肉面。小饭馆的老板很尊重吴先生。抗战期间，物价飞涨，小饭馆随时要调整价目。每次涨价，都要征得吴先生同意。吴先生听了老板说明涨价的理由，把老的价目表撤下，在一张红纸上用毛笔正楷写一张新的价目表贴在墙上：炖牛肉多少钱一碗，牛肉面多少钱一碗，净面多少钱一碗。

抗战胜利，三校（西南联大是清华、北大、南开联合起来的）复原，不知道为什么吴先生没有回清华（他是老清华了），我就没有再见到吴先生。有一阵谣传他在四川出了家，大概是因为他字“雨僧”而附会出来的。后来打听到他辗转在武汉大学、香港大学教书，最后落到北碚师范学院。“文化大革命”中挨斗得很厉害。罪名之一，是他曾是“学衡派”，被鲁迅骂过。这是一篇老账了，不知道造反派怎么翻了出来。他在挨斗中跌断了腿。他不能再教书，一个月只能领五十元生活费。他花三十七块钱雇了一个保姆，只剩下十三块钱，实在是难以度日，后来他回到陕西，死在老家。吴先生可以说是穷困而死。一个老教授，落得如此下场，哀哉！

一九八九年一月七日

原载一九八九年第三期《今古传奇》

七载云烟

天地一瞬

我在云南住过七年，1939 ~ 1946 年。准确地说，只能说在昆明住了七年。昆明以外，最远只到过呈贡，还有滇池边一片沙滩极美、柳树浓密的叫作斗南村的地方，连富民都没有去过。后期在黄土坡、白马庙各住过年把二年，这只能算是郊区。到过金殿、黑龙潭、大观楼，都只是去游逛，当日来回。我们经常活动的地方是市内。市内又以正义路及其旁出的几条横街为主。正义路北起华山南路，南至金马碧鸡牌坊，当时是昆明的贯通南北的干线，又是市中心所在。

我们到南屏大戏院去看电影——演的都是美国片子。更多的时间是无目的地闲走，闲看。

我们去逛书店。当时书店都是开架售书,可以自己抽出书来看。有的穷大学生会靠在柜台一边，看一本书，一看两三个小时。

逛裱画店。昆明几乎家家都有钱南园的写得四方四正的颜字对联。还有一个吴忠荩老先生写的极其流利但用笔扁如竹篾的行书四扇屏。慰情聊胜无，看看也是享受。

武成路后街有两家做锡箔的作坊。我每次经过，都要停下来看做锡箔的师傅在一个木墩上垫了很厚的粗草纸，草纸间衬了锡片，用一柄很大的木槌，使劲夯砸那一垛草纸。师傅浑身是汗，于是锡箔就槌成了。没有人愿意陪我欣赏这种槌锡箔艺术，他们都以为："这有什么看头！"

逛茶叶店。茶叶店有什么逛头？有！华山西路有一家茶叶店，一壁挂了一副嵌在镜框里的米南宫体的小对联，字写得好，联语尤好：

静对古碑临黑女，
闲吟绝句比红儿。

我觉得这对得很巧，但至今不知道这是谁的句子。尤其使我不明白的，是这家茶叶店为什么要挂这样一副对子？

我们每天经过，随时往来的地方，还是大西门一带。大西门里的文林街，大西门外的凤翥街、龙翔街。"凤翥""龙翔"，不知道是哪位擅于辞藻的文人起下的富丽堂皇的街名，其实这只是两条丁字形的小小的横竖街。街虽小，人却多，气味浓稠。这是来往滇西的马锅夫卸货、装货、喝酒、吃饭、抽鸦片、睡女人的地方。我们在街上很难"深入"这种生活的里层，只能切切实实地体会到：这是生活！我们在街上闲看。看卖木柴的，卖木炭的，卖粗瓷碗、卖砂锅的，并且常常为一点细节感动不已。

但是我生活得最久，接受影响最深，使我成为这样一个人，这样一个作家——不是另一种作家的地方，是西南联大，新校舍。

骑了毛驴考大学，
万里长征，
辞却了五朝宫阙。
暂驻足，
衡山湘水，
又成离别，
绝徼移栽桢干质，
九州遍洒黎元血。
尽笳吹弦诵在山城，
情弥切……

——西南联大校歌

日寇侵华，平津沦陷，北大、清华、南开被迫南迁，组成一个大学，在长沙暂驻，名为“临时大学”。后迁云南，改名“国立西南联合大学”，简称“西南联大”。这是一座战时的、临时性的大学，但却是一个产生天才，影响深远，可以彪炳于世界大学之林，与牛津、剑桥、哈佛、耶鲁平列而无愧色的，窳陋而辉煌的，奇迹一样的，“空前绝后”的大学。哦，我的母校，我的西南联大！

像蜜蜂寻找蜜源一样飞向昆明的大学生，大概有几条路径。一条是陆路。三校部分同学组成“西南旅行团”，由北平出发，走向大西南。一路夜宿晓行，埋锅造饭，过的完全是军旅生活。他们的“着装”是短衣，打绑腿，布条编的草鞋，背负薄薄的一卷行李，行李卷上横置一把红油纸伞，有点像后来的大串联的红卫兵。除了摆渡过河外，全是徒步。自北平至昆明，全程三千五百里，算得是一个壮举。旅行团有部分教授参加，闻一多先生就是其中之一。闻先生一路画了不少铅笔速写。其时闻先生已经把胡子留起来了——闻先生曾发愿：抗战不胜，誓不剃须！

另一路是海程。由天津或上海搭乘怡和或太古轮船，经香港，到越南海防，然后坐滇越铁路火车，由老街入境，至昆明。

有意思的是，轮船上开饭，除了白米饭之外，还有一箩高粱米饭。这是给东北学生预备的。吃高粱米饭，就咸鱼、小虾，可以使“我的家在东北松花江上的”流亡学生得到一点安慰，这种举措很有人情味。

我们在上海就听到滇越路有瘴气，易得恶性疟疾，沿路的水不能喝，于是带了好多瓶矿泉水。当时的矿泉水是从法国进口的，很贵。

没有想到恶性疟疾照顾上了我！到了昆明，就发了病，高烧超过四十度，进了医院，医生就给我打了强心针（我还跟护士开玩笑，问“要不要写遗书”）。用的药是606，我赶快声明：我没有生梅毒！

出了院，晕晕乎乎地参加了全国统一招生考试。上帝保佑，竟以第一志愿被录取，我当时真是像做梦一样。

当时到昆明来考大学的，取道各有不同。

有一位历史系学生姓刘的同学是自己挑了一担行李，从家乡河南一步一步走来的。这人的样子完全是一个农民，说话乡音极重，而且四年不改。

有一位姓应的物理系的同学，是在西康买了一头毛驴，一路骑到昆明来的。

此人精瘦，外号“黑鬼”，宁波人。

这样一些的学子，不远千里，从四面八方奔到昆明来，考入西南联大，他们来干什么，寻找什么？

大部分同学是来寻找真理，寻找智慧的。

也有些没有明确目的，糊里糊涂的。我在报考申请书上填了西南联大，只是听说这三所大学，尤其是北大的学风是很自由的，学生上课、考试都很随便，可以吊儿郎当。我就是冲着吊儿郎当来的。

我寻找什么？

寻找潇洒。

斯是陋室

西南联大的校舍很分散，很多处是借用昆明原有的房屋、学校、祠堂。自建的，集中，成片的校舍叫“新校舍”。

新校舍大门南向，进了大门是一条南北大路。这条路是土路，下雨天滑不留足，摔倒的人很多。这条土路把新校舍划分成东西两区。

西边是学生宿舍。土墙，草顶。土墙上开了几个方洞，方洞上竖了几根不去皮的树棍，便是窗户。挨着土墙排了一列双人木床，一边十张，一间宿舍可住四十人，桌椅是没有的。两个装肥皂的大箱摞起来。既是书桌，也是衣柜。昆明不知道哪里来的那么多肥皂箱，很便宜，男生女生多数都有这样一笔“财产”。有的同学在同一宿舍中一住四年不挪窝，也有占了一个床位却不来住的。有的不是这个大学的，却住在这里。有一位，姓曹，是同济大学的，学的是机械工程，可是他从来不到同济大学去上课，却从早到晚趴在木箱上写小说。有些同学成天在一起，乐数晨夕，堪称知己。也有老死不相往来，几乎等于不认识的。我和那位姓刘的历史系同学就是这样，我们俩同睡一张木床，他住上铺，我住下铺，却很少见面。他是个很守规矩，很用功的人，每天按时作息。我是个夜猫子，每天在系图书馆看一夜书，即天亮才回宿舍。等我回屋就寝时，他已经在校园树下苦读英文了。

大路的东侧，是大图书馆。这是新校舍唯一的一座瓦顶的建筑。每天一早，就有人等在门外“抢图书馆”——抢位置，抢指定参考书。大图书馆藏书不少，但指定参考书总是不够用的。

每月月初要在这里开一次“国民精神总动员月会”，简称“国民月会”。把图书馆大门关上，钉了两面交叉的党国旗，便是会场。所谓月会，就是由学校的负责人讲一通话。讲的次数最多的是梅贻琦，他当时是主持日常校务的校长（北大校长蒋梦麟、南开校长张伯苓）。梅先生相貌清癯，人很严肃，但讲话有时很幽默。有一个时期昆明闹霍乱，梅先生告诫学生不要在外面乱吃，说：“有同学说‘我在外面乱吃了好多次，也没有得一次霍乱’，同学们！这种事情是不能有第二次的。”更东，是教室区。土墙，铁皮屋顶（涂了绿漆）。下起雨来，铁皮屋顶被雨点打得乒乒乓乓地响，让人想起王禹偁的《黄岗竹楼记》。

这些教室方向不同，大小不一，里面放了一些一边有一块平板，可以在上面记笔记的木椅，都是本色，不漆油漆。木椅的设计可能还是从美国传来的，我在爱荷华、耶鲁都看见过。这种椅子的好处是不固定，可以从这个教室到那个教室任意搬来搬去。吴宓（雨僧）先生讲《红楼梦》，一看下面有女生还站着，就放下手杖，到别的教室去搬椅子。于是一些男同学就也赶紧到别的教室去搬椅子。到宝姐姐、林妹妹都坐下了，吴先生才开始讲。

这样的陋室之中，却培养了很多优秀的人才。

联大五十周年校庆时，校友从各地纷纷返校。一位从国外赶回来的老同学（是个男生），进了大门就跪在地下放声大哭。

前几年我重回昆明，到新校舍旧址（现在是云南师范大学）看了看，全都变了样，什么都没有了，只有东北角还保存了一间铁皮屋顶的教室，也岌岌可危了。

不衫不履

联大师生服装各异，但似乎又有一种比较一致的风格。

女生的衣着是比较整洁的。有的有几件华贵的衣服，那是少数军阀商人的小姐。但是她们也只是参加 party 时才穿，上课时不会穿得花里胡哨的。一般女生都是一身兰阴丹士林旗袍，上身套一件红的毛衣。低年级的女生爱穿“工裤”——劳动布的长裤，上面有两条很宽的带子，白色或浅花的衬衫。这大概本是北京的女中学生流行的服装，这种风气被贝满等校的女生带到昆明来了。

男同学原来有些西装革履，裤线笔直的，也有穿麂皮夹克的，后来就日渐少了，绝大多数是蓝布衫，长裤。几年下来，衣服破旧，就想各种办法“弥补”，如贴一张橡皮膏之类。有人裤子破了洞，不会补，也无针线，就找一根麻筋，把破洞结了一个疙瘩。这样的疙瘩名士不止一人。

教授的衣服也多残破了。闻一多先生有一个时期穿了一件一个亲戚送给他的灰色夹袍，式样早就过时，领子很高，袖子很窄。朱自清先生的大衣破得不能再穿，就买了一件云南赶马人穿的深蓝氆氇的一口钟（大概就是彝族察尔瓦）披在身上，远看有点像一个侠客。有一个女生从南院（女生宿舍）到新校舍去,天已经黑了，路上没有人，她听到后面有嗬哩吐噜的脚步声，以为是坏人追了上来,很紧张。回头一看,是化学教授曾昭抡。他穿了一双空前（露着脚趾）绝后鞋（后跟烂了，提不起来，只能半趿着），因此发出此嗬哩吐噜的声音。

联大师生破衣烂衫,却每天孜孜不倦地做学问,真是穷且益坚，不坠青云之志，这种精神，人天可感。

当时“下海”的，也有。有的学生跑仰光、腊戌，趸卖“玻璃丝袜”“旁氏口红”；有一个华侨同学在南屏街开了一家很大的咖啡馆，那是极少数。

采薇

大学生大都爱吃，食欲很旺，有两个钱都吃掉了。

初到昆明，带来的盘缠尚未用尽，有些同学和家乡邮汇尚通，不时可以得到接济，一到星期天就出去到处吃馆子。汽锅鸡、过桥米线、新亚饭店的过油肘子、东月楼的锅贴乌鱼、映时春的油淋鸡、小西门马家牛肉馆的牛肉、厚德福的铁锅蛋、松鹤楼的腐乳肉、“三六九”（一家上海面馆）的大排骨面，全都吃了一个遍。

钱逐渐用完了，吃不了大馆子，就只能到米线店里吃米线、饵块。当时米线的浇头很多，有闷鸡（其实只是酱油煮的小方块瘦肉，不是鸡）、爨肉（即肉末、音川，云南人不知道为什么爱写这样一个笔画繁多的怪字）、鳝鱼、叶子（油炸肉皮煮软，有的地方叫“响皮”，有的地方叫“假鱼肚”）。米线上桌，都加很多辣椒——“要解馋，辣加咸”。如果不吃辣，进门就得跟堂倌说：“免红！”

到连吃米线、饵块的钱也没有的时候，便只有老老实实到新校舍吃大食堂的“伙食”。饭是“八宝饭”，通红的糙米，里面有沙子、木屑、老鼠屎。菜，偶尔有一碗回锅肉、炒猪血（云南谓之“旺子”），常备的菜是盐水煮芸豆，还有一种叫“魔芋豆腐”，为紫灰色的，烂糊糊的淡而无味的奇怪东西。有一位姓郑的同学告诫同学：饭后不可张嘴——恐怕飞出只鸟来！

1944 年，我在黄土坡一个中学教了两个学期。这个中学是联大办的，没有固定经费，薪水很少，到后来连一点极少的薪水也发不出来，校长（也是同学）只能设法弄一点米来，让教员能吃上饭。菜，对不起，想不出办法。学校周围有很多野菜，我们就吃野菜。校工老鲁是我们的技术指导。老鲁是山东人，原是个老兵，照他说，可吃的野菜简直太多了，但我们吃得最多的是野苋菜（比园种的家苋菜味浓）、灰菜，还有一种样子像一根鸡毛掸子的扫帚苗。野菜吃得我们真有些面有菜色了。

有一个时期附近小山下柏树林里飞来很多硬壳昆虫，黑色，形状略似金龟子，老鲁说这叫豆壳虫，是可以吃的，好吃！他捉了一些，撕去硬翅，在锅里干爆了，撒了一点花椒盐，就起酒来。在他的示范下，我们也爆了一盘，闭着眼睛尝了尝，果然好吃。有点像盐爆虾，而且有一股柏树叶的清香——这种昆虫只吃柏树叶，别的树叶不吃。于是我们有了就酒的酒菜和下饭的荤菜。这玩意儿多得很，一会儿的工夫就能捉一大瓶。

要写一写我在昆明吃过的东西，可以写一大本，撮其大要写了一首打油诗。怕读者看不明白，加了一些注解，诗曰：

重升肆里陶杯绿，

昆明的白酒分市酒和升酒。市酒是普通白酒，升酒大概是用市酒再蒸一次，谓之“玫瑰重升”，似乎有点玫瑰香气。昆明酒店都是盛在绿陶的小碗里，一碗可盛二小两。

饵块摊来炭火红。

饵块分两种，都是米面蒸熟了的。一种状如小枕头，可做汤饵块、炒饵块。一种是椭圆的饼，犹如鞋底，在炭火上烤得发泡，一面用竹片涂了芝麻酱、花生酱、甜酱油、油辣子，对合而食之，谓之“烧饵块”。

正义路边养正气。

汽锅鸡以正义路牌楼旁一家最好。这家无字号，只有一块匾，上书大字："培养正气"，昆明人想吃汽锅鸡，就说："我们今天去培养一下正气。"

小西门外试撩青。

小西门马家牛肉极好。牛肉是蒸或煮熟的，不炒菜，分部位，如"冷片""汤片"……有的名称很奇怪。如大筋（牛鞭）、"领肝"（牛肚）。最特别的是"撩青"（牛舌，牛的舌头可不是撩青草的么？但非懂行人觉得这很费解）。"撩青"很好吃。

人间至味干巴菌，昆明菌子种类甚多，如"鸡枞"，这是菌之王，但至今我还不知道为什么只在白蚁窝上长"牛肝菌"（色如牛肝，生时熟后都像牛肝，有小毒，不可多吃，且须加大量的蒜，否则会昏倒。有个女同学吃多了牛肝菌，竟至休克）。"青头菌"，菌盖青绿，菌丝白色，味较清雅。味道最为隽永深长，不可名状的是干巴菌。这东西中吃不中看，颜色紫赭，不成模样，简直像一堆牛屎，里面又夹杂了一些松毛、杂草。可是收拾干净了撕成蟹腿状的小片，加青辣椒同炒，一箸入口，酒兴顿涨，饭量猛开。这真是人间至味！

人间至味干巴菌，

世上馋人大学生。

尚有灰霍堪漫吃，（吃字云南读平声）

更循柏叶捉昆虫。

一束光阴付苦茶

昆明的大学生（男生）不坐茶馆的大概没有。不可一日无此君，有人一天不喝茶就难受。有人一天喝到晚，可称为“茶仙”。茶仙大抵有两派。一派是固定茶座。有一位姓陆的研究生，每天在一家茶馆里喝三遍茶，早、午、晚。他的牙刷、毛巾、洗脸盆就放这家茶馆里，一起来就上茶馆。另一派是流动茶客，有一姓朱的，也是研究生，他爱到处溜，腿累了就走进一家茶馆，坐下喝一气茶。全市的茶馆他都喝遍了。他不但熟悉每一家茶馆，并且知道附近哪是公共厕所，喝足了茶可以小便，不致被尿憋死。

关于喝茶，我写过一篇《泡茶馆》，已经发表过，写得相当详细，不再重复，有诗为证：

水厄囊空亦可赊，

（我们和凤翥街几家茶馆很熟，不但喝茶，吃芙蓉糕可以欠账，甚至可以向老板借钱去看电影）

枯肠三碗嗑葵花。

（茶馆常有女孩子来卖炒葵花子，绕桌轻唤："瓜子瓜，瓜子瓜。"）

昆明七载成何事？一束光阴付苦茶。

水流云在

云南人对联大学生很好，我们对云南、对昆明也很有感情。我们为云南做了一些什么事，留下一点什么？

有些联大师生为云南做了一些有益的实事，比如，地质系师生完成了《云南矿产普查报告》，生物系师生写出了《中国植物志·云南卷》的长编初稿，其他还有多少科研成果，我不大知道，我不是搞科研的。

比较明显的、普遍的影响是在教育方面。联大学生在中学兼课的很多，连闻一多先生都在中学教过国文，这对昆明中学生学业成绩的提高，是有很大作用的。

更重要的是使昆明学生接受了民主思想，呼吸到独立思考、学术自由的空气，使他们为学为人都比较开放，比较新鲜活泼。这是精神方面的东西，是抽象的，是一种气质，一种格调，难于确指，但是这种影响确实存在。如云如水，水流云在。

一九九四年二月十五日